# EN CRABE

*GÜNTER GRASS*
PRIX NOBEL DE LITTÉRATURE

# EN CRABE

TRADUIT DE L'ALLEMAND
PAR CLAUDE PORCELL

*ÉDITIONS DU SEUIL*
*27, rue Jacob, Paris VI^e^*

Ce livre est édité par Anne Freyer-Mauthner

Titre original : *Im Krebsgang*
Éditeur original : Steidl Verlag, Göttingen
ISBN original : 3-88243-800-2


ISBN 2-02-055629-4



www.seuil.com

*in memoriam*

# 1

« Pourquoi si tard ? » dit quelqu'un qui n'est pas moi. Parce que sans arrêt Mère me... Parce que comme à l'époque, quand le cri planait sur les eaux, je voulais crier, mais je ne pouvais pas... Parce qu'en vérité à peine plus de trois lignes... Parce que ce n'est que maintenant que...

Les mots ont encore des difficultés avec moi. Quelqu'un qui n'aime pas les prétextes me cloue à mon métier. Jeune blanc-bec déjà, a-t-il dit, avec mes facilités de langage, j'ai été stagiaire dans un journal de la presse Springer, j'ai vite su y faire, vite pris le coup, plus tard j'ai tiré à la ligne contre Springer, pour le *taz*, puis fait du concentré à la solde des agences de presse, et longtemps, en *free lance*, ramassé dans mes articles tout ce qui pouvait tomber tout frais de la moulinette : chaque jour du nouveau. Les nouvelles du jour.

C'est possible, ai-je dit. Mais on n'a pas appris, nous autres, à faire autre chose. S'il faut que je commence à me mettre moi-même en liquidation, tout ce que j'ai raté sera porté sur le compte du naufrage d'un bateau, parce qu'en fait, parce que Mère était enceinte jusqu'aux yeux, parce qu'au fond c'est un hasard si je vis.

Et me revoilà déjà au service de quelqu'un, quoique j'aie le droit, pour l'instant, d'oublier mon tout petit moi, car cette histoire a commencé bien avant ma personne, il y a plus de cent ans, pour tout dire à Schwerin, résidence ducale du Mecklembourg qui s'étend entre sept lacs, est attestée sur les cartes postales avec son quartier de la « Ville-aux-Roseaux », la *Schelfstadt*, ainsi qu'un château aux nombreuses tours, et qui est sortie des guerres extérieurement saine et sauve.

Au début, je ne croyais pas qu'un trou de province depuis bien longtemps décroché de l'histoire puisse attirer qui que ce soit en dehors des touristes, mais ensuite, le point de départ de ma *story* est devenu subitement actualité sur Internet. Un anonyme donnait, avec des dates, des noms de rues et des bulletins scolaires, une information tout à fait personnelle, voulait à toute force faire découvrir une mine au fouilleur de passé que je suis.

Dès que ces trucs sont arrivés sur le marché, je m'étais acheté un Mac avec modem. Ma profession exige ce téléchargement des informations qui vagabondent à travers la planète. J'ai appris passablement à me servir de mon ordinateur. Des mots comme *browser* et *hyperlink* n'ont pas tardé à ne plus être de l'hébreu pour moi. Je rentrais par un clic de souris des infos à utiliser ou à mettre à la poubelle, j'ai commencé, pour le fun ou par ennui, à zapper d'un chatroom à l'autre et à réagir au junk-mail le plus stupide, j'ai même brièvement visité deux ou trois sites pornos, et j'ai fini, après avoir surfé sans but, par tomber sur des homepages où des nostalgiques d'avant-hier, mais aussi de jeunes néonazis tombés de la dernière pluie inondaient de leur crétinerie des pages de haine. Et tout d'un coup – avec le nom d'un bateau comme mot clé –, j'avais cliqué sur la bonne adresse : « www.blutzeuge.de » – c'est-à-dire « témoin-par-le-sang.de », ou « martyr.de ». Une « Fraternité Schwerin » martelait en lettres gothiques des formules musclées. Pure arrière-garde. Plus envie de rire que de vomir.

Depuis, on sait à qui appartenait ce sang qui devait témoigner. Ce que je ne sais pas encore, c'est si, comme on me l'a appris, je dois d'abord dérouler une biographie, puis l'autre, et ensuite telle ou telle autre encore, ou si je dois plutôt traverser le temps en oblique, un peu à la manière des crabes, qui simulent la marche arrière en partant de côté, mais qui avancent assez vite. Une seule chose est sûre : il y a plus d'un demi-siècle que la nature, ou plus précisément la mer Baltique, a dit amen à tout ce qu'il faudra rapporter ici.

C'est d'abord le tour de quelqu'un dont la pierre tombale a été détruite. A la fin de ses études secondaires – brevet – commença sa formation dans la banque, qu'il termina avec discrétion. Internet ne disait rien là-dessus. Là, on se contentait de célébrer comme « témoin-par-le-sang » Wilhelm Gustloff, né à Schwerin en 1895. Il manquait par exemple des indications sur sa maladie du larynx, sur son affection pulmonaire chronique, qui l'avait empêché de se comporter en héros pendant la Première Guerre mondiale. Tandis que Hans Castorp, jeune homme d'une bonne famille hanséatique, dut, sur l'ordre de son inventeur, quitter la Montagne magique pour, page 994 du roman du même nom, tomber en Flandre sous l'uniforme d'engagé volontaire ou sauver sa peau dans le flou littéraire, la Compagnie financière d'assurances sur la vie de Schwerin eut la sollicitude, en l'an dix-sept, d'envoyer son employé modèle en Suisse pour soigner son affection à Davos, dont l'air aux qualités particulières le rétablit si bien qu'il fallut, pour en avoir raison, lui appliquer un autre type de mort ; pour l'instant, il n'avait pas l'intention de retrouver Schwerin ni le climat de la Basse-Allemagne.

Wilhelm Gustloff trouva un travail comme auxiliaire dans un observatoire. A peine cet institut de recherche s'était-il transformé en fondation confédérale qu'il fut promu secrétaire de l'observatoire en question, où il lui restait néanmoins suffisamment de temps pour améliorer son ordinaire comme représentant-voyageur d'une compagnie d'assurances des biens domestiques ; c'est ainsi que son second métier lui permit de connaître les cantons suisses. En même temps, sa femme Hedwig s'activait : sans avoir à se faire violence en raison de ses opinions *völkisch*, elle secondait, comme secrétaire, un avocat du nom de Moses Silberroth.

Jusqu'ici, les faits présentent l'image d'un couple à la position bourgeoise assurée, mais qui, comme on le verra, ne faisait que simuler un mode de vie adapté au sens helvétique du gain ; car, souterrainement pour commencer, plus tard sans dissimulation – et longtemps avec la tolérance de son employeur –, le secrétaire de l'observatoire exploita avec succès son sens inné de l'organisation : il entra au Parti et recruta jusqu'au début de trente-six, parmi les « Allemands du Reich » et les Autrichiens vivant en Suisse, quelque cinq mille membres rassemblés sur tout le territoire en « groupes locaux » et prêtant serment à quelqu'un que la Providence avait inventé comme Guide.

Mais c'est par Gregor Strasser, qui dirigeait l'organisation du Parti, qu'il avait été nommé *Landesgruppenleiter*, chef de groupe national. Strasser, qui appartenait à l'aile gauche, fut, lorsque, en trente-deux, il eut démissionné de toutes ses fonctions pour protester contre les liens de son Führer avec la grande industrie, compté deux ans plus tard au nombre des auteurs du putsch de Röhm et liquidé par ses propres hommes ; son frère Otto s'enfuit à l'étranger. Sur quoi Gustloff dut chercher un autre modèle.

Lorsque, sur la base d'une question posée au Petit Conseil du canton des Grisons, un fonctionnaire de la police des étrangers voulut savoir comment il concevait ses fonctions de *Landesgruppenleiter* du Parti national-socialiste allemand au sein de la Confédération helvétique, il aurait répondu : « Celles que j'aime le plus au monde sont ma mère et ma femme. Si mon Führer m'ordonnait de les tuer, je lui obéirais. »

Sur Internet, cette citation était contestée. Ces mensonges et d'autres, c'était le Juif Emil Ludwig qui les avait inventés dans son torchon, était-il dit dans le chatroom proposé par la Fraternité Schwerin. Au contraire, l'influence de Gregor Strasser avait continué de s'exercer sur le Martyr. Gustloff avait toujours souligné, dans sa philosophie, l'aspect socialiste avant l'aspect national. Une bataille ne tarda pas à se déchaîner entre les ailes extrêmes des chatteurs. Une nuit des Longs Couteaux virtuelle réclamait ses victimes.

Ensuite cependant fut rappelée à la mémoire de tous les surfeurs intéressés une date qui était censée établir la crédibilité de la Providence. Ce que j'avais essayé de m'expliquer comme un simple hasard élevait le permanent Gustloff à un contexte surnaturel : c'est le 30 janvier 1945, cinquante ans jour pour jour après la naissance du Martyr, que le navire baptisé de son nom commença à couler et à donner par là le signal, douze ans après la prise du pouvoir, jour pour jour une fois encore, du naufrage général.

Elle est là, comme gravée au burin dans le granit. La date maudite où tout a commencé, a enflé dans le meurtre, est arrivé à son point culminant, s'est achevé. Moi aussi, grâce à Mère, je suis daté du jour du malheur qui vit encore ; elle, au contraire, elle vit selon un autre calendrier et ne donne les pleins pouvoirs ni au hasard, ni à un quelconque explicateur universel.

« Mais pas du tout ! » s'écrie celle que je n'appelle jamais « ma » pour en prendre possession, mais seulement « Mère », toujours. « On aurait pu l'baptiser avec n'importe quel nom, le bateau, il aurait bu la tasse quand même. Je m'demande bien ce qu'il avait dans sa p'tit' tête, le Russcoff, quand c'est qu'il a donné l'ordre de balancer les trois pruneaux direct sur nous... »

Elle ronchonne toujours de cette façon-là, comme si, depuis, un paquet de temps n'avait pas descendu le courant. Les mots au rouleau compresseur, les phrases écrasées au laminoir. Elle dit *Bulwen* pour « patates », *Glumse* pour « fromage blanc » et *Pomuchel* quand elle fait de la merluche bouillie à la moutarde. Ses parents, August et Erna Pokriefke, venaient de la Koschnévie, on les appelait Koschnèves. Mais elle, elle a grandi à Langfuhr. Elle n'est pas de Dantzig, mais de ce faubourg tout en longueur, agrandi sans cesse en prenant sur les champs, dont une rue s'appelait Elsenstrasse et constituait pour l'enfant Ursula, dite Tulla, un monde suffisant, car lorsque, selon l'expression de Mère, elle parle de « complètement avant », il s'agit certes souvent de plaisirs balnéaires sur les proches rivages de la Baltique ou de promenades en traîneau dans les forêts au sud du faubourg, mais la plupart du temps elle emmène de force ses auditeurs dans la cour de la maison de rapport Elsenstrasse 19, et de là, passant devant Harras, le chien de berger attaché à sa chaîne, dans une menuiserie dont le fond sonore laborieux était déterminé par une scie circulaire, une scie à ruban, la fraiseuse, le rabot électrique et les jappements de la rectifieuse. « J'étais encore qu'un lardon que j'avais le droit de tourner la colle d'os dans le pot... » Raison pour laquelle l'enfant Tulla, où qu'elle se tînt, fût allongée, marchât, courût ou fût accroupie dans un coin, était toujours signalée, raconte-t-on, par cette légendaire odeur de colle d'os.

Rien d'étonnant, donc, si Mère, quand après la guerre nous fûmes cantonnés à Schwerin, a appris dans la Schelfstadt le métier d'ébéniste. En tant que « transférée », comme on disait à l'Est, elle obtint promptement une place d'apprentie auprès d'un maître dont la baraque, avec ses quatre établis et son pot de colle aux bulles permanentes, passait pour très anciennement installée. Il n'y avait pas beaucoup de chemin à faire jusqu'à la Lehmstrasse, où Mère et moi avions au-dessus de nos têtes un toit de carton goudronné. Si cependant, après le malheur, nous n'avions pas abordé à Kolberg, si, au contraire, le torpilleur *Löwe* nous avait déposés à Travemünde ou à Kiel, à l'Ouest donc, Mère, en tant que « réfugiée de l'Est », comme on disait de l'autre côté, serait quand même, sans aucun doute, devenue apprentie ébéniste. Moi, je dis hasard, tandis qu'elle, dès le premier jour, elle a considéré comme une prédestination le lieu de notre atterrissage forcé.

« Et quand est-ce que c'est zactement que c'Russcoff qu'était capitaine su' l'sous-marin il avait son anniversaire ? Toi qui sais tout sur le bout du doigt, normalement... »

Non, je ne le sais pas comme pour Wilhelm Gustloff – et comme je l'ai trouvé sur Internet. Je n'ai pu gratter que son année de naissance, et puis encore quelques faits et conjectures, ce que les journalistes appellent matériau de fond.

Alexander Marinesko était né en 1913, dans la ville portuaire d'Odessa, située sur la mer Noire, et qui a dû, autrefois, être splendide, ce dont témoigne en noir et blanc le film *Le Cuirassé Potemkine*. Sa mère était originaire d'Ukraine. Son père était roumain et signait encore sa carte d'identité Marinescu, avant qu'il n'eût été condamné à mort pour mutinerie mais eût pu s'enfuir à la dernière minute.

Son fils Alexander grandit dans le quartier du port. Et comme, à Odessa, les Russes, les Ukrainiens et les Roumains, les Grecs et les Bulgares, les Turcs et les Arméniens, les Tziganes et les Juifs vivaient étroitement côte à côte, il parlait un salmigondis de toutes sortes de langues, mais était forcément compris de sa bande de jeunes. Malgré tous les efforts qu'il fit plus tard pour parler russe, jamais il ne réussit tout à fait à débarrasser des jurons roumains de son père sa soupe ukrainienne trempée de rogatons de yiddish. Alors qu'il était déjà quartier-maître sur un navire marchand, on riait de son sabir ; mais au fil des années, beaucoup ont dû perdre l'envie de rire, si drôles qu'aient pu paraître les ordres du commandant de sous-marin.

Rembobinons les années : à sept ans, Alexander, depuis le quai des paquebots, aurait vu les vestiges des troupes « blanches » et les restes des armées d'intervention britanniques et françaises, épuisés par les combats, fuir Odessa cul par-dessus tête. Il assista peu après à l'entrée des « Rouges ». Des épurations eurent lieu. Puis c'en fut pratiquement terminé de la guerre civile. Et lorsque, quelques années plus tard, des navires étrangers purent à nouveau aborder dans le bassin du port, on dit que le jeune garçon plongeait avec endurance, et bientôt avec habileté, pour aller chercher les pièces de monnaie que des passagers bien vêtus jetaient dans l'eau saumâtre.

Le trio n'est pas complet. Il en manque un. Son acte a mis en marche quelque chose qui a fait la preuve de sa force aspirante et qu'il fut impossible d'arrêter. Puisque c'est lui, qu'il l'ait voulu ou non, qui a fait de celui qui venait de Schwerin un martyr du Mouvement, et du garçon d'Odessa un héros de la flotte Drapeau rouge de la Baltique, il peut être sûr d'occuper le banc des accusés dans les siècles des siècles. Ces accusations et quelques autres semblables, j'ai pu les lire, désormais vorace, sur la page de l'adresse récurrente : « Un Juif a tiré... ».

Moins univoque, je le sais entre-temps, est le titre d'un ouvrage polémique que le camarade du Parti et Orateur du Reich Wolfgang Diewerge fit paraître aux éditions Eher, Munich, en 1936. Il est vrai que la Fraternité Schwerin, selon la cohérente logique de la démence, en proclamait plus que Diewerge ne prétendait en savoir : « Sans le Juif ne se serait pas produite, sur une route nettoyée de ses mines, à la hauteur de Stolpemünde, la plus grande catastrophe maritime de tous les temps. Le Juif a... Le Juif est coupable... »

Dans le chatroom, il était possible, au milieu du caquetage moitié anglais, moitié allemand, de trouver malgré tout quelques faits. Si l'un des chatteurs savait pertinemment que Diewerge était devenu peu après le début de la guerre intendant de la radio nationale de Dantzig, un autre était au courant de ses activités d'après-guerre ; il aurait, acoquiné avec d'autres supernazis, par exemple Achenbach, qui devait devenir plus tard député au Bundestag, noyauté le Parti libéral de Rhénanie du Nord-Westphalie. L'ancien expert en propagande du NSDAP, complétait un troisième, avait aussi, pendant les années soixante-dix, dirigé une blanchisserie de pots-de-vin insonorisée au bénéfice du Parti libéral, à Neuwied-sur-le-Rhin. Pour finir se bousculèrent encore dans le chatroom déjà plein à craquer des questions sur le criminel de Davos, auxquelles des réponses bien ciblées mirent un point final.

De quatre ans plus âgé que Marinesko et de quatorze plus jeune que Gustloff, David Frankfurter était né en 1909 à Daruvar, en Slavonie occidentale, et il était fils de rabbin. A la maison, on parlait hébreu et allemand, à l'école David apprit à parler et à écrire le serbe, mais fut aussi confronté jour après jour à la haine des Juifs. On ne peut placer ici qu'une conjecture : c'était en vain qu'il s'efforçait de faire avec, parce que sa constitution ne lui permettait guère de riposte vigoureuse et qu'une habile adaptation aux circonstances lui répugnait.

David Frankfurter n'avait avec Wilhelm Gustloff qu'une chose en commun : de même que celui-ci était handicapé par sa maladie pulmonaire, de même celui-là souffrait depuis l'enfance d'une suppuration chronique de la moelle. Mais si Gustloff n'avait pas tardé à pouvoir soigner son affection à Davos et à se montrer plus tard membre efficace du Parti, aucun médecin ne put venir en aide à David ; il dut subir en vain cinq opérations : un cas désespéré.

C'est peut-être en raison de sa maladie qu'il entreprit des études de médecine ; et cela sur le conseil de sa famille, en Allemagne, où son père et le père de celui-ci avaient déjà fait leurs études. Il semble que, toujours égrotant et souffrant donc d'un manque de concentration, il échoua tant au MPC qu'aux examens ultérieurs. Mais sur Internet, le camarade Diewerge affirmait, contrairement à l'écrivain Ludwig, également cité et que Diewerge appelait toujours « Emil Ludwig-Cohn » : le Juif Frankfurter avait été un étudiant non seulement chétif, mais en outre aussi paresseux que bambocheur, il vivait aux crochets de son rabbin de père, et c'était qui plus est un bon à rien et un fumeur invétéré, habillé comme un petit marquis.

Ensuite commença – comme Internet le célébrait tout récemment –, par une date trois fois maudite, l'année de la prise du pouvoir. Le fumeur invétéré David vécut à Francfort-sur-le-Main ce qui le concernait, lui et d'autres étudiants. Il vit brûler les livres d'auteurs juifs. Soudain, sa place d'étudiant au laboratoire fut signalée par une étoile de David. La haine venait le frapper avec une proximité physique. En même temps que d'autres, il était insulté par des étudiants qui se réclamaient à pleine gorge de la race aryenne. Il ne savait comment affronter tout cela. Il ne le supportait pas. C'est pourquoi il s'enfuit en Suisse et poursuivit ses études à Berne, un endroit qu'il croyait sûr, pour y échouer à nouveau aux examens. Il écrivait néanmoins à ses parents des lettres dont la tonalité allait du serein au positif, et qui grugeaient un père finançant son entretien. Quand sa mère mourut l'année d'après, il interrompit ses études. Peut-être afin de trouver un soutien auprès de certains parents, il risqua à nouveau un voyage à l'intérieur du Reich, où il vit sans rien faire, à Berlin, un jeune homme tirer la barbe roussâtre de son oncle, qui était rabbin comme son père, en criant bien fort : « Juif, hepp hepp ! »

C'est aussi ce qu'on lit dans le livre d'Emil Ludwig, *Le Meurtre de Davos*, à la tonalité de roman, que cet auteur à succès fit paraître en 1936 chez Querido, à Amsterdam, l'éditeur des émigrés. Une fois encore, la Fraternité Schwerin, sur son site web, savait une vérité sinon plus vraie, du moins différente, car elle prenait au pied de la lettre le camarade Diewerge, qui avait cité la déposition du rabbin, le Dr Salomon Frankfurter, entendu par la police berlinoise : « Il n'est pas vrai qu'un adolescent m'ait tiré la barbe (qui est d'ailleurs noire, et non pas rousse) en criant : "Juif, hepp, hepp !" »

Il ne m'a pas été possible de vérifier si cet interrogatoire de police ordonné deux ans après l'agression prétendue s'était déroulé ou non sous la contrainte. Toujours est-il que David Frankfurter revint à Berne, et qu'il y fut sans doute désespéré pour plusieurs raisons. D'une part il reprit des études jusqu'ici infructueuses, de l'autre il souffrait, sans parler de ses douleurs physiques permanentes, de la mort de sa mère. Au surplus, sa brève visite à Berlin prenait des proportions accablantes dès qu'il lisait, dans les journaux du pays et des autres, des comptes rendus sur les camps de concentration d'Oranienburg, de Dachau et d'ailleurs.

C'est ainsi que doit être apparue vers fin trente-cinq la pensée du suicide, qui revenait régulièrement. Plus tard, au cours du procès, une expertise commandée par le défenseur disait : « Frankfurter, pour des raisons de nature personnelle qui affectaient intérieurement sa psyché, en est arrivé à une situation psychologique intenable dont il ne pouvait faire autrement que de se libérer. Sa dépression a engendré l'idée du suicide. Mais l'instinct de conservation inhérent à tout un chacun a dévié la balle vers une autre victime. »

Il n'y avait à ce sujet, sur Internet, pas de commentaires sophistiques. Cependant le soupçon s'insinuait de plus en plus en moi que derrière l'adresse de couverture « www.blutzeuge.de » ne s'attroupait pas, sous le nom de Fraternité Schwerin, une majorité de crânes rasés, mais qu'un petit futé s'y cachait en solo. Quelqu'un qui, comme moi, suivait au flair les marquages olfactifs et autres sécrétions de l'Histoire.

Un étudiant bambocheur ? J'en étais un, moi aussi, quand la germanistique a commencé à m'ennuyer à mort et le cursus de « Communication » à l'Institut Otto-Suhr à devenir un peu trop théorique.

Au début, quand j'ai quitté Schwerin, puis que je suis passé de Berlin-Est à Berlin-Ouest par le métro aérien, je me donnais encore assez de mal, comme je l'avais promis à Mère à mon départ, et je bossais comme un arriviste. J'avais – juste avant la construction du Mur – seize ans et demi quand je me suis mis à renifler la liberté. J'habitais à Schmargendorf, près du Roseneck, chez Jenny, la camarade d'école de Mère, avec laquelle elle prétend avoir vécu une foule de choses démentes. J'avais ma propre chambre, avec lucarne sur le toit. Une belle époque en fait.

L'appartement mansardé de Tante Jenny, dans la Karlsbader Strasse, avait l'air d'une maison de poupées. Sur des petites tables, des consoles, sous des cloches de verre, il y avait de petits personnages en porcelaine. Pour la plupart des danseuses en tutu et sur leurs pointes. Quelques-unes dans des positions risquées, toutes avec une petite tête au bout d'un long cou. Très jeune, Tante Jenny avait été ballerine, assez célèbre même, jusqu'au moment où, dans l'un des nombreux bombardements qui aplatissaient de plus en plus la capitale du Reich, elle avait eu les deux pieds abîmés, de sorte qu'à présent c'était d'une part en clopinant, de l'autre avec des mouvements de bras restés pleins de grâce qu'elle me servait toutes sortes de choses à grignoter avec le thé de l'après-midi. Et pareillement aux figurines fragiles de sa coquette mansarde, sa petite tête mouvementée sur un cou désormais aride présentait un sourire permanent qui semblait comme congelé.

J'avais plaisir à habiter chez elle. Elle me gâtait. Et quand elle parlait de sa camarade d'école – « Cette chère Tulla m'a encore, par des voies dissimulées, fait parvenir une petite lettre... » –, j'étais tenté, pendant quelques minutes, d'avoir pour Mère, cette charogne salement coriace, une légère affection ; mais ensuite elle recommençait à m'énerver. Ses messages clandestins schwerinois illégalement introduits rue de Karlsbad contenaient des exhortations serrées, élevées par des soulignages au rang d'inconditionnel, qui étaient censées, pour reprendre le mot de Mère, me « tarabuster » : « Il faut qu'il apprenne, qu'il apprenne ! C'est pour ça, rien que pour ça que j'ai envoyé ce gamin à l'Ouest, pour qu'il fasse quelque chose de lui... »

Sa littéralité, qui me restait nichée dans l'oreille, c'était : « Moi j'vis pus qu'pour ça, pour que mon gosse un jour y témoigne. » Et, se faisant la porte-parole de son amie, Tante Jenny m'exhortait d'une voix douce, mais qui ne manquait jamais le point sensible. Il ne me restait rien d'autre à faire que de bosser consciencieusement.

A l'époque, je fréquentais un lycée en même temps que d'autres « transfuges de la République ». J'avais des tas de choses à rattraper en matière d'État de droit et de démocratie. A l'anglais s'ajoutait le français, mais en échange il n'y avait plus de russe. Je commençai aussi à comprendre comment le capitalisme fonctionne grâce à la gestion raisonnée du chômage. Je n'étais certes pas un élève brillant, mais je décrochai ce que Mère avait exigé de moi, le bac.

Pour le reste, dans tout ce qui pouvait se faire avec les filles, ça n'allait pas trop mal non plus, et je n'étais même pas trop juste côté caisse parce que Mère, quand j'étais passé à l'ennemi de classe avec sa bénédiction, m'avait glissé encore une autre adresse à l'Ouest : « C'est ton père, chuppose. Cousin à moi. C'est lui qui m'a engrossée avant de partir au régiment. En tout cas c'est c'qu'y croit. Écris-y donc pour y dire comment ça va, quand tu s'ras en face... »

Comparaison n'est pas raison. Mais pour ce qui est des finances, ma situation fut bientôt la même que celle, à Berne, de David Frankfurter, lequel recevait de son père, tous les mois, une petite somme versée sur son compte suisse. Le cousin de Mère – Dieu ait son âme – s'appelait Harry Liebenau, était fils du maître menuisier de ce qui avait été l'Elsenstrasse, vivait depuis la fin des années cinquante à Baden-Baden et assurait comme rédacteur culturel le programme nocturne de la radio Südwestfunk : poésie lyrique vers minuit, au moment où les seuls auditeurs étaient les sapins de la Forêt-Noire.

Comme je ne voulais pas vivre à perpétuité aux crochets de l'amie d'enfance de Mère, j'ai fait suivre, dans une lettre assez gentille, la formule de conclusion « Ton fils que tu ne connais pas » de mon numéro de compte, très lisible. Apparemment trop bien marié, il n'a certes pas répondu par écrit, mais il crachait tous les mois avec ponctualité largement plus que la pension alimentaire minimum, deux cents marks tout rond, ce qui était à l'époque un joli paquet. Tante Jenny n'en savait rien, mais elle prétend avoir connu Harry, le cousin de Mère, quoique seulement de manière fugitive, m'a-t-elle plus avoué que dit avec une bouffée de rougeur sur son visage de poupée.

Début soixante-sept, peu après le moment où je m'étais débiné de la Karlsbader Strasse, où j'étais allé m'installer à Kreuzberg et avais bazardé mes études pour entrer comme stagiaire chez Springer, l'euphorie pécuniaire cessa. Ensuite, je n'ai plus jamais écrit à mon père financier, tout au plus une carte à Noël de temps en temps, pas davantage. Pour quoi faire. Par des voies détournées, Mère m'avait donné à comprendre dans un message clandestin : « Çui-là, t'as pas tellement de raisons de lui dire merci. Il le sait, pourquoi faut qu'y raque... »

Elle ne pouvait pas, à cette époque, m'écrire à découvert, parce que entre-temps elle dirigeait dans une grande unité de production propriété-du-Peuple une brigade-ébénisterie qui fabriquait aux normes du Plan des meubles de chambre à coucher. Comme camarade, elle n'avait pas le droit d'avoir des contacts avec l'Ouest, et certainement pas avec son fils « transfuge de la République » qui, dans la presse de combat capitaliste, écrivait des articles d'abord courts, puis relativement longs contre le communisme du Mur et des barbelés – ce qui lui attirait, à elle, suffisamment de problèmes.

Je supposais que le cousin de Mère ne voulait plus payer parce que, au lieu de poursuivre mes études, j'écrivais dans les brûlots de la croisade Springer. Quelque part, il n'avait pas tort, de son point de vue de libéral à la con. D'ailleurs, après l'attentat contre Rudi Dutschke, je n'ai pas tardé à quitter Springer. Comme il se passait pas mal de choses à ce moment-là, j'écrivais pour tout un tas de journaux plus ou moins progressistes et je m'en sortais tout à fait bien, même sans la pension alimentaire minimum multipliée par trois. De toute façon, ce M. Liebenau n'était pas mon père. Mère s'est contentée de le pousser en avant. Je sais par elle que le rédacteur de programmes nocturnes est mort d'insuffisance cardiaque à la fin des années soixante-dix, avant même que je ne me marie. Il avait son âge, un petit peu plus de cinquante ans.

En remplacement, elle m'a fourni une livraison de prénoms masculins qui, comme elle disait, pouvaient entrer comme pères en ligne de compte. L'un de ces hommes, qui a disparu, s'appelait paraît-il Joachim ou Jochen, un autre, plus âgé déjà, et qui avait prétendument empoisonné le chien Harras, Walter.

Non, je n'ai pas eu de véritable père, rien que des fantômes interchangeables. Là, les trois héros qui doivent maintenant être importants à mes yeux étaient mieux lotis. En tout cas, Mère ne savait pas elle-même qui l'avait mise enceinte quand, le matin du 30 janvier quarante-cinq, elle fut embarquée en même temps que ses parents sur le quai de Gotenhafen-Oxhöft avec le numéro sept mille et des poussières. Celui dont le nom avait servi à baptiser le bateau pouvait, lui, exciper d'un géniteur, un négociant, Hermann Gustloff. Et celui qui réussit à couler le bateau surchargé a eu droit, à Odessa, parce qu'il faisait partie, gamin, d'une bande de voleurs qui se serait appelée *Blatnye*, à se faire assez souvent tabasser par son père, ce qui constitue sans doute une sensible attention paternelle. Et David Frankfurter, qui, en voyageant de Berne à Davos, fit en sorte que le navire pût être baptisé du nom d'un martyr, a même eu pour père un véritable rabbin. Mais même moi, le sans-père, j'ai fini par le devenir.

Que pouvait-il fumer ? Des Juno, la cigarette proverbialement ronde ? Ou des orientales plates ? Peut-être, pour suivre la mode, de celles qui avaient un embout doré ? Il n'y a pas de photo de lui en fumeur, sinon une illustration de journal, tardive, qui le représente avec la cibiche, à la fin des années soixante, lors de son bref séjour en Suisse enfin permis, en monsieur d'un certain âge qui ne va pas tarder à avoir derrière lui sa carrière de fonctionnaire. Toujours est-il que, comme moi, il les enchaînait l'une à l'autre et qu'il a donc pris place dans un compartiment fumeurs des Chemins de fer suisses.

Tous les deux voyageaient en train. Au moment où David Frankfurter était en route de Berne à Davos, Wilhelm Gustloff se trouvait en tournée d'organisation. Celle-ci lui fit rendre visite à plusieurs « groupes locaux » du NSDAP-Étranger et fonder de nouveaux « points d'appui » de la Jeunesse hitlérienne et du *Bund deutscher Mädel*, BdM en abrégé. Comme son voyage prit son essor fin janvier, il a sans doute, à Berne et Zurich, à Glarus et à Zoug, prononcé un discours chaque fois aussi galvanisant pour le troisième anniversaire de la prise du pouvoir. Puisque son employeur, l'observatoire, l'avait licencié dès l'année précédente sur l'insistance de députés sociaux-démocrates, il pouvait disposer de son temps en toute liberté. Il y avait certes constamment, en raison de ses activités d'agitateur, des protestations internes à la Suisse – des journaux de gauche l'appelaient « le dictateur de Davos », et le conseiller national Bringolf réclamait son expulsion – mais il trouvait dans le canton des Grisons comme dans toute la Confédération suffisamment de politiciens et de fonctionnaires qui ne le soutenaient pas que du point de vue financier. L'administration de la station climatique de Davos lui fournissait régulièrement, en toute discrétion, la liste des curistes nouvellement arrivés, ce qui lui permettait, pendant la durée de la cure, non pas seulement d'inviter, mais d'inciter fortement les Allemands du Reich qui se trouvaient parmi eux à se rendre aux manifestations du Parti ; une absence non excusée était nominalement enregistrée et transmise aux instances compétentes du Reich.

Au moment du voyage en train de l'étudiant fumeur, qui avait demandé à Berne un aller simple et non pas un aller-retour, et tandis que le futur Martyr faisait ses preuves au service de son Parti, le second maître Alexander Marinesko était déjà passé de la marine marchande à la flotte Drapeau rouge de la mer Noire, où, au sein de la division d'instruction, il suivit un cours de navigation puis fut formé comme sous-marinier. En même temps, il était membre de l'organisation de jeunesse Komsomol et s'avérait – ce que compensaient ses performances dans le service – grand buveur extraserviciel ; à bord, en revanche, on ne l'a jamais vu tétant la bouteille. Bientôt Marinesko, officier de navigation, fut affecté à un sous-marin, le *Sc 306 Piksja* ; au début de la guerre, ce bâtiment, alors que Marinesko était déjà officier à bord d'un autre, heurta une mine et coula avec tout l'équipage.

De Berne à Zurich, puis au fil de divers lacs. Le camarade Diewerge, dans son ouvrage qui retrace l'itinéraire de l'étudiant voyageur, ne s'est pas attardé en descriptions de paysages. Et il est probable aussi que le fumeur invétéré en treizième semestre n'a perçu que peu de chose des chaînes de sommets qui venaient à sa rencontre et finirent par rétrécir l'horizon – tout au plus la neige qui recouvrait maisons, arbres, montagnes, et le changement de lumière provoqué par la traversée des tunnels.

David Frankfurter voyagea le 31 janvier 1936. Il lisait le journal et fumait. A la rubrique « De tout un peu », on trouvait quelques petites choses sur les activités du *Landesgruppenleiter* Gustloff. Les quotidiens, parmi eux le *Neue Zürcher* et le *Basler Nationalzeitung*, témoignaient de la date et relataient tout ce qui se passait simultanément ou s'annonçait comme événements futurs. Au début de l'année qui devait entrer dans l'Histoire comme celle des Jeux olympiques de Berlin, l'Italie fasciste n'avait pas encore vaincu le lointain royaume du Négus, l'Abyssinie, et un risque de guerre se dessinait en Espagne. A l'intérieur du Reich, la construction des autoroutes faisait des progrès, et à Langfuhr, Mère comptait huit ans et demi. Deux étés auparavant, son frère Konrad, petite tête bouclée sourde-muette, s'était noyé en se baignant dans la Baltique. C'était son frère préféré. Et c'est la raison pour laquelle, quarante-six ans après sa mort, mon fils dut être baptisé du nom de Konrad ; mais on l'appelle partout Konny et, dans ses lettres, son amie Rosi s'adresse à « Conny ».

On lit chez Diewerge que le *Landesgruppenleiter* est revenu le 3 février, fatigué par un voyage tout à fait productif à travers les cantons. Frankfurter savait qu'il arriverait le trois. Outre les quotidiens, il lisait régulièrement la feuille du Parti publiée par Gustloff, *Der Reichsdeutsche* – « L'Allemand du Reich » –, où son emploi du temps était consigné. David savait presque tout de sa cible. Il l'avait inhalée à s'en remplir les poumons. Mais savait-il aussi que l'année précédente le couple Gustloff s'était fait construire à Schwerin, avec ses économies, une maison en belles briques vernissées, meublée avec prévoyance pour son retour à l'intérieur du Reich ? Et que l'un et l'autre désiraient ardemment un fils ?

Quand l'étudiant en médecine arriva à Davos, de la neige fraîche était tombée. Sur la neige brillait le soleil, et la station ressemblait à une carte postale. Il était parti sans bagages, mais avec une ferme intention. Il avait déchiré dans le *Basler Nationalzeitung* une photo de Gustloff en uniforme : un homme de haute taille, qui s'efforçait à un air décidé et à qui une alopécie facilitait la hauteur du front.

Frankfurter prit ses quartiers au Löwe. Il dut attendre le mardi 4 février. Ce jour de la semaine s'appelle chez les Juifs « ki tov » et passe pour un jour de chance ; une information que j'ai pêchée sur Internet. C'est sous cette date, sur la page web maintenant familière, qu'était commémoré le témoin-par-le-sang.

Fumant au soleil sur la neige verglacée. On entendait crisser chaque pas. Le lundi eut lieu la visite de la ville. A plusieurs reprises l'esplanade de la station, dans un sens, dans l'autre. Anodin spectateur parmi les spectateurs d'un match de hockey sur glace. Conversations à bâtons rompus avec des curistes. Blanche, l'haleine figée devant la bouche. Ne pas éveiller de soupçons. Pas un mot de trop. Aucune hâte. Tout était prêt. Avec un revolver acheté sans problème, il s'était entraîné à proximité de Berne sur le polygone de tir d'Ostermundingen, ce qui était autorisé. Tout maladif qu'il était, sa main s'était révélée calme.

Le mardi, désormais sur place, un panneau dont l'inscription résistait aux intempéries – « Wilhelm Gustloff NSDAP » – lui vint en aide : de l'esplanade partait la rue « Am Kurpark », qui menait à la maison numéro trois. Une construction à toit plat, crépie de bleu délavé, aux gouttières de laquelle pendaient des langues de glace. Peu de réverbères s'opposaient à l'obscurité vespérale. La neige ne tombait pas.

Voilà pour la vue extérieure. D'autres détails sont restés sans importance. Sur le déroulement des faits, seuls purent, par la suite, déposer l'auteur et la veuve. Pour ma part, j'ai pu examiner l'intérieur de la partie concernée du logement grâce à une photo censée servir, sur ladite homepage, d'illustration au texte inséré. Cette photo a manifestement été prise après les faits, car trois bouquets de fleurs fraîches, sur des petites tables et une commode, ainsi qu'un pot épanoui donnent au lieu l'aspect d'une pièce-souvenir.

Au coup de sonnette, Hedwig Gustloff vint ouvrir. Un jeune homme dont elle déclara plus tard qu'il avait de bons yeux sollicita un entretien avec le *Landesgruppenleiter*. Celui-ci était dans le couloir et parlait au téléphone avec un camarade du Parti, le Dr Habermann, membre de la base de Thun. Frankfurter prétend avoir entendu en passant l'expression « porc de Juif », ce que Mme Gustloff a contesté plus tard, disant que ce vocabulaire était étranger à son époux, même s'il considérait comme tout à fait urgente la solution de la question juive.

Elle introduisit le visiteur dans le bureau de son mari et le pria de s'asseoir. Aucun soupçon. Des solliciteurs venaient souvent à l'improviste, dont des gens qui partageaient ses idées et qui étaient dans la détresse.

Du fauteuil, l'étudiant en médecine, assis en manteau, son chapeau sur les genoux, voyait la table-bureau, qui portait la pendule dans son habitacle de bois aux incurvations légères, suspendu au-dessus le poignard d'honneur des SA. Au-dessus du poignard encore et à ses côtés, plusieurs portraits du Führer et chancelier du Reich constituaient, en noir et blanc et en couleurs, toute la décoration de la pièce. On ne distinguait aucune photo du mentor assassiné deux ans auparavant, Gregor Strasser. Sur le côté, la maquette d'un bateau à voiles, sans doute le *Gorch Fock*.

En outre, le visiteur qui attendait en se refusant la fumée aurait pu voir sur une commode située à côté du bureau le poste de radio, puis le buste du Führer, soit en bronze, soit en plâtre peint de manière à simuler le bronze. Les fleurs coupées photographiées sur le bureau peuvent dès avant les faits avoir rempli un vase, arrangé avec amour par Mme Gustloff pour accueillir son mari au retour d'un voyage fatigant, et pour marquer a posteriori son anniversaire.

Sur le bureau, de menus objets et beaucoup de papier rangé négligemment : peut-être des rapports de groupes locaux venant des cantons, assurément de la correspondance avec les instances du Reich, sans doute quelques lettres de menaces arrivées souvent par la poste les derniers temps ; mais Gustloff avait refusé la protection de la police.

Il pénétra dans le bureau sans sa femme. Ferme et en bonne santé, parce que ayant dépassé depuis bien des années sa tuberculose, il se dirigea en vêtements civils vers le visiteur, qui ne se leva pas du fauteuil mais tira en position assise, à peine avait-il sorti le revolver de la poche de son gros manteau. Des coups bien ciblés firent quatre trous, dans la poitrine, la gorge, la tête du *Landesgruppenleiter*. Celui-ci s'effondra sans un cri devant les portraits encadrés de son Führer. Tout de suite sa femme fut dans la pièce, vit d'abord le revolver encore en position de tir, puis son mari écroulé qui, tandis qu'elle se penchait sur lui, commençait à se vider de son sang par tous les orifices de ses blessures.

David Frankfurter, le voyageur sans billet de retour, mit son chapeau et quitta sans en être empêché par les autres occupants de la maison, alarmés, les lieux de son acte réfléchi, erra quelque temps dans la neige, tomba plusieurs fois, avait dans la tête le numéro d'urgence, se dénonça lui-même depuis une cabine téléphonique, trouva finalement le poste le plus proche et se livra à la police cantonale.

La phrase suivante a été prononcée par lui pour être enregistrée par le fonctionnaire de garde et répétée ensuite devant le tribunal, sans variation : « J'ai tiré parce que je suis juif. Je suis parfaitement conscient de mon acte et je ne le regrette en aucune façon. »

Après quoi une masse de papier fut imprimée. Ce qui s'appelait chez Diewerge « un lâche assassinat » devenait pour l'auteur de romans Emil Ludwig « le combat de David contre Goliath ». Le présent digitalement interconnecté en est resté à ces évaluations contradictoires. Très vite, tout ce qui se produisit ensuite, y compris le procès, laissa derrière soi auteur et victime et gagna en importance. Au héros de stature biblique qui, par son acte très simplement motivé, voulait appeler son peuple torturé à la résistance s'opposa le témoin-par-le-sang du mouvement national-socialiste. Tous les deux devaient entrer plus grands que nature dans le grand livre de l'Histoire. Le criminel cependant ne tarda pas à tomber dans l'oubli ; Mère non plus, quand elle était enfant et s'appelait Tulla, n'a jamais entendu parler de meurtre ni du meurtrier, rien que de choses féeriques à propos d'un bateau chatoyant de blancheur qui, chargé d'une population joyeuse, faisait de longues et courtes croisières pour une association qui s'appelait *Kraft durch Freude*, « La Force par la Joie ».

# 2

A l'époque où j'étais encore un étudiant glandeur bénéficiant d'une pension alimentaire, je suivais les cours, à l'Université Technique, du professeur Höllerer. De sa voix pénétrante d'oiseau, il enthousiasmait l'amphithéâtre plein à craquer. Il s'agissait de Kleist, de Grabbe, de Büchner, rien que des génies en fuite. Une de ses leçons s'appelait « Entre classicisme et modernité ». Parmi de jeunes littérateurs et d'encore plus jeunes tenancières de librairies, je me plaisais au Waitzkeller, où des choses pas encore mûres étaient lues à haute voix et déchiquetées à belles langues. Rue des Carmes, j'ai même participé à un cours genre américain – *creative writing*. Il y avait là une bonne douzaine de possibles espoirs, de talents. Moi, je n'avais pas les moyens, assurait l'un des enseignants, qui voulait provoquer à la démarche épique les débutants que nous étions avec des sujets comme « SOS-Amitié ». Chez moi, ça ne donnait tout au plus qu'un roman de gare. Mais il est quand même venu me tirer des bas-fonds : l'origine de mon existence d'épave était un événement unique, disait-il, exemplaire, et donc digne de narration.

Certains talents de l'époque sont déjà morts. Deux ou trois se sont fait un nom. Mon ancien professeur, en revanche, semble avoir épuisé sa veine écrivante, sans quoi il ne m'aurait pas embauché comme *ghostwriter*. Mais assez de marcher en crabe. Ça n'avance pas, lui ai-je dit. Ce n'étaient que deux détraqués, l'un comme l'autre. Il s'est sacrifié pour donner à son peuple l'exemple d'une résistance héroïque ? Parlons-en ! Les Juifs, après le meurtre, ne s'en sont pas trouvés mieux d'un poil. Au contraire ! La terreur est devenue loi. Et quand deux ans et demi plus tard, à Paris, le Juif Herschel Grünspan a abattu le diplomate Ernst von Rath, la réponse a été la nuit de Cristal. Et aux nazis, je me le demande, qu'a rapporté un martyr de plus ? Bon, oui, un bateau a été baptisé de son nom.

Et me revoici sur la piste. Non pas parce que j'ai le Vieux sur le dos, mais plutôt parce que Mère n'a jamais lâché prise. A Schwerin déjà, où chaque fois qu'il y avait quelque chose à inaugurer il me fallait faire le pantin en chemise bleue et foulard, elle ne cessait pas de me casser les pieds : « La mer glacée et les p'tits gosses tous la tête en bas. Ça y faut qu'tu l'écrives. Ça tu nous l'dois, toi qu't'as survécu sain et sauf. J'te le racont'rai un jour, tout menu menu, et pis tu l'écris... »

Mais je ne voulais pas. Personne n'avait envie d'entendre ça, ni ici à l'Ouest, ni – encore moins – à l'Est. Le *Gustloff* et son histoire maudite ont été tabous pendant des décennies, au niveau interallemand pour ainsi dire. Mère n'en cessait pas moins de m'en rebattre les oreilles par messager interposé. Tandis que j'avais bazardé mes études et que je commençais à écrire des articles plutôt marqués à droite pour Springer, elle me donnait à lire : « Celui-là, c'est un revanchard. Celui-là, y prend parti pour nous, les expulsés. Lui, y l'imprimera, c'est sûr, en feuilleton, des s'maines et des s'maines... »

Et plus tard, quand le *taz* et ce genre de contorsionnisme de gauche commençaient à me taper sur le système, Tante Jenny, sitôt qu'elle m'avait eu à table chez Habel, au Roseneck, autour d'asperges et de pommes de terre nouvelles, m'avait délivré au dessert les exhortations de Mère : « Ma chère amie Tulla place toujours de grands espoirs en toi. Elle te fait dire que ton devoir de fils te commande inaltérablement de raconter enfin au monde entier... »

Mais je maintenais le couvercle. Je ne me laissais pas faire. Pendant toutes les années où, en *free lance*, j'ai rédigé d'assez longs articles pour des revues sur la nature, à propos, par exemple, de la culture biodynamique des légumes et des dégâts écologiques dans la forêt allemande, et même des papiers engagés sur le thème « Plus jamais Auschwitz », j'ai réussi à laisser de côté l'environnement de ma naissance, jusqu'au moment où, fin janvier quatre-vingt-seize, j'ai vu d'abord la homepage d'extrême droite du *Stormfront* américain, où je suis vite tombé sur quelques références au *Gustloff* et où je me suis enfin familiarisé, sur le site web « www.blutzeuge.de », avec la Fraternité Schwerin.

J'ai commencé à prendre des notes. Étonné. Sidéré. Je voulais savoir comment cette gloire provinciale – depuis les quatre coups de feu de Davos – était capable d'attirer de nouveaux surfeurs. Du reste, habilement construite, la page. Des montages photos des lieux concernés à Schwerin. Et par-ci, par-là, de gentils points d'interrogation : « Voulez-vous en savoir davantage sur notre Martyr ? Désirez-vous connaître son histoire pas à pas ? »

« Nous », tu parles ! « Fraternité », à d'autres ! J'étais prêt à parier que c'était quelqu'un qui naviguait sur Internet en solitaire. Cette semence couleur d'excrément levait sur le fumier d'une seule et même petite tête. Pas mal fait, et même pas bête du tout, ce que ce bouffon diffusait sur l'organisation *Kraft durch Freude*. Des photos de vacances avec des passagers hilares. Les joies de la baignade sur les plages de l'île de Rügen.

Cela, Mère n'en savait naturellement pas grand-chose. Chez elle, *Kraft durch Freude* se prononçait toujours *Kadéeff*. Au cinématographe de Langfuhr, elle avait vu à dix ans, aux « Actualités parlantes Fox », un certain nombre de choses, mais aussi « notre bateau Kadéeff » lors de la croisière inaugurale. Au surplus le père et la mère Pokriefke, lui comme ouvrier et membre du Parti, elle de l'organisation féminine national-socialiste, la *Frauenschaft*, s'étaient trouvés à bord du *Gustloff* pendant l'été trente-neuf. Il avait été permis à un petit groupe de Dantzig – encore « État libre » à l'époque – de partir avec une autorisation spéciale pour Allemands de l'étranger, dernier carat pour ainsi dire. La destination, c'était, à la mi-août, les fjords de Norvège, trop tard pour le supplément « Soleil de minuit ».

Quand j'étais enfant, Mère, chaque fois que le naufrage qui n'en finissait pas revenait au programme du dimanche, m'assurait passionnément en langfuhrois de l'enthousiasme avec lequel son papa racontait les danses populaires d'un groupe folklorique norvégien sur le pont-solarium du bateau Kadéeff. « Et ma maman, elle pouvait pas arrêter de rêver d'la piscine, qu'elle était carrelée partout avec des sujets de toutes les couleurs, là où qu'c'est qu'ensuite toutes les auxiliaires de la Marine elles étaient entassées comme des harengs, jusqu'à ce que le Russcoff avec sa deuxième torpille, juste là, il les mette en purée toutes ces pauv' petites... »

Mais pour l'instant le *Gustloff* n'est même pas sur cale, et encore moins lancé. Et puis il faut que je revienne en arrière parce que juste après les coups de feu mortels, les juges compétents du canton des Grisons, l'accusation et la défense commencèrent à préparer le procès de David Frankfurter. Il devait se dérouler à Coire. Comme le meurtrier avait passé des aveux, on pouvait compter sur un procès assez bref. A Schwerin cependant, on se mettait à organiser les solennités qui, ordonnancées de tout en haut, devaient être données en spectacle dès le transfert du corps et se graver dans la mémoire de la Communauté du Peuple.

Que ne réussirent pas à mettre sur pied des coups de feu bien ciblés ! Des colonnes de SA en marche, des haies d'honneur, des porte-couronnes et des porte-drapeaux, des uniformes et des torches. Parmi les roulements étouffés du tambour, la Wehrmacht défilait au pas funèbre, le peuple de Schwerin figé dans l'affliction ou simplement curieux se bousculait pour voir.

Auparavant, le camarade du Parti, plutôt inconnu au Mecklembourg, n'était que l'un des nombreux *Landesgruppenleiter* du NSDAP à l'étranger ; mort, Wilhelm Gustloff fut gonflé en un personnage qui enlevait apparemment tous leurs moyens à certains tribuns, car en cherchant des grandeurs comparables, il ne leur venait à l'esprit que ce Supermartyr qui avait aidé un chant à trouver son nom, un chant qui dans les occasions officielles – il y en avait beaucoup – était joué et chanté juste après le *Deutschland über alles* : « Drapeau levé... »

A Davos, les solennités n'avaient été que de petit format. L'église de la paroisse évangélique, en fait une chapelle, donnait la mesure. Devant l'autel, habillé du drapeau à croix gammée, était placé le cercueil. Sur celui-ci, le poignard d'honneur, le brassard et la casquette de SA étaient ordonnés en une nature morte. Quelque deux cents camarades du Parti étaient venus de tous les cantons. En outre, des citoyens helvétiques exprimaient leurs convictions devant la chapelle et à l'intérieur. Tout autour, les montagnes.

La cérémonie funèbre plutôt simple qui se déroula dans la station pulmonaire mondialement connue a été retransmise sous forme d'extraits par la Radiodiffusion allemande, à laquelle s'étaient reliés tous les émetteurs du territoire du Reich. Des speakers invitaient à retenir son souffle. Mais dans aucun commentaire, dans aucun des nombreux discours qui furent prononcés ailleurs par la suite ne fut nommément mentionné David Frankfurter. Il ne s'appela plus désormais que « le lâche assassin juif ». Des tentatives de la partie adverse pour transformer en héros l'étudiant en médecine à la santé fragile, en le plaçant sur un piédestal de « Guillaume Tell yougoslave » à cause de ses origines serbes, ont été repoussées par des patriotes suisses dans un haut allemand officiel indigné, mais ont renforcé les interrogations quant aux éminences grises cachées derrière le jeune tireur ; des organisations juives ne tardèrent pas à être accusées d'avoir tiré les ficelles. Les commanditaires du « lâche assassinat », c'était, disait-on, la juiverie mondiale organisée.

Entre-temps, à Davos, le train spécial destiné au cercueil était prêt. A son départ, on sonna les cloches des églises. Il voyagea du dimanche matin au lundi soir, s'arrêta pour la première fois sur le territoire du Reich allemand à Singen, effleura aux fins de brefs et solennels séjours les villes de Stuttgart, Würzburg, Erfurt, Halle, Magdeburg et Wittenberge, où, sur les quais, le dernier salut fut « délivré » au cadavre dans son cercueil par les gauleiters respectivement concernés et des délégations d'honneur du Parti.

C'est sur Internet que j'ai découvert cette expression empruntée à l'abécédaire sémantique et sonore du grand style. Sur le site web, dans la littéralité des comptes rendus insérés, on ne se contentait pas de saluer à la manière qui était traditionnelle à l'époque, copiée sur les fascistes italiens, en levant la main droite, non, on se retrouvait sur les quais de gare et dans toutes les manifestations funèbres pour « délivrer » le dernier salut ; c'est pourquoi, sur « www.blutzeuge.de », on ne commémorait pas seulement le défunt en citant le discours du Führer et en décrivant la cérémonie dans la salle des fêtes de Schwerin, mais on lui « délivrait » le salut allemand dans la dimension la plus actuelle, nommée cyberespace. Après seulement, l'*Héroïque* de Beethoven valait, pour la Fraternité Schwerin, d'être mentionnée dans son interprétation par l'orchestre local.

Il est vrai qu'un cheveu critique vint tomber sur cet océan mondial de stupidité. Un chatteur corrigea les honneurs rendus par un détachement de la Wehrmacht à l'ancien combattant Wilhelm Gustloff, tels qu'ils étaient décrits dans les citations du *Völkischer Beobach-*

*ter*, en signalant que le destinataire de ces honneurs n'avait pas eu la chance, en raison de son affection pulmonaire, de participer à la Première Guerre mondiale, de se montrer valeureux sur le front ni donc de porter la Croix de Fer de première ou de deuxième classe.

Celui qui venait troubler en sniper solitaire les cérémonies virtuelles semblait être un maniaque de la précision. Il regrettait au surplus, maintenant obstiné dans sa certitude d'avoir raison, l'absence dans le discours du gauleiter Hildebrandt, préposé au Mecklembourg, de référence à ce qu'il appelait les « influences national-bolchevistes » de Gregor Strasser sur le Martyr. En fin de compte, on aurait pu attendre de l'ancien ouvrier agricole qui haïssait depuis son enfance les grands propriétaires terriens aristocrates, et qui espérait donc, après la prise de pouvoir par le Führer, une parcellisation rigoureuse des domaines nobiliaires, qu'il sauvât l'honneur, ne fût-ce que de manière allusive, du Strasser assassiné. Telles étaient à peu près ses jérémiades. Des rectifications de pédant qui déclenchèrent sur le forum une bataille rangée.

Sans se soucier de son issue, de retour sur la page web, le cortège funèbre animé par des photos se mettait en mouvement. Par un temps incertain, on alla de la salle des fêtes, en passant par la rue Gutenberg, la rue de Wismar, la chaussée des Morts et la rue du Rempart, jusqu'au crématorium. Le cercueil roula sur quatre kilomètres entre deux haies d'honneur, exposé sur un affût de canon, jusqu'au moment où, dans un roulement de tambours, on le déchargea aux fins d'incinération et où, après bénédiction par un ecclésiastique, on le descendit dans le crématoire. Au commandement, les drapeaux s'inclinèrent des deux côtés du cercueil en voie de disparition. Des colonnes en bon ordre entonnèrent le chant du « Camarade mort » et délivrèrent, mains levées à droite, le tout dernier des derniers saluts. Pour faire bonne mesure, le détachement de la Wehrmacht tira encore quelques salves en l'honneur d'un ancien combattant qui, comme on a déjà pu le constater, n'avait jamais vécu la guerre de tranchées et à qui le feu roulant, ou les « orages d'acier », dans le vocabulaire de Jünger, avaient été épargnés. Ah ! que n'avait-il été devant Verdun pour crever quand il en était temps dans un cratère d'obus !

Puisque j'ai grandi dans « la ville aux sept lacs », je connais l'endroit où, plus tard, sur la rive sud du lac de Schwerin, l'urne a été scellée dans les fondations. Au-dessus se dressait un bloc de granit de quatre mètres de hauteur qu'une inscription creusée au burin rendait éloquent. Avec les stèles d'autres Vétérans des premiers combats, il forma le « bois sacré » qui entourait le Temple d'honneur spécialement construit à cette occasion. Je ne me souviens pas, mais Mère le sait exactement, à quel moment précis, dans les premières années de l'après-guerre, et pas seulement sur l'ordre de la puissance d'occupation soviétique, tout ce qui pouvait rappeler le Martyr aux citoyens de la ville fut démantelé. Mais pour mon vis-à-vis connecté, il était nécessaire d'ériger à nouveau et au même endroit une pierre commémorative ; aussi bien appelait-il Schwerin « la ville de Wilhelm Gustloff ».

Tout a disparu, emporté par le vent ! Qui sait encore comment s'appelait celui qui dirigeait le Front allemand du travail ? Aujourd'hui, on ne mentionne comme tout-puissants de l'époque, à côté d'Hitler, que Goebbels, Göring, Hess. Si jamais on posait lors d'un quizz télévisé des questions sur Himmler ou Eichmann, on pourrait compter en partie sur de bonnes réponses, mais aussi sur des visages lointains et désemparés ; et déjà le fringant quizzmaster aurait l'occasion d'émettre un petit sourire en guise de reçu pour la disparition d'un certain nombre de milliers de marks.

Mais qui, en dehors de mon webmaster dans sa gymnastique sur le Net, connaît aujourd'hui Robert Ley ? C'est pourtant lui qui, dès la prise du pouvoir, a dissous tous les syndicats, vidé leurs caisses, fait occuper leurs immeubles par des commandos de gros bras et, sous la contrainte, a intégré leurs membres – des millions – dans le Front allemand du travail. C'est lui, la face de lune à la boucle sur le front, qui a eu l'idée d'imposer à tous les fonctionnaires d'État, puis à tous les enseignants et tous les élèves, enfin aux ouvriers de toutes les entreprises, la main levée avec le « *Heil Hitler* » comme salut quotidien. Et c'est à lui qu'est venu à l'esprit d'organiser aussi les congés des ouvriers et employés, de leur permettre, sous la devise « La Force par la Joie », des voyages bon marché dans les Alpes bavaroises et dans les monts Métallifères, des vacances sur la côte de la Baltique et les estrans de la mer du Nord, et surtout des croisières plus ou moins longues.

Un homme efficace, car tout se passa à toute allure, sans frein, tandis que, en même temps, se passaient d'autres choses, et que les camps de concentration se remplissaient vague après vague. Début trente-quatre, Ley loua pour la flotte KdF qu'il programmait le paquebot *Monte Olivia* et le vapeur de quatre mille tonneaux *Dresden*. Ensemble, les deux navires embarquaient tout juste trois mille passagers. Mais dès la huitième croisière de vacances du KdF, à l'occasion de laquelle devait être donnée en spectacle, une fois de plus, la beauté des fjords de Norvège, un bloc de granit sous-marin du Karmsund déchira sur trente mètres la coque du *Dresden*, qui commença à couler. Tous les passagers, à l'exception de deux femmes qui moururent de crise cardiaque, purent certes être sauvés, mais en même temps que le navire, c'est toute l'idée du KdF qui aurait pu prendre l'eau.

Pas pour Ley. Une semaine plus tard, il engagea quatre autres paquebots et disposa dès lors d'une flotte susceptible d'être développée qui, dès le courant de l'année suivante, pouvait prendre cent trente-cinq mille vacanciers à son bord, en général pour des voyages de cinq jours en Norvège, mais aussi, bientôt, pour des croisières au long cours qui touchaient la destination très prisée de Madère. Cette joie par force ne coûtait que quarante reichsmarks, et dix marks le billet spécial de chemin de fer jusqu'au port de Hambourg.

En tant que journaliste, je me suis demandé en parcourant le matériau qui m'était accessible : comment a-t-il été possible, en si peu de temps, à cet État né des pleins pouvoirs et au seul parti subsistant d'amener les ouvriers et employés organisés en Front du travail non seulement à se tenir tranquilles, mais à collaborer, et très vite à exprimer massivement leur liesse lors des manifestations programmées ? Une réponse partielle est apportée par les activités de l'association national-socialiste *Kraft durch Freude*, qui fit encore longtemps rêver en secret bien des survivants – et Mère sans se cacher : « Là, c'était pas du tout comme avant. Mon papa, qu'il était seulement manœuvre à la menuiserie, et qu'en fait y croyait pus à rien, eh ben y jurait que par le KdF, passque c'était la première fois de toute sa vie qu'avec ma mère il a pu faire un voyage... »

Je dois concéder que Mère a toujours dit beaucoup de choses trop fort et pas quand il fallait. Elle laisse tomber ou elle s'accroche impitoyablement. En mars cinquante-trois – j'avais huit ans et j'étais au lit avec une infection des amygdales, la rubéole ou la rougeole –, le jour où on a appris la mort de Staline, elle a allumé des bougies dans notre cuisine et elle a pleuré pour de bon. Plus jamais je ne l'ai vue pleurer comme cela. Lorsque, des années plus tard, Ulbricht a disparu de la scène, il paraît qu'elle a disqualifié son successeur en parlant de « simple couvreur ». Elle, l'antifasciste déclarée, elle ne s'en est pas moins lamentée quand on a détruit autour de cinquante la stèle de Wilhelm Gustloff, pestant contre cette « profanation de sépulture ». Plus tard, quand, à l'Ouest, nous avions le terrorisme, je pouvais lire dans ses bouteilles à la mer schwerinoises que « Baadermeinhof », qu'elle prenait pour une seule et même personne, était tombé dans le combat contre le fascisme. Mais son amie Jenny, quand elle entendait les déclarations de Mère, se contentait de sourire : « Tulla a toujours été la même. Elle dit ce que les autres n'ont pas envie d'entendre. Et elle exagère parfois un peu... » Ainsi, il paraît que, dans son collectif d'entreprise, devant les camarades assemblés, elle se serait elle-même qualifiée de « dernière fidèle de Staline » et que, dans la phrase qui suivait, elle aurait fait un vibrant éloge de la Force par la Joie, un modèle pour tout vrai communiste.

Lorsque, en janvier trente-six, les chantiers navals Blohm & Voss, à Hambourg, furent chargés de la construction, pour le Front allemand du travail et sa filiale La Force par la Joie, d'un paquebot de croisière dont le coût était évalué à 25 millions de reichsmarks, personne ne demanda : d'où vient donc tout cet argent ? Avec 25 484 tonneaux de jauge internationale brute, 208 mètres de long et 6 à 7 mètres de tirant d'eau, seuls des chiffres apparaissaient pour l'instant. Comme vitesse maximale, 15,5 nœuds devaient être atteints. Outre les 417 membres de l'équipage, le navire devait embarquer 1 463 passagers. C'étaient là, pour la construction navale alors d'usage, des chiffres normaux, mais au contraire de ce qui se passait pour d'autres paquebots, ce nouveau bâtiment avait pour mission, en ne comportant qu'une seule classe de passagers, d'abolir toutes les différences de classes sociales, ce qui, selon les directives de Robert Ley, devait être un modèle pour l'idéal recherché, la « Communauté du Peuple » partagée par tous les Allemands.

Il était prévu de baptiser le navire, lors de son lancement, du nom du Führer, mais quand le chancelier du Reich, à l'occasion de la cérémonie funèbre, se retrouva assis à côté de la veuve du camarade assassiné en Suisse, il prit la décision de donner au bateau du KdF en projet le nom du dernier martyr du Mouvement ; sur quoi d'ailleurs, peu après l'incinération de celui-ci, il y eut dans tout le Reich des places, des rues et des écoles qui portèrent ce nom. Même une fabrique d'armes et autres ustensiles militaires, les Usines Simson à Suhl, changea de nom après son aryanisation forcée, de manière que les « Usines Wilhelm-Gustloff » pussent contribuer au réarmement et, à partir de quarante-deux, entretenir une succursale au camp de concentration de Buchenwald.

Je ne vais pas faire ici la liste de tout ce qui portait ce nom-là – je mentionnerai tout au plus le pont Gustloff à Nuremberg et la Maison Gustloff pour la colonie allemande de Curitiba, au Brésil –, préférant me demander, et j'ai nourri Internet de cette question : « Que se serait-il passé si malgré tout, lors du lancement le 4 août 1936, à la dernière minute, le bateau construit à Hambourg avait été baptisé du nom du Führer ? »

La réponse est venue du tac au tac : « Jamais l'*Adolf Hitler* n'aurait pu couler, parce que la Providence... », etc., etc. De sorte qu'une pensée m'approcha : en conséquence, je n'aurais pas eu à traîner ma survie de rescapé d'une catastrophe oubliée du monde entier. Débarqué tout à fait normalement à Flensburg et détaché de Mère à cet endroit seulement, je ne serais pas un cas exemplaire et je ne donnerais pas lieu, aujourd'hui, à ce jeu des chiffres et des lettres.

« Mon Paulo, c'est quèqu' chose de spécial ! » Dès mon enfance, j'ai eu dans les oreilles sa phrase standard. Ça devenait gênant quand elle servait ma particularité aux voisins et même au collectif du Parti assemblé, dans son langfuhrois le plus écrasé : « Tout d'suite à sa naissance j'l'ai su, ce lardon, ce s'ra une vraie célébrité un jour ou l'aut'... »

Laissez-moi rire ! Je connais mes limites. Je suis un journaliste médiocre, qui s'en tire plutôt bien sur les courtes distances. Il est possible qu'autrefois j'aie été grand au niveau des projets – un livre jamais écrit devait s'appeler *Entre Springer et Dutschke* –, mais en règle générale c'est au projet qu'on en restait. Quand ensuite Gabi, qui avait arrêté la pilule dans le plus grand secret, fut incontestablement enceinte de moi et me traîna devant l'état civil, ce fut, à peine le braillard était-il là et la future pédagogue repartie dans ses études, ce fut clair comme de l'eau de roche : à partir de maintenant, tout est foutu. Maintenant, tu peux faire tes preuves comme père au foyer en changeant les couches et en passant l'aspirateur. Fini de se prendre pour un grand ! Celui qui, avec trente-cinq ans sur le dos et un début de calvitie sur la tête, se laisse en plus coller un marmot est définitivement perdu. Ah oui, l'amour ! Celui-là ne revient qu'après soixante-dix ans, quand il ne se passe de toute façon plus rien.

Gabriele, que tout le monde appelait Gabi, n'était certes pas jolie, mais excitante. Elle avait quelque chose d'entraînant et croyait, au début, qu'elle pourrait me faire quitter le petit trot du glandouillage pour une démarche plus allongée – « Risque-toi donc à quelque chose qui interpelle socialement, quelque chose sur la course aux armements et le Mouvement pour la Paix » –, et je pressais le citron pour le sermon correspondant : mon compte rendu sur Mutlangen, les Pershing II et les sit-in a même rencontré de l'estime dans les milieux plus ou moins de gauche. Mais ensuite je me suis de nouveau affalé. Et à un moment ou à un autre, elle a dû jeter l'éponge.

Mais Gabi n'était pas la seule, Mère aussi voyait en moi le typique raté. Dès la naissance de notre fils et après nous avoir imposé par télégramme le prénom qu'il devait porter – « Nom absolument Konrad » –, elle écrivit à son amie Jenny une lettre plutôt ouverte : « Quel âne ! C'est pour ça qu'il est passé à l'Ouest ? Me décevoir comme ça. C'est vraiment tout ce qu'il arrive à fabriquer ? »

Et elle avait raison. Ma femme, plus jeune d'une bonne dizaine d'années, réussit tous ses examens, devint professeur de lycée et fonctionnaire d'État ; moi, je suis resté ce que je suis. Cette plaisanterie fatigante n'a pas duré sept ans – puis c'en était fini de Gabriele et moi. Elle m'a laissé l'appartement ancien de Kreuzberg avec chauffage au poêle, et l'atmosphère renfermée de Berlin qu'aucun courant d'air ne peut dissiper ; elle, elle est allée avec le petit Konrad en Allemagne de l'Ouest, où, à Mölln, elle avait de la famille, et où elle n'a pas tardé à trouver un poste d'enseignante.

Une petite ville joliment située au bord du lac, et qui, à la proximité tranquille de la frontière interallemande, se donnait des airs idylliques. Avec quelque arrogance, cette région dont les paysages ne sont pas laids du tout se nomme « duché de Lauenburg ». On y vit comme dans l'ancien temps. Mölln est mentionnée dans les guides comme « la ville d'Eulenspiegel ». Et comme Gabi y avait passé son enfance, elle n'a pas tardé à s'y sentir chez elle.

Moi, je m'affalais de plus en plus. Je ne décollais pas de Berlin. Je gardais la tête hors de l'eau comme plumitif d'agence de presse. Je casais accessoirement des reportages – « Qu'y a-t-il de vert dans la Semaine verte ? » et « Les Turcs à Kreuzberg » – dans le *Journal évangélique du dimanche*. Et par ailleurs ? Quelques histoires de femmes plutôt vigoureuses et des contraventions pour stationnement illicite. Oui, bon, un an après le départ de Gabi : le divorce.

Je ne voyais mon fils Konrad qu'à l'occasion de mes visites, donc rarement et sans aucune régularité. Un garçon à lunettes grandi trop vite à mon goût, qui, de l'avis de sa mère, avait un bon développement scolaire, passait pour très doué et extrêmement sensible. Quand le mur de Berlin tomba et que la frontière s'ouvrit à côté de Mustin, juste derrière Ratzeburg, la petite ville voisine de Mölln, Konny aurait assiégé mon ex pour qu'elle l'emmène à Schwerin – une bonne heure de voiture – rendre visite à sa Mamie Tulla.

C'est ainsi qu'il l'appelait. A sa demande, je suppose. Cette visite n'a pas été la seule, hélas ! dirais-je aujourd'hui. Ces deux-là se comprenaient au quart de tour. A l'époque, quand il avait dix ans, Konny dissertait déjà comme un adulte. Je suis sûr que Mère lui en mettait plein les oreilles avec ses histoires, qui ne se passaient pas que dans la cour de la menuiserie de l'Elsenstrasse à Langfuhr. Elle a tout déballé, y compris ses aventures de receveuse de tramway, la dernière année de la guerre. Le gamin a dû boire ses discours comme une éponge. Et naturellement elle l'aura gavé de l'histoire du bateau qui n'en finit pas de couler. A partir de là, c'est Konrad, ou « Konradchen », comme elle disait, qui est devenu son grand espoir.

Dans ces temps-là, elle venait souvent à Berlin. Désormais à la retraite, elle aimait voyager dans sa Trabi. Mais Mère ne faisait la route que pour voir son amie Jenny ; moi, je restais accessoire. Quelles retrouvailles ! Dans le salon de poupée de Tante Jenny ou dans mon trou à l'ancienne de Kreuzberg, elle ne parlait que de Konradchen et du bonheur de sa vieillesse. Comme c'était bien de pouvoir maintenant s'occuper davantage de lui, depuis qu'on avait liquidé le Combinat-Grande-Ébénisterie, avec son aide, du reste. Elle aidait volontiers, disait-elle, pour que les choses avancent. Ses conseils étaient de nouveau recherchés. Et pour ce qui était de son petit-fils, elle était pleine de projets.

Cette énergie débordante ne rencontrait chez Tante Jenny qu'un sourire congelé. Moi, j'eus droit à :

« Mon Konradchen, ça deviendra un jour quèqu' chose de grand. Pas un raté comme toi...

– Exact, ai-je dit, moi je ne suis rien devenu de terrible, et il n'y a plus de raison que ça change. Mais comme tu vois, Mère, je progresse – si on peut appeler ça un progrès – dans le tabagisme à la chaîne. »

Comme ce Juif Frankfurter, ajouté-je aujourd'hui, qui de la même manière que moi allumait une cigarette au mégot de l'autre, et sur lequel je suis obligé d'écrire maintenant, parce que les coups de feu ont atteint leur cible, parce que la construction du navire entreprise à Hambourg avançait, parce que sur la mer Noire un officier de route du nom de Marinesko était de service sur un sous-marin approprié à la navigation côtière et parce que le 9 décembre trente-six commença devant le tribunal du canton suisse des Grisons le procès de l'assassin – originaire de Yougoslavie – de l'Allemand du Reich Wilhelm Gustloff.

A Coire, trois gardiens en civil se tenaient devant la chaire des juges et le banc de l'accusé, qui était étroitement assis entre deux policiers. Selon les consignes de la police du canton, ils devaient avoir constamment l'œil sur le public, ainsi que sur les journalistes nationaux et étrangers : on craignait un attentat, de quelque côté que ce fût.

En raison de l'affluence en provenance du Reich, il était devenu nécessaire de transporter les débats du tribunal du canton à la salle des séances du Petit Conseil des Grisons. Un homme chargé d'ans à la barbiche blanche, l'avocat Eugen Curti, assurait la défense. Partie civile, la veuve de l'assassiné était représentée par le célèbre professeur Friedrich Grimm, qui souleva une grande émotion peu après la fin de la guerre avec son ouvrage standard *Justice politique : la maladie de notre temps*, raison pour laquelle je ne fus pas étonné de trouver sur Internet une nouvelle édition de ce livre, distribuée par l'extrémiste de droite germano-canadien Ernst Zündel – mais cet ouvrage de combat serait entre-temps épuisé.

Je suis cependant à peu près sûr que mon webmaster de Schwerin a réussi à s'en procurer à temps un exemplaire, car ses pages Internet étaient parsemées de citations de Grimm et de réponses polémiques à la plaidoirie un peu longue – avouons-le – du défenseur Curti. C'était comme si le procès se déroulait à nouveau, et cette fois dans le grand théâtre du monde, virtuellement bondé.

Plus tard, mes recherches ont révélé que mon franc-tireur solitaire avait fait son miel du *Völkischer Beobachter*. C'est ainsi que l'information, donnée plutôt en passant, selon laquelle lorsque, au deuxième jour du procès, Mme Hedwig Gustloff avait pénétré en grand deuil dans la salle d'audience, les Allemands du Reich qui étaient là, quelques sympathisants suisses et les journalistes venus du Reich lui avaient rendu hommage en lui délivrant debout le salut hitlérien, était clonée de l'« Organe de combat du mouvement national-socialiste de la Grande-Allemagne ». Le « *VB* » n'était pas seulement présent lors des quatre jours de débats qu'il faut dire historiques, mais aussi sur Internet ; les citations, également diffusées sur le réseau, extraites de la lettre du père rigoureux à son fils prodigue, étaient elles aussi empruntées à l'organe de combat, car la lettre du rabbin – « Je n'attends plus rien de toi. Tu n'écris pas. Tu n'as d'ailleurs pas besoin d'écrire... » – fut présentée par l'accusation, devant le tribunal, comme un témoignage de la sécheresse de cœur de l'accusé ; on a sans doute accordé à ce fumeur à la chaîne une cigarette ou une autre pendant les suspensions d'audience.

Tandis que l'officier de sous-marin Marinesko était ou bien en mer, ou bien en permission à terre à Sébastopol, port de la mer Noire, où l'on peut par conséquent présumer qu'il est resté trois jours rond comme une queue de pelle, le nouveau bâtiment construit à Hambourg commençait à prendre forme – les riveteuses donnaient le ton nuit et jour –, et l'accusé David Frankfurter était assis ou debout entre les deux policiers cantonaux. Il passa des aveux appliqués. Et priva donc le procès de tout suspense. Il écoutait assis, disait debout : J'ai décidé, acheté, répété, voyagé, attendu, pénétré, patienté, tiré cinq fois. Il prononçait ses aveux sans détour et n'hésita qu'à quelques reprises. Il accepta le jugement, mais Internet disait « avec des larmes pitoyables ».

Comme on n'avait pas droit à la peine de mort dans le canton des Grisons, le professeur Grimm, en le regrettant, réclama le maximum : perpétuité. Jusqu'au prononcé du jugement – dix-huit ans de réclusion, puis expulsion du territoire – tout cela, online, avait l'air extrêmement partisan en faveur du Martyr, mais ensuite mon webmaster se dissocia de la Fraternité Schwerin. Ou bien avait-il tout à coup de la compagnie ? Est-ce que venait encore s'imposer ce pleurnicheur, ce monsieur-je-sais-tout qui avait déjà occupé le chatroom ? Toujours est-il que commença un jeu de rôles conflictuel.

La discussion, qui ne cessait de se rallumer, était menée par l'intermédiaire de prénoms : un Wilhelm prêtait sa voix au *Landesgruppenleiter* assassiné, et un David se mettait en scène comme suicidaire contrarié.

On aurait dit que cet échange de coups se déroulait dans l'au-delà. Mais on allait bien terrestrement au fond des choses. Pour le rendez-vous de l'assassin et de la victime, on remâchait sempiternellement l'acte et son mobile. Tandis que l'un étalait sa propagande, en proclamant par exemple qu'au moment du procès il y avait dans le Reich 800 000 chômeurs de moins que l'année précédente et en s'enthousiasmant : « Tout cela, on le doit au Führer, à lui seul », l'autre faisait le décompte des médecins et des patients juifs qui avaient été chassés des hôpitaux et des stations de cure, et il ajoutait que le régime nazi avait appelé dès le 1^er^ avril trente-trois au boycott des Juifs, sur quoi les vitrines des boutiques juives avaient été distinguées par le slogan meurtrier : « Juda, crève ! » On se renvoyait la balle. Lorsque Wilhelm, pour appuyer sa thèse sur le nécessaire maintien de la pureté de la race aryenne, diffusait des citations de *Mein Kampf*, David répondait par des extraits des *Soldats de la lande*, un récit qu'un ancien détenu en camp de concentration avait publié chez un éditeur helvétique.

C'était une bataille au couteau, rageuse. Mais soudain le ton s'apaisa. Dans le chatroom, on se mit à bavarder. Si Wilhelm demandait : « Dis-moi donc, pourquoi as-tu tiré sur moi cinq fois ? », David répliquait : « Sorry, j'ai manqué le premier. Il n'y avait que quatre trous. » Alors Wilhelm : « Exact. Mais qui t'a fourni le revolver ? » David : « Le Ballermann, c'est moi qui l'ai acheté. Et pour trois petits francs suisses. – Plutôt donné : une arme pour laquelle il aurait à coup sûr fallu en raquer cinquante. – Je vois. Tu veux dire que quelqu'un m'a offert le matos, c'est ça ? – Je suis même sûr que tu as tiré sur commande. – C'est clair ! Sur l'ordre du judaïsme mondial. »

Leur dialogue virtuel se poursuivit ainsi pendant les jours suivants. Dès qu'ils s'étaient réciproquement liquidés, on commençait à s'amuser, comme si c'étaient des amis qui se faisaient des farces. Avant de quitter le forum, ils disaient : « Salut ! sale porc nazi cloné ! », et : « A plus, youtre ! » mais dès qu'un surfeur des Baléares ou d'Oslo essayait de s'immiscer dans leur dialogue, ils le viraient : « Casse-toi ! », ou : « Reviens plus tard ! »

C'étaient manifestement tous les deux des joueurs de ping-pong, car ils étaient fanatiques du champion allemand Jörg Rosskopf qui, disait David, avait même battu un maître chinois. Tous les deux juraient qu'ils étaient pour le fair-play. Et tous les deux prouvaient qu'ils étaient compétents et louangeaient les nouvelles découvertes de l'autre : « Dingue ! Où as-tu trouvé cette citation de Strasser ? », ou : « Je ne savais pas, David, que Hildebrandt avait été débarqué par le Führer pour déviation gauchiste, mais qu'ensuite il avait été réintégré comme gauleiter à la demande des braves Mecklembourgeois. »

On aurait pu les prendre pour des amis, tant ils s'efforçaient de venir à bout de leur haine réciproque comme de normes planifiées. La question de Wilhelm, lancée dans le chatroom : « Si le Führer me rappelait à la vie, est-ce que tu tirerais encore sur moi ? » trouva une réponse immédiate de la part de David : « Non, la prochaine fois c'est toi qui auras le droit de m'abattre. »

Je subodorais quelque chose. Et déjà j'abandonnais l'idée qu'un webmaster unique se livrait habilement à ce jeu de rôles fantomatique. Je m'étais fait piéger par deux rigolos qui se battaient jusqu'au sang avec le plus grand sérieux.

Plus tard, quand tous ceux qui étaient impliqués dans l'affaire ont fait les innocents et joué l'épouvante, j'ai dit à Mère : « Dès le début, j'ai trouvé ça bizarre. Comment se fait-il, je me suis demandé, que des jeunes, de nos jours, soient complètement fous de ce Gustloff et de tout ce qui a quelque chose à voir avec lui ? Car que ce n'étaient pas de vieux débris qui tuaient le temps sur le Net, bon, des éternels nostalgiques comme toi, c'était clair pour moi dès le début… »

Mère n'a rien dit. Comme chaque fois que quelque chose la frôlait d'un peu trop près, elle a fait ses yeux « yapersonnalamaison », c'est-à-dire révulsé les prunelles jusqu'à la limite de l'impossible. De toute façon, elle était persuadée que ce genre de choses-là ne pouvait qu'arriver lorsque pendant des dizaines d'années « on a pas eu l'droit de causer du *Justloff*. Chez nous à l'Est, en parlons pas. Et chez toi à l'Ouest, si jamais on parlait d'l'époque, c'était toujours pour d'autres trucs, des mauvais, Auschwitz et tout ça. Ah ça bon Dieu ! C'qu'y-z-ont pu s'énerver au collectif du Parti quand comme ça en passant j'ai dit quèqu' chose de positif sur les bateaux Kadéeff, que le *Justloff* par exemple c'était un bateau sans classes... »

Et la revoilà partie sur Papa et Maman en route pour la Norvège : « Ma maman elle en r'venait pas, passqu'à la salle à manger tous les congés y se mélangeaient aux tables, des simples ouvriers comme mon papa, mais même aussi des fonctionnaires ou des huiles du Parti. Ça devait être quèqu' chose comme nous en RDA, simplement encore mieux... »

Cette histoire de bateau sans classes faisait vraiment un tabac. Je suppose que c'est pour cela que les ouvriers des chantiers navals ont crié de joie comme des fous quand, le 5 mai trente-sept, le nouveau bâtiment haut de huit étages a été lancé. Il manquait encore la cheminée, le pont-passerelle et la station radiogoniométrique. Tout Hambourg était là, des dizaines de milliers de gens. Mais pour le baptême ne se tenaient tout près que dix mille membres de la Communauté du Peuple, invités par Ley personnellement.

Le train spécial d'Hitler entra à dix heures du matin en gare du Dammtor. Puis le trajet fut poursuivi en Mercedes décapotable, le bras saluant, tantôt tendu, tantôt replié, à travers les rues de Hambourg, au milieu des cris d'allégresse, cela va de soi. Une vedette le transporta des quais d'embarquement jusqu'au chantier. Tous les navires qui étaient dans le port, même les étrangers, avaient pavoisé. Et tous les bateaux chartérisés qui composaient la flotte du KdF, du *Sierra Cordoba* au *St. Louis*, avaient, à l'ancre, hissé le grand pavois.

Je ne vais pas énumérer ici tout ce qui se présenta en colonnes et rendit hommage en claquant des talons. Les ouvriers des chantiers se bousculaient au pied de la tribune tandis qu'il en montait les marches. Lors des dernières élections libres, à peine quatre ans auparavant, la plupart d'entre eux avaient voté socialiste ou communiste. Il n'y avait plus maintenant qu'un seul et unique parti ; et en chair et en os, il y avait le Führer.

Il ne rencontra la veuve qu'en haut de la tribune baptismale. Il connaissait Hedwig Gustloff depuis les premiers temps des combats. Avant que la marche sur la Feldherrnhalle de Munich n'échouât en vingt-trois dans le sang, elle avait été sa secrétaire. Plus tard, tandis qu'il était en forteresse à Landsberg, elle avait cherché du travail en Suisse et y avait trouvé son mari.

Qui encore avait le droit de monter sur la tribune ? Le directeur des chantiers navals – le conseiller d'État Blohm – et le chef de la cellule de l'entreprise, Pauly. Naturellement, Robert Ley était à ses côtés. Mais aussi d'autres dignitaires du Parti. Le gauleiter de Hambourg, Kaufmann, celui de Schwerin-Mecklembourg, Hildebrandt, y étaient autorisés. La Kriegsmarine était représentée par l'amiral Raeder. Et le *Landesgruppenleiter* Böhme n'avait pas reculé devant le long voyage depuis Davos.

Des discours furent prononcés. Cette fois, il resta en retrait. Après Kaufmann, ce fut le directeur des chantiers Blohm & Voss qui parla : « Mon Führer, j'ai l'honneur de vous annoncer au nom des chantiers : Navire de croisière numéro de construction 511 paré pour le lancement ! »

Tout le reste, supprimé. Mais je devrais peut-être quand même piquer çà et là quelques cerises dans le discours de Robert Ley. L'apostrophe fraîche et joyeuse disait : « Humanité allemande ! » Et ensuite, en remontant au Déluge, il encensait son idée de « Force par la Joie », pleine de sollicitude à l'égard du Peuple, pour en nommer finalement l'instigateur : « Le Führer m'a donné cet ordre à l'époque : "Faites en sorte que l'ouvrier allemand ait ses vacances pour qu'il garde ses nerfs, car je pourrais faire ce que je voudrais, cela ne servirait à rien si les nerfs du Peuple allemand n'étaient pas en ordre. Ce qui importe, c'est que les masses allemandes, l'ouvrier allemand soient assez forts pour comprendre mes pensées." »

Quand la veuve, peu après, administra le baptême en prononçant : « Je te baptise du nom de Wilhelm Gustloff », la jubilation de la masse nerveusement renforcée couvrit l'éclatement cristallin de la bouteille de mousseux allemand contre la proue du navire. Les deux chants furent entonnés tandis que le nouveau-né glissait de la cale... Mais pour moi, le survivant du *Gustloff*, chaque fois que, comme journaliste, je dois assister sur place à un lancement de navire ou que je le vois à la télévision, s'interpose toujours dans l'image l'engloutissement du navire baptisé et lancé par un superbe mois de mai.

A peu près vers ce moment, tandis que David Frankfurter était déjà reclus dans la prison du Sennhof à Coire et que la bouteille de mousseux faisait des petits à Hambourg, Alexander Marinesko suivait, soit à Leningrad, soit à Kronstadt, des cours de commandement. Il avait été en tout cas, sur ordre, transféré de la mer Noire à la marge orientale de la Baltique. Dès l'été, et tandis que les procès d'épuration organisés par Staline n'épargnaient pas l'amirauté de la flotte balte, il devint commandant d'un sous-marin.

Le *M 96* appartenait à une classe de bâtiments assez ancienne, se prêtait aux sorties et aux combats dans les eaux côtières. Je tire des infos qui me sont accessibles que le *M 96*, avec deux cent cinquante tonnes de déplacement et quarante-cinq mètres de long, était un bateau plutôt petit, embarquant dix-huit hommes à son bord. Marinesko resta longtemps commandant de cette unité opérant jusque dans le golfe de Finlande et qui n'était armée que de deux tubes lance-torpilles. Je présume qu'à proximité des côtes, il s'entraînait sans cesse à l'attaque de surface suivie d'une plongée rapide.

# 3

Tandis que l'intérieur, depuis le pont E, le plus bas, jusqu'au pont-solarium, à la cheminée, à la passerelle de commandement et à la station radio, était en cours de finition et que des exercices de plongée se déroulaient le long des côtes baltes, onze mois de détention s'écoulèrent à Coire ; alors seulement le navire put larguer les amarres du quai d'équipement et descendre l'Elbe pour une sortie d'essai dans la mer du Nord. J'attends donc que, les secondes présentes ayant disparu, le temps du récit puisse à nouveau être dévidé. Ou bien dois-je me risquer entre-temps à un conflit avec quelqu'un dont les récriminations sont impossibles à évacuer ?

Il exige des souvenirs précis. Il veut savoir comment, lorsque j'étais enfant, à compter de ma troisième année par exemple, je voyais, flairais, palpais Mère. Il dit : « Les premières impressions sont déterminantes pour le reste de la vie. » Je dis : « Il n'y a aucun souvenir. Quand j'avais trois ans, elle venait de terminer son apprentissage d'ébénisterie. Oui, bon, les copeaux et les blocs de bois qu'elle m'apportait de l'atelier, je les vois, en longues boucles et dressés, s'écrouler devant moi. Je jouais avec des copeaux et des blocs. Quoi d'autre ? Mère sentait la colle d'os. Partout où elle était restée, debout, assise, couchée – mon Dieu, son lit ! –, cette odeur persistait. Mais moi, comme il n'y avait pas encore de crèches, on m'a d'abord mis chez une voisine, puis au jardin d'enfants. C'était comme ça pour les mères qui travaillaient, partout sur le territoire de l'État-des-Ouvriers-et-des-Paysans, pas seulement à Schwerin. Je me souviens de bonnes femmes grosses ou sèches qui nous menaient à la baguette, et aussi de bouillie de semoule où la cuillère tenait debout. »

Mais ces miettes de souvenirs n'ont pas satisfait l'appétit du Vieux. Il ne lâche pas prise : « De mon temps, la petite Tulla Pokriefke, à dix ans à peu près, avait un visage points-virgule-trait ; de quoi avait-elle l'air, jeune femme et ouvrière ébéniste, disons à partir de cinquante, quand elle avait vingt-trois ans ? Se maquillait-elle ? La voyait-on avec un foulard sur la tête ou en mère de famille sous son chapeau-pot de fleurs ? Avait-elle des cheveux lisses et tombants ou se faisait-elle faire une indéfrisable ? Est-ce que le week-end elle se promenait en bigoudis ? »

Je ne sais pas si mes renseignements peuvent l'apaiser ; l'image que j'ai de Mère quand elle était jeune est extrêmement précise et floue en même temps. Je ne la connais qu'avec des cheveux blancs. Depuis le début elle avait les cheveux blancs. Pas d'un blanc argenté. Simplement blancs. Celui qui l'interrogeait là-dessus avait droit à : « C'est arrivé à la naissance de mon fils. Sur le torpilleur qui nous a sauvés... » Et celui qui était prêt à en entendre davantage apprenait qu'à partir de là, et donc aussi à Kolberg, quand les survivants, mère et nourrisson, quittèrent le torpilleur *Löwe*, elle était blanche comme neige. A l'époque, elle aurait eu les cheveux mi-longs. Mais avant, quand elle n'était pas encore devenue blanche « comme sur un ordre d'en haut », ses cheveux presque blonds de nature, un peu roux, lui tombaient paraît-il sur les épaules.

En réponse à d'autres questions – il ne me lâche pas – j'ai certifié à mon employeur qu'il n'y a que peu de photos de Mère dans les années cinquante. Sur l'une d'elles, on la voit avec des cheveux blancs coupés court, de la longueur d'une allumette. Ça crépitait quand je passais la main dessus, ce qu'elle me permettait parfois. Et c'est encore comme ça que la vieille femme qu'elle est se promène aujourd'hui. Elle avait à peine dix-sept ans quand elle a blanchi d'un seul coup. « Mais non ! Mère ne s'est jamais teint les cheveux ou ne les a fait teindre. Aucun de ses camarades ne l'a jamais vue en aile de corbeau ou en rouge Titien. »

« Et puis ? Qu'y a-t-il encore comme souvenirs ? Des hommes par exemple ? Y en avait-il ? » Ce qu'on veut dire, c'est ceux qui passaient la nuit. Car adolescente, Tulla Pokriefke était folle des hommes. Aux bains de Brösen ou comme receveuse de tramway en service entre Dantzig, Langfuhr et Oliva, il y avait toujours des gamins à ses trousses, mais aussi des hommes, des vrais, des permissionnaires du front par exemple. « Est-ce que sa manie des hommes a faibli plus tard, quand ç'a été une femme aux cheveux blancs ? »

A quoi pense-t-il, le Vieux ? Il croit peut-être qu'il a suffi que le choc lui ait décoloré le poil pour qu'elle vive comme une bonne sœur ? Des hommes, il y en avait plus qu'il n'en fallait. Mais ils ne restaient pas longtemps. Il y en avait un qui était contremaître en maçonnerie et tout à fait gentil. Il apportait ce qu'on ne trouvait que difficilement avec des tickets : du pâté de foie par exemple. J'avais déjà dix ans quand il venait s'asseoir chez nous sur l'arrière-cour, Lehmstrasse 7, dans la cuisine, et qu'il faisait claquer ses bretelles. Il s'appelait Jochen et voulait absolument que je fasse à dada sur ses genoux. Mère l'appelait « Jochen 2 », parce que adolescente elle avait connu un lycéen dont le nom était Joachim, mais qu'on appelait Jochen. « Mais çuilà y voulait pas d'moi. Même pas touchée qu'y m'a... »

A un moment quelconque, Mère a dû virer Jochen 2, je ne sais pas pourquoi. Et quand j'avais treize ans à peu près, il y en avait un de la Police populaire qui venait après son service, et parfois aussi le dimanche. Il était sous-lieutenant et saxon, de Pirna, je crois. Il apportait du dentifrice de l'Ouest, du Colgate, avec d'autres trucs confisqués. Du reste, il s'appelait Jochen aussi, et donc Mère disait : « Demain y vient l'numéro 3. Tu s'ras un peu gentil avec lui quand c'est qu'il arrivera... » Jochen 3 fut mis à la porte parce que, comme disait Mère, « y voulait m'épouser à tire-larigot ».

Elle n'était pas pour le mariage. « Ça m'suffit avec toi », m'a-t-elle dit quand, à quinze ans environ, j'en avais marre de tout. Pas de l'école. Là j'étais très bon, sauf en russe. Mais des mascarades du FDJ, des Récoltes et des Semaines d'Action, des chants et rengaines sur la Construction, de Mère aussi, j'en avais assez. Ça me sortait par les oreilles quand elle me resservait, en général le dimanche, ses histoires du *Gustloff* avec les boulettes et la purée de patates : « Tout s'est mis à glisser. Ça s'oublie pas, des choses pareilles. Ça arrêtera jamais. J'fais pas qu'en rêver, quand au moment de la fin c'est qu'un grand cri qu'a éclaté sur l'eau. Et tous les pt'its gosses au milieu des blocs de glace... »

Quelquefois, quand après le déjeuner du dimanche elle restait assise à la table de la cuisine avec son bol de café, Mère disait seulement : « C'était quand même un beau bateau », et puis plus rien. Mais son regard yapersonnalamaison en disait assez.

C'est possible. Il paraît que le *Wilhelm Gustloff*, quand, enfin terminé et tout en blanc, il fit sa croisière virginale, était un événement flottant. On a entendu cela jusque dans la bouche de gens qui, après la guerre, se sont donnés pour des antifascistes convaincus de la première heure. Et ceux à qui il était permis de monter à bord en redescendaient comme illuminés.

Dès sa sortie d'essai de deux jours, par un temps au demeurant très agité, on avait embarqué des ouvriers et des employés de Blohm & Voss, ainsi que des vendeuses de la coopérative de consommation de Hambourg. Mais quand, le 24 mars trente-huit, le *Gustloff* prit le large pour trois jours, il y avait parmi les passagers un millier d'Autrichiens filtrés par le Parti, car quinze jours plus tard, le peuple de la marche de l'Est devait voter sur quelque chose que la Wehrmacht avait déjà exécuté par une prompte invasion : l'*Anschluss* de l'Autriche. Montèrent également à bord trois cents jeunes filles de Hambourg – membres du BdM triées sur le volet – et beaucoup plus d'une centaine de journalistes.

Simplement pour m'amuser et me mettre à l'épreuve, j'essaie maintenant d'imaginer de quelle manière le peu que je suis aurait réagi, en tant que journaliste, lorsqu'il y eut au programme, dès le début, une réception pour la presse dans la salle des fêtes et de cinéma du navire. Je suis certes, Mère le dit et Gabi le sait, tout sauf un héros, mais peut-être aurais-je quand même eu l'impertinence de poser des questions sur le financement du nouveau-né et la fortune du Front allemand du travail, car comme d'autres journalistes, j'aurais pu savoir que Ley, qui promettait beaucoup, ne pouvait faire de tels bonds en avant qu'en vidant tous les comptes des syndicats désormais interdits.

Un peu tard pour manifester mon courage ! Tel que je me connais, j'aurais tout au plus réussi à sortir une question emberlificotée sur ce qui restait du capital, à quoi le chef des voyages du KdF, que rien ne parvenait à déstabiliser, aurait répondu du tac au tac que comme on le voyait, le Front allemand du travail naviguait sur un océan d'or. Que quelques jours plus tard à peine, un gigantesque navire à moteurs électriques allait être lancé et qu'il serait, on pouvait le présumer dès maintenant, baptisé du nom de Robert Ley.

Alors commença pour la horde de journalistes convoquée la visite du navire. D'autres questions furent ravalées. Moi aussi, qui au cours de mon travail réel n'ai jamais dévoilé de scandale, jamais trouvé de cadavre dans aucun placard, ni trafics de pots-de-vin ni ministres corrompus, moi aussi, journaliste postdaté, j'aurais, comme tous les autres, fermé ma gueule. Nous n'étions autorisés qu'à nous extasier selon notre devoir, de pont en pont. A l'exception des cabines spéciales destinées à Hitler, à Ley, qui n'étaient pas accessibles à la visite, le bateau était soigneusement aménagé pour une société sans classes. Bien que je ne connaisse tous les détails que par des photos et du matériau de deuxième main, j'ai quand même l'impression que j'aurais été à la fois enthousiasmé et couvert de la sueur du lâche.

Je vis le vaste pont-solarium, libre de toute superstructure gênante, les cabines de douche et les installations sanitaires. Je vis et pris des notes avec application. Plus tard, sur le pont-promenade inférieur, nous pûmes nous réjouir des cloisons impeccablement vernies, et dans les salons, des revêtements de noyer. C'est avec des yeux étonnés que nous vîmes la salle des fêtes, le salon folklorique, le salon allemand et la salle de musique. Partout étaient accrochés des portraits du Führer qui, par-dessus nos têtes, regardait gravement, mais avec décision, vers l'avenir. Dans quelques salles, Robert Ley, en plus petit format, était autorisé à capter les regards. Mais la décoration picturale se composait essentiellement de paysages à l'huile dans la manière des maîtres anciens. Nous demandions le nom des artistes, contemporains, et nous prenions des notes.

Invité dans un intervalle à une bière fraîchement tirée, j'appris à éviter le mot décadent de « bar » et parlai plus tard dans mon article, avec un vocabulaire de vieille tradition allemande, des « sept tavernes où l'on se sent si bien ».

Puis on nous fit le plein de chiffres. Contentons-nous de ceux-ci : dans les cuisines du pont A, une installation lave-vaisselle hypermoderne permettait quotidiennement à 35 000 assiettes sales de redevenir propres comme un sou neuf. Nous apprîmes qu'à chaque croisière on embarquait une provision de 3 400 tonnes d'eau potable dont le réseau était alimenté par un château d'eau logé à l'intérieur de l'unique cheminée. Quand nous visitâmes le pont E, où les jeunes filles du BdM de Hambourg s'étaient installées dans ce qui s'appelait l'« auberge de jeunesse flottante », avec ses couchettes, nous vîmes la piscine, située dans le même pont et dont le bassin contenait soixante tonnes d'eau. Sans compter le reste du matériau chiffré, que je ne notai pas. Quelques-uns d'entre nous étaient contents que leur fût épargné le nombre des carreaux de faïence et des éléments qui composaient une mosaïque de verre coloré peuplée de vierges à corps de poisson et d'animaux marins fabuleux.

Je sais par Mère, depuis mon enfance, que la deuxième torpille a transformé en projectiles la piscine, ses carrelages et les tessons de sa mosaïque, et c'est seulement pour cette raison que je pourrais en fin de compte avoir eu l'idée, face au bassin où s'esbaudissait un essaim d'adolescentes charnues, de me demander à quel niveau au-dessous de la ligne de flottaison se situait cette piscine. Et sur le pont supérieur, je n'aurais peut-être pas trouvé suffisants les vingt-deux canots de sauvetage. Mais je n'insistai pas, je n'invoquai aucune catastrophe, je ne pressentais pas ce qui se produisit sept ans plus tard dans une nuit de guerre glacée, quand ce ne furent pas, comme on le prévoyait en temps de paix, à peine quinze cents passagers délivrés de leurs soucis quotidiens qui étaient à bord, mais quelque dix mille âmes qui devinaient leur fin prochaine et ne la vécurent qu'en nombre approximatif ; j'embouchai bien plutôt, soit comme journaliste du *Völkischer Beobachter*, soit en correspondant du solide *Frankfurter Zeitung*, le flageolet criard, ou le basson objectivement pondéré, d'un hymne aux coquets canots de sauvetage, comme s'ils avaient été un aimable supplément offert par l'organisation La Force par la Joie.

Peu de temps après cependant, l'un de ces canots dut être mis à la mer. Et puis un autre. Et ce n'était pas pour des exercices.

Lors de sa deuxième sortie, cette fois sur la route de Douvres, le *Gustloff* fut pris dans une tempête de nord-ouest et reçut, tandis qu'il luttait de toute sa force contre une grosse mer, le SOS du vapeur à charbon anglais *Pegaway*, dont le panneau de chargement était brisé et le gouvernail inutilisable. Aussitôt, le capitaine Lübbe, qui au début de la croisière KdF suivante, dont la destination était l'île de Madère, mourut de crise cardiaque, ordonna de mettre le cap sur le lieu de la catastrophe. Dans l'obscurité, le projecteur de recherche permit de retrouver deux heures plus tard le *Pegaway* qui avait déjà sombré. On ne parvint que le lendemain matin, malgré le renforcement de la tempête de nord-ouest, à mettre à l'eau l'une des vingt-deux chaloupes, qui cependant fut jetée contre le bordage par une mer croisée et qui, très endommagée, partit à la dérive. Le capitaine Lübbe envoya aussitôt une vedette qui parvint après plusieurs essais à recueillir dix-neuf marins et à les mettre en sécurité tandis que la tempête commençait à faiblir. Finalement, le canot à rames qui dérivait fut aussi repéré et ses passagers mis à l'abri.

On a écrit à ce sujet. Des feuilles nationales et étrangères ont fait l'éloge de ce sauvetage. Mais le seul qui l'ait fait avec exhaustivité et avec la distance donnée par le temps, c'est Heinz Schön. Il a, comme moi, exploité la masse informe des comptes rendus journalistiques. Son *curriculum vitae* est, comme le mien, marqué par une fixation sur le navire-catastrophe. Une petite année avant la fin de la guerre, il embarqua sur le *Gustloff* au titre de commissaire adjoint. En fait, Heinz Schön, après avoir gravi les échelons, avec succès, dans la Jeunesse hitlérienne marine, voulait intégrer la marine de guerre, mais la faiblesse de ses yeux lui valut de n'être engagé que par la marine marchande. Comme il survécut au naufrage du paquebot de croisière KdF devenu navire-hôpital, puis caserne flottante et enfin transporteur de réfugiés, il commença, après la guerre, à rassembler et à consigner tout ce qui se rapportait au *Gustloff*, aussi bien de la bonne que de la mauvaise époque. Il ne connaissait que ce sujet ; ou cet unique sujet avait pris possession de lui.

C'est pourquoi j'en suis sûr : dès le début, Mère aurait beaucoup apprécié Schön. Mais en RDA, ses livres, qui trouvaient des éditeurs à l'Ouest, étaient indésirables. Celui qui avait lu ses récits restait muet. Ici ou en face, il n'y avait pas de clients pour les informations données par Schön. Même lorsque, à la fin des années cinquante, on tourna un film – *La nuit tombait sur Gotenhafen* – pour lequel il donna ses conseils, l'écho en resta modéré. La télévision a certes diffusé il n'y a pas si longtemps un documentaire, mais on a toujours l'impression que rien ne saurait surpasser le *Titanic*, comme si le *Wilhelm Gustloff* n'avait jamais existé, comme s'il n'y avait pas la place pour une autre catastrophe, comme si l'on avait le droit de commémorer ces morts-ci, mais pas ces morts-là.

Moi aussi, je suis resté muet, j'ai retenu l'information, je me suis placé entre parenthèses, il a fallu qu'on me mette sous pression. Et si, survivant moi aussi, je me sens maintenant un peu proche de Schön, c'est seulement parce que je peux tirer bénéfice de son obsession. Il a tout listé : le nombre des cabines, les énormes quantités de provisions de voyage, la superficie du pont-solarium en mètres carrés, le nombre des canots de sauvetage à l'origine et de ceux qui manquaient au dernier moment, et pour finir – progressant de livre en livre – le nombre des morts et des survivants. Longtemps son zèle de collectionneur est resté dans l'ombre, mais à présent, Heinz Schön, qui a un an de plus que Mère et que je pourrais me représenter, pour ma décharge, comme mon père idéal, est de plus en plus fréquemment cité sur Internet.

On a beaucoup parlé ces temps-ci d'un film colossalement fleur bleue, le naufrage du *Titanic* tourné de frais à Hollywood et vendu peu de temps après comme la plus grande catastrophe maritime de tous les temps. Ce non-sens se heurtait aux chiffres prosaïquement cités par Schön. Et naturellement avec un écho, car depuis que le *Gustloff* navigue dans le cyberespace et fait des vagues virtuelles, les milieux d'extrême droite sont toujours en ligne avec leurs pages de haine. La chasse aux Juifs y est ouverte. Comme si le meurtre de Davos avait eu lieu hier, les crânes rasés réclament sur leur site web « Vengeance pour Wilhelm Gustloff ! ». Les accents les plus virulents – « site Zündel » – viennent d'Amérique et du Canada. Mais dans l'espace germanophone d'Internet aussi, les pages se multiplient qui envoient leur haine sur l'océan du World Wide Web à partir d'adresses comme « Résistance nationale » et « Thulenet ».

Parmi les premiers, quoique en moins radical, fut mis en ligne « www.blutzeuge.de ». Grâce à la découverte d'un bateau qui ne s'est pas contenté de sombrer mais qui, parce que cela a été refoulé, est devenu une légende, ce site connaît une affluence de milliers de visiteurs, en augmentation constante. C'est ainsi que mon franc-tireur, qui s'était adjoint, entre-temps, un adversaire et partenaire sportif signant « David », a annoncé avec une fierté légèrement puérile à l'univers interconnecté le sauvetage par le *Gustloff* de naufragés anglais. Comme si l'encre de certains articles de presse était encore fraîche d'hier, il citait sous les apparences d'une nouveauté les éloges que les journaux britanniques décernaient à cette action d'éclat. Puis il voulut savoir de son adversaire si le Juif assassin Frankfurter, à Coire, avait entendu parler de cet acte héroïque. Et David renvoya : « A la prison du Sennhof, on restait assis jour après jour devant les métiers à tisser, leur cliquetis dans les oreilles, et on ne trouvait pas énormément de temps pour lire les journaux. »

A vrai dire, il aurait dû être intéressant pour David, à ce moment, de savoir si un officier de sous-marin croisant dans les eaux côtières de la Baltique, du nom de Marinesko, avait eu connaissance du sauvetage des naufragés du *Pegaway* par les marins du *Gustloff*, et si donc il avait pu épeler pour la première fois le nom de la cible qui lui était prédestinée. Mais la question ne vint pas. En échange, le webmaster Wilhelm célébra l'utilisation du navire KdF, peu après, comme « bureau de vote flottant » devant les côtes anglaises, et une fois encore avec un enthousiasme aussi actuel que si l'effet de ce stratagème publicitaire s'était produit tout récemment, et non il y a soixante petites années.

Il s'agissait du référendum qui eut lieu après l'annexion de l'Autriche – préalablement réalisée – par le Reich désormais grand-allemand. Il fallait donner aux Allemands et aux Autrichiens vivant en Angleterre la possibilité d'exprimer leur vote. Les électeurs montèrent à bord en franchissant les passerelles de Tillbury, et on vota à l'extérieur de la zone des trois milles. Les duettistes Wilhelm et David trouvèrent là l'occasion d'un dialogue conflictuel. Comme au tennis de table : le jeu tournait autour du déroulement du vote. Wilhelm n'en démordait pas : le secret électoral avait été assuré par l'installation d'isoloirs ; David se moquait : parmi les quelque deux mille électeurs jouissant du droit de vote, on n'en avait compté que quatre au total qui aient voté contre l'*Anschluss*. « On connaît ça, les résultats à quatre-vingt-dix-neuf-virgule-neuf-pour-cent ! » Citant le *Daily Telegraph* du 12 avril trente-huit, Wilhelm opposait : « Aucune contrainte n'a été exercée ! Et cela, mon cher David, ce sont des Anglais qui l'ont écrit, des Anglais qui d'habitude nous massacrent dès qu'ils le peuvent, nous les Allemands... »

Ces absurdes chamailleries de forum m'amusaient. Mais ensuite une objection de Wilhelm me parut assez suspecte. Voilà quelque chose que je connaissais ! Pour désarmer la raillerie de David, il était allé jusqu'à affirmer : « Les élections démocratiques que tu portes au pinacle ne sont déterminées que par les intérêts des ploutocrates, du judaïsme mondial. Escroquerie, rien d'autre ! »

Mon propre fils m'avait récemment servi quelque chose de semblable. Je voyais Konny à l'occasion d'une de mes visites, et lorsque, pour amorcer une conversation avec lui, je mentionnai en passant, d'une manière paternelle, mon reportage sur les prochaines élections au Schleswig-Holstein, j'eus droit à : « Tout ça, c'est de l'escroquerie. A Wall Street ou ici, c'est pareil : partout c'est la ploutocratie qui règne, c'est l'argent ! »

Après le premier voyage à Madère, pendant lequel le capitaine Lübbe mourut et, à partir de Lisbonne, fut remplacé par le capitaine Petersen pour le reste du trajet, commencèrent, désormais sous le commandement du capitaine Heinrich Bertram, les croisières d'été en Norvège. Il y en eut onze en tout, qui duraient chaque fois cinq jours et qui, particulièrement appréciées, étaient rapidement complètes. L'année suivante aussi, elles firent partie du programme. Et c'est lors d'une de ces dernières excursions navales dans les fjords – je pense que c'était l'avant-dernière, à la mi-août – que les parents de Mère étaient à bord.

En fait, si la direction du Parti pour l'arrondissement de Langfuhr avait choisi le maître menuisier Liebenau et sa femme comme voyageurs en partance pour la Norvège, c'était parce que le maître était propriétaire d'un chien de berger dénommé Harras qui avait réussi, au chenil de la police de l'État libre, à couvrir une chienne dont la portée incluait Prinz, chien préféré du Führer et cadeau du gauleiter et de ses administrés, ce qui valut au reproducteur Harras d'être mentionné plusieurs fois dans *L'Avant-Garde de Dantzig*. C'est un conte que Mère m'a chanté dès mon enfance – son histoire de chien avec arbre généalogique de la longueur d'un roman. Chaque fois qu'il était question du chien, il était aussi question de la petite Tulla. Mère prétend par exemple que, alors qu'elle avait sept ans et que son frère Konrad venait de se noyer en se baignant dans la Baltique, elle avait vécu toute une semaine recroquevillée dans la niche du chien de la menuiserie. On ne l'avait pas entendue prononcer un mot pendant des jours. « Même que j'ai bouffé dans son auge en ferblanc. Des tripes ! Enfin c'qu'on donne à un chien comme ça. Voilà, ça a été ma semaine de niche, que j'ai pas dit un mot un seul tell'ment qu'ça m'faisait mal, not' p'tit Konrad. Sourd-muet qu'il était, de naissance... »

Mais quand le propriétaire de chien Liebenau, dont le fils Harry était le cousin de Mère, s'est vu proposer le voyage en Norvège sur le bateau du KdF si prisé de tout le monde, il y renonça la mort dans l'âme, parce que la menuiserie avait des carnets pleins : construction de baraques à proximité de l'aéroport. Il proposa au chef d'arrondissement du Parti de faire voyager son valeureux manœuvre August Pokriefke, membre zélé du Parti, ainsi que sa femme Erna. Il ferait supporter le coût des places en cabine et des billets pour Hambourg, de toute façon à tarif réduit, aller-retour, par la caisse de son entreprise.

« S'y avait encore les photos qu'on a tirées sur le *Justloff*, j'te montrerais tout c'qu'y-z-ont vu rien qu'en quelques jours... » La mère de Tulla aurait été particulièrement enthousiasmée par le salon folklorique, le jardin d'hiver, la chorale obligatoire du matin et l'orchestre du bord qui jouait le soir. Malheureusement, on n'avait été autorisé à descendre à terre dans aucun fjord, peut-être à cause des devises, strictement gérées par le Reich. Mais sur l'une des photos, qui avait été perdue, comme tous les autres instantanés, en même temps que l'album lui-même « quand ça a été la fin pour le bateau », on voyait, paraît-il, August Pokriefke rire et danser au milieu d'un groupe folklorique qui avait été autorisé à faire une visite à bord. « Mon papa, qu'en principe c'était un sacré rigolo, quand il est revenu d'Norvège il en parlait du matin au soir. Là maintenant il était pour à cent cinquante pour cent. Et c'est pour ça qu'il voulait que chois membre des *Jungmädel*. Mais moi j'voulais pas. Et plus tard non plus, quand c'est qu'on a été r'pris à l'intérieur du Reich et que toutes les filles elles devaient aller au Bédéem... »

C'est sans doute vrai, ce que prétendait Mère. Elle ne se laissait pas enfermer dans des organisations. C'était toujours librement. Mais même comme membre du SED et cheftaine, avec un certain succès, d'une brigade-ébénisterie qui produisait par tonnes des meubles de chambre à coucher pour les Russes, et qui plus tard aussi pour la finition intérieure du projet « Grand Dreesch », la cité en préfabriqué, dépassait en général le Plan, elle s'est attiré des difficultés parce qu'elle se voyait cernée par les révisionnistes et autres ennemis de classe. Mais que je sois devenu de mon propre chef membre du FDJ, ça ne lui plaisait pas non plus : « Ça suffit pas qu'chois obligée de m'crever la paillasse pour ces gangsters-là ? »

Mon fils a manifestement hérité d'elle sur pas mal de points. Ça doit être les gènes, à ce que suppose mon ex. En tout cas Konny n'a voulu entrer nulle part, même pas au club d'aviron de Ratzeburg ni – comme Gabi le lui conseillait – chez les scouts. J'ai eu droit à : « C'est un typique outsider, difficile à socialiser. Certains de mes collègues disent que la pensée de Konny est exclusivement attachée au passé, quel que soit l'intérêt qu'il porte extérieurement aux innovations techniques, aux ordinateurs et à la communication moderne par exemple... »

Mais oui ! C'est Mère qui a offert à mon fils, peu après la rencontre anniversaire des survivants à Damp, la station de la Baltique, un Mac avec tout ce qui s'ensuit. Il avait à peine quinze ans quand elle lui a fait goûter cette drogue. La faute lui revient, à elle, à elle seule, si tout a raté avec ce garçon. En tout cas, Gabi et moi, nous sommes finalement d'accord : c'est au moment où Konny a reçu l'ordinateur que toute la catastrophe a commencé.

Les gens qui ne fixent le regard que sur un seul point jusqu'à ce qu'il grésille, qu'il fume, qu'il lance des flammes m'ont toujours inquiété. Gustloff, par exemple, pour qui la volonté du Führer constituait l'unique objectif, ou Marinesko, qui en temps de paix ne s'exerçait qu'à une chose, couler des navires, ou David Frankfurter, qui voulait en fait se tirer une balle dans la tête, mais qui, pour donner un signal à son peuple, a fait quatre trous dans la peau de quelqu'un d'autre.

Sur lui, l'homme à la triste figure, le réalisateur Rolf Lyssy a tourné un film à la fin des années soixante. J'ai visionné une cassette sur mon petit écran domestique ; il y a longtemps que ce film en noir et blanc ne passe plus dans les cinémas. Lyssy traite assez correctement les faits. On voit l'étudiant en médecine, qui porte au début un béret basque, puis un chapeau, fumer comme un désespéré et avaler des médicaments. Lors de l'achat du revolver dans la vieille ville de Berne, deux douzaines de balles coûtent trois francs soixante-dix. Avant même que Gustloff ne pénètre dans son bureau en costume civil, Frankfurter, à la différence de ma propre version, met son chapeau en attendant, passe du fauteuil à une chaise et tire ensuite avec le chapeau sur la tête. Après avoir fait sa reddition au poste de police de Davos et récité ses aveux comme un poème scolaire appris par cœur, il pose la pièce à conviction, le revolver, sur la table du poste.

Le film ne dit rien de nouveau. Mais ce qui est intéressant, ce sont les insertions de bandes d'actualités, qui montrent le cercueil revêtu du drapeau à croix gammée tandis que la neige tombe. Tout Schwerin est sous la neige au moment où le cortège funèbre s'ébranle. A la différence de ce que disent les comptes rendus, un petit nombre de civils seulement saluent le cercueil bras levé. L'acteur qui joue le rôle du meurtrier Frankfurter paraît lors du procès, entre deux agents de la police cantonale, plutôt petit. Il dit : « Gustloff était le seul accessible pour moi... » Il dit : « C'est le bacille que j'ai voulu toucher, pas la personne... »

Le film montre aussi le détenu Frankfurter travaillant jour après jour devant un métier à tisser parmi d'autres détenus. Le temps passe. On voit ainsi comment, au fil des premières années de détention dans la prison du Sennhof à Coire, tandis qu'en même temps et comme dans un autre film le commandant de sous-marin Alexander Marinesko s'exerce, dans les eaux côtières de la Baltique orientale, à la plongée rapide après une attaque de surface et que le bateau du KdF *Wilhelm Gustloff* met encore et toujours le cap sur les fjords de

Norvège et le soleil de minuit, Frankfurter guérit peu à peu de sa maladie des os : il a l'air bien nourri, avec de bonnes joues, et il ne fume plus.

Naturellement, on ne voit dans le film de Lyssy ni le *Gustloff*, ni le sous-marin soviétique ; seuls les métiers à tisser insérés à plusieurs reprises laissent deviner, au moyen du bruit du labeur, qu'en même temps qu'augmente la toile ordinaire, le temps passe. Et le médecin de la prison ne cesse d'assurer le détenu Frankfurter que ce séjour en réclusion le guérit peu à peu. On a certes l'impression que le meurtrier a déjà fait son temps et qu'il est maintenant un autre homme, mais je m'y tiens : il me paraît étranger, il m'inquiète, celui qui n'a qu'un but devant les yeux, par exemple mon fils...

C'est elle qui le lui a inoculé. Pour cela, Mère, et pour m'avoir fait naître au moment où le bateau sombrait, je te hais. Que j'aie survécu aussi suscite ma haine par à-coups, car si toi, Mère, comme des milliers d'autres quand la devise était « Sauve qui peut ! », tu avais franchi le bord enceinte jusqu'aux yeux, si malgré la ceinture de sauvetage autour du ventre tu t'étais figée dans l'eau glacée, ou si l'aspiration du bateau qui coulait par la proue t'avait entraînée dans l'abîme en même temps que ma non-naissance...

Mais non. Je n'ai pas le droit, je n'ai pas encore le droit d'en venir au point crucial de mon existence fortuite, car le navire avait encore devant lui quelques paisibles croisières KdF. Dix fois on fit le tour de la botte italienne, Sicile comprise, avec escale à Naples et à Palerme, car l'Italie était évidemment, avec son organisation fasciste exemplaire, un pays ami ; ici comme là-bas, on saluait la main droite levée.

Après une nuit de train, les passagers toujours soigneusement triés sur le volet étaient embarqués à Gênes. Et au bout du périple, on revenait en train depuis Venise. De plus en plus souvent, des gros bonnets du Parti et de l'économie étaient du voyage, ce qui donnait un peu de gîte à la société sans classes du navire KdF. Lors d'un de ces voyages circulaires fut par exemple invité à bord le célèbre inventeur de la Volkswagen, la « voiture du Peuple », qui s'appelait à l'origine « voiture KdF » ; le professeur Porsche se montra particulièrement intéressé par les machines ultramodernes qui propulsaient le bateau.

Après avoir passé l'hiver à Gênes, le *Gustloff* regagna Hambourg à la mi-mars trente-neuf. Quelques jours plus tard, quand le *Robert Ley* fut mis en service, la flotte du KdF comptait treize navires, mais c'en était fini pour l'instant des croisières de vacances pour ouvriers et employés. C'est avec une destination inconnue et sans passagers à bord que sept navires de la flotte, dont le *Ley* et le *Gustloff*, descendirent l'Elbe, et c'est à hauteur de Brunsbüttelkoog seulement qu'un ordre jusque-là scellé fit connaître le terme du voyage, le port espagnol de Vigo.

Pour la première fois, ces navires devaient offrir leur vaste espace comme transport de troupes. Puisque la guerre civile était terminée, que le général Franco et, avec lui, la Phalange étaient victorieux, les volontaires allemands de la légion Condor qui se battaient depuis trente-six dans le camp du Caudillo pouvaient rentrer au pays.

Naturellement, les troupes qui portaient ce nom-là étaient un pain bénit qu'Internet remâchait avec plaisir, comme tout le reste. « www.blutzeuge.de » annonça le premier le retour du régiment de défense antiaérienne de la Luftwaffe 88. Avec un accent d'actualité qui aurait fait croire qu'ils venaient tout juste de vaincre les Rouges, les légionnaires rentraient à bord du *Gustloff*. Mon webmaster faisait son reportage en solo, le forum restait fermé, ne permettait aucun duo qui – Wilhelm contre David – aurait eu pour thème le bombardement de la ville basque de Guernica par nos avions Junker et Heinkel, même si des appareils de ce type, en piqué ou lâchant des bombes, illustraient en permanence le site web de la fête triomphale.

Au début, le porte-parole de la Fraternité Schwerin, distancié, se présentait comme un simple historien militaire et démontrait que la guerre civile espagnole avait donné l'occasion d'essayer de nouvelles armes, comme celle du Golfe offrit il y a quelques années aux Américains une chance de mettre à l'épreuve leurs nouveaux systèmes de missiles. Mais ensuite, pour la légion Condor, il ne lui venait que des accents hymniques. Manifestement, il s'était informé à l'aide du livre de Heinz Schön, issu de recherches exhaustives, car c'était avec le même enthousiasme qu'il annonçait le retour du navire et la réception des revenants. Et comme le chroniqueur du *Gustloff*, qu'il n'arrêtait pas de citer en ligne, il jouait le rôle du témoin oculaire : « A bord, on ne cessait de faire la bombe... », et il signalait l'« explosion de joie » au moment où, ensuite, les légionnaires étaient salués par le *Generalfeldmarschall* Göring. Il avait même mis en ligne partition et zimboumboum de la *Marche des Grenadiers prussiens*, tonitruée lors de l'accostage du *Gustloff* et du *Ley* au quai des paquebots de Hambourg.

Tandis que le *Gustloff* servait pour la première fois de transport de troupes et que David Frankfurter, dans un état de santé qui allait en s'améliorant, purgeait sa troisième année de réclusion à la prison du Sennhof, Alexander Marinesko poursuivait imperturbablement ses exercices en eaux côtières. Dans les archives de la flotte Drapeau rouge de la Baltique, on a trouvé un document sur le sous-marin *M 96* montrant que le commandant était tant et si bien parvenu à dresser son équipage à la simulation de l'attaque de surface qu'il avait fini par réussir la plongée en un temps record de 19,5 secondes ; le temps moyen des autres bâtiments se situait à 28 secondes. Le *M 96* était testé et paré pour les choses sérieuses. Et sur le site de la Fraternité Schwerin également, on avait l'impression, avec la répétition du chant « Enfin viendra le jour de la vengeance... » à propos de quelque chose d'imprécis – le jour de la vengeance ? –, que l'on n'était peut-être pas encore testé, mais à tout le moins prêt.

Je n'arrivais cependant pas à écarter l'idée que ce n'était pas un éternel nostalgique, comme Mère, qui tournait la manivelle de vieilles rengaines, remuait sans se lasser la sauce brune et célébrait le triomphe du Reich millénaire comme un 78-tours rayé, mais bien un jeune homme, peut-être un de ces crânes rasés du type intelligent ou un lycéen indécrottable qui s'étalait sur le Net en même temps que ses sophismes. Mais je ne suivis pas la trace de mon pressentiment, je ne voulais pas voir que certaines formulations, dans les messages digitalement proclamés, comme par exemple ce jugement inoffensif en soi : « Le *Gustloff* était un beau bateau », me rappelaient quelque chose avec une certaine insistance. Ce n'était pas la tonalité originale de Mère, mais...

Ce qui restait, c'était la certitude dont j'entendais le tic-tac sous l'enfouissement où je la reléguais sans cesse : ce pourrait, non, *c'est* mon fils qui depuis des mois... C'est Konrad qui se... Là-derrière il y a Konny...

Longtemps j'ai habillé mon pressentiment de points d'interrogation : ça ne va quand même pas être ta propre chair, ton propre sang ? Est-il possible que quelqu'un qui a été élevé dans des idées plus ou moins libérales de gauche s'égare si loin à l'extrême droite ? Gabi s'en serait aperçue – à moins que ?

Et puis tout de même le webmaster inconnu – espérais-je toujours – me fit le récit d'un conte un peu trop familier : « Il était une fois un petit garçon qui était sourd-muet et qui se noya en se baignant. Mais sa sœur, qui l'aimait d'un amour brûlant et qui plus tard, bien plus tard, voulut échapper aux horreurs de la guerre en embarquant sur un grand navire, sa sœur ne se noya pas quand le navire plein de fugitifs fut touché par trois torpilles ennemies et sombra dans l'eau glacée... »

J'eus une bouffée de chaleur : C'est lui ! Mon fils, qui raconte des histoires au monde entier sur son site web illustré de joyeux petits bonshommes à la six-quatre-deux. Et il divulgue des affaires de famille, il est direct, il renonce aux détours : « La sœur de Konrad cependant, qui après la mort de son frère aux beaux cheveux bouclés avait crié pendant trois jours, puis était restée muette pendant une semaine, est ma grand-mère chérie, à qui j'ai juré sur ses cheveux blancs, au nom de la Fraternité Schwerin, de porter témoignage de la vérité, rien que de la vérité : c'est la juiverie mondiale qui veut nous clouer au pilori, nous les Allemands, pour les siècles des siècles... »

Et cetera, et cetera. J'appelai Mère au téléphone et essuyai une fin de non-recevoir : « Ah ben dis donc ! Des années qu' tu t'en occupes pas, de not' p'tit Konradchen, et pis tout d'un coup voilà qu' t'es plus futé qu' tout le monde et que tu nous la fais au papa en souci... »

A Gabi aussi j'ai téléphoné ; je suis finalement allé passer le week-end dans ce trou endormi de Mölln, et j'ai même apporté des fleurs. Konny, paraît-il, était en visite à Schwerin, chez sa grand-mère. Quand je déballai mes inquiétudes à mon ex, elle ne m'écouta pas une minute d'affilée : « Je t'interdis de tenir sous mon toit de pareils discours et d'accuser mon fils de fréquenter les extrémistes de droite... »

Je m'efforçai de rester calme, rappelai que trois ans et demi auparavant, à Mölln, cette petite ville en elle-même idyllique, on avait malignement incendié deux immeubles habités par des Turcs. Que tous les journaux, à l'époque, y avaient des envoyés spéciaux. Que ma petite personne avait elle aussi balancé des dépêches d'agence. Que même l'étranger s'était inquiété, parce que en Allemagne de nouveau... Il y avait quand même eu trois morts. On avait certes attrapé quelques gamins et deux auteurs avaient écopé de lourdes peines de prison, mais il était possible qu'une organisation héritière, quelques-uns de ces skins qui avaient pété les plombs se soient mis en contact avec notre Konny. Ici, à Mölln, ou peut-être à Schwerin...

Elle m'éclata de rire au nez : « Est-ce que tu imagines Konrad au milieu de ces macaques ? Sérieusement ? Un solitaire comme lui dans une horde pareille ? C'est à pleurer de rire. Mais ces soupçons sont caractéristiques du type de journalisme où tu t'es toujours compromis, quel que soit le patron. »

Gabi ne m'épargna pas le rappel, gorgé de détails, de mes activités dans la presse Springer, remontant bientôt à une trentaine d'années, de mes « appels au meurtre paranoïdes contre la gauche » : « Du reste, si quelqu'un est secrètement impliqué à droite, c'est toi, aujourd'hui encore... »

Oui, oui, oui. Je connais mes abîmes. Je sais la sueur que cela coûte, de les tenir couverts. Je fais des efforts, je veux être ni-ni. Je reste généralement neutre. Car si j'ai une commande, d'où qu'elle vienne, je me contente de constater, de rendre compte, mais je ne lâche pas...

C'est parce que je voulais savoir – et directement de Konny – que je me suis installé dans un hôtel avec vue sur le lac à proximité de chez mon ex. A plusieurs reprises j'ai sonné chez Gabi, je voulais parler à mon fils. Il est enfin rentré le dimanche soir, il venait de Schwerin, en car. En tout cas il ne portait pas de rangers, mais des boots tout à fait normales avec un jean et un pull norvégien tout en couleurs. Il avait l'air bien gentil, et il n'avait pas rasé ses boucles naturelles. Ses lunettes lui donnaient un air d'en savoir plus que tout le monde. Il ne me voyait pas, parlait peu, juste quelques mots à sa mère. Il y avait de la salade et des tartines, avec du jus de pomme.

Mais avant que Konny ne puisse disparaître dans sa chambre à la fin du dîner pris en commun, je l'interceptai dans le couloir. Je lui posai des questions en affectant de ne pas y toucher : comment cela allait-il à l'école, est-ce qu'il avait des amis, une petite amie peut-être, quel sport il pratiquait, que représentait pour lui le cadeau d'anniversaire de sa grand-mère, assurément cher, puisque j'en connaissais approximativement le prix, si l'ordinateur et plus généralement les possibilités offertes par les communications modernes, Internet par exemple, ouvraient de nouvelles connaissances, comment, s'il surfait sur Internet, cela se présentait-il au niveau de ses centres de gravité ?

Il paraissait m'écouter pendant que je dévidais mon sermon. Il me semblait aussi lire sur sa bouche étonnamment petite un sourire. Il souriait ! Puis il enleva ses lunettes, les remit, et son regard à nouveau, comme à la table du dîner, passa à travers moi. Sa réponse vint à voix basse : « Depuis quand tu t'intéresses à ce que je fais ? » Après un silence – mon fils était déjà dans l'encadrement de la porte de sa chambre – j'eus droit à un post-scriptum : « Je fais des recherches historiques. Ça ira comme info ? »

La porte était fermée. J'aurais dû lui lancer : Moi aussi, Konny, moi aussi ! Que des vieilles histoires. Il s'agit d'un bateau. En mai trente-neuf, il a ramené chez eux un bon millier de volontaires de la victorieuse légion Condor. Mais qui s'en soucie encore de nos jours ? Toi peut-être, Konny ?

# 4

A l'occasion de l'une des rencontres qu'il fomente et qu'il appelle « conférences de travail », voici ce que j'ai entendu : en fait, toutes les lignes de l'action qui ont à voir avec Dantzig et ses environs, ou leur sont plus ou moins lâchement reliées, devraient être son affaire. C'est lui et personne d'autre qui aurait dû parler de tout ce qui concerne le bateau, les origines de son nom et les fonctions qu'il a remplies après le début de la guerre, et qui aurait donc dû, dans un récit bref ou long, rendre compte de sa fin à la hauteur du banc de la Stolpe. La masse de tout ce matériau, c'est dès la parution du pavé *Les Années de chien* qu'elle lui avait été mise sur les épaules. C'est lui – qui d'autre ? – qui aurait dû la creuser, couche après couche. Car les pistes vers le destin des Pokriefke, Tulla en tête, n'avaient vraiment pas manqué. On aurait pu à tout le moins pressentir que ce qui restait de la famille – les deux frères aînés de Tulla étaient tombés pendant la guerre – avait fait partie des milliers et des milliers de fugitifs qui, au tout dernier moment, avaient trouvé place sur un *Gustloff* surchargé, en même temps que Tulla enceinte.

Malheureusement, a-t-il dit, il ne l'avait pas fait. Regrettable, cette omission – plus encore : cet échec.

Mais il ne cherchait pas d'excuse, il avouerait seulement qu'au milieu des années soixante il avait eu son compte du passé, que le présent vorace, qui ne cessait de dire maintenant-maintenant-maintenant, l'avait empêché de mettre, à temps encore, sur environ deux cents pages de papier... A présent, c'était trop tard pour lui. A défaut, il ne m'avait certes pas inventé, mais découvert, après avoir longtemps cherché, comme un objet trouvé dans les listes des survivants. D'un profil plutôt indigent, j'étais malgré tout prédestiné : venu au monde au moment même où le bateau coulait.

Puis il a dit que cette histoire avec mon garçon le désolait, mais qu'il ne pouvait pas savoir que c'était le petit-fils de Tulla qui se cachait derrière la sulfureuse homepage « www.blutzeuge.de », encore que personne ne puisse être surpris que Tulla Pokriefke grand-mère s'offre un descendant de cet acabit-là. Elle avait toujours été pour les extrêmes, et elle était du reste, comme on voyait, indéboulonnable. Mais maintenant, a-t-il ajouté pour donner du courage à son auxiliaire, c'était de nouveau mon tour, il fallait que je raconte ce qu'il était advenu du navire après qu'il eut transporté une partie des troupes de la légion Condor, dont la réputation n'était plus à faire, d'un port espagnol jusqu'à Hambourg.

En peu de mots, ce pourrait être : Et puis commença la guerre. Mais ce n'est pas encore ça. Auparavant, tout au long d'un bel été, il fut permis au bateau KdF de mettre à son actif, sur sa route habituelle, une demi-douzaine de croisières en Norvège. Toujours sans descente à terre. Il avait essentiellement à son bord des ouvriers et des employés du bassin de la Ruhr et de Berlin, de Hanovre et de Brême. Et de petits groupes d'Allemands de l'étranger. Le bateau entra dans le Byfjord et offrit aux vacanciers photographieurs une vue sur la ville de Bergen. Étaient au programme aussi le Hardangerfjord, enfin le Sognefjord, où un nombre particulièrement élevé de photos-souvenirs fut tiré. Jusqu'au cœur du mois de juillet, le supplément « Soleil de minuit » put être admiré et rangé dans les archives des grands événements vécus. A présent, le voyage de cinq jours, qui avait légèrement augmenté, coûtait quarante-cinq reichsmarks.

Et puis la guerre ne commençait toujours pas : le *Gustloff*, bien plutôt, servit à l'éducation physique. Pendant quinze jours eut lieu à Stockholm un paisible tournoi de gymnastique, la « Lingiade », du nom de Per Henrik Ling, une sorte, je présume, de Père Jahn suédois. Le bateau de vacanciers se transforma en bateau-hôtel pour plus de mille gymnastes, hommes et femmes, uniformément vêtus, parmi lesquels se trouvaient des damoiselles du Service du travail, l'équipe nationale de barre fixe, mais aussi des vieux messieurs qui continuaient à faire des barres parallèles, ainsi que des groupes de gymnastique de « Foi et Beauté » et de nombreux enfants dressés à la gymnastique de masse sur l'étendue de tout un stade.

Le capitaine Bertram ne fit pas accoster au port, mais jeta l'ancre à portée de vue de la cité. Les gymnastes mâles et femelles étaient transportés selon un va-et-vient bien réglé dans des chaloupes à moteur. Ainsi les physiquement éduqués restaient-ils sous surveillance. Il n'y eut aucun incident. Mes documents disent que cette mission spéciale fut un succès, utile à l'amitié germano-suédoise. Tous les entraîneurs gymnastes reçurent une plaquette commémorative offerte à cette occasion par le roi de Suède. Le 6 août 1939, le *Wilhelm Gustloff* entrait dans le port de Hambourg. On reprit aussitôt le programme des croisières KdF.

Mais là, la guerre commença pour de bon. C'est-à-dire que, tandis que le navire, pour la dernière fois en temps de paix, était en route vers les côtes de la Norvège, fut transmis au capitaine dans la nuit du 24 au 25 août un message radio dont le texte, déchiffré, lui enjoignait d'ouvrir une lettre cachetée se trouvant dans sa cabine, de sorte que le capitaine Bertram, se conformant à l'ordre « QWA 7 », fit interrompre la croisière de vacances et – sans tranquilliser les passagers par une quelconque explication – mettre le cap sur son port d'attache. La Deuxième Guerre mondiale commença quatre jours après qu'il y fut rentré.

C'en était fini de « La Force par la Joie ». Fini des croisières de vacances. Fini des photos-souvenirs et des papotages sur le pont-solarium. Fini de rigoler et finie la société vacancière sans classes. L'organisation intégrée au Front allemand du travail se spécialisa dans les soins distractifs pour toutes les unités de la Wehrmacht et un nombre de blessés qui pour l'instant ne progressait que peu à peu. Les théâtres KdF se transformèrent en théâtres aux armées. Les bateaux de la flotte KdF passèrent sous le commandement de la Kriegsmarine, ce que fit aussi le *Wilhelm Gustloff*, qui fut rééquipé en navire-hôpital de cinq cents lits. En remplacement d'une partie de l'équipage du temps de paix, du personnel sanitaire monta à bord. Une bande verte qui entourait la cheminée et des croix rouges sur ses deux faces latérales donnèrent au bâtiment un nouvel aspect.

C'est ainsi, rendu reconnaissable aux termes des accords internationaux, que le *Gustloff*, le 27 septembre, mit le cap sur la Baltique, passa les îles de Sjaelland et de Bornholm et après une traversée sans histoires accosta, en face de la Westerplatte encore objet de combats peu auparavant, à Dantzig-Neufahrwasser. Aussitôt, plusieurs centaines de blessés polonais furent pris en charge, ainsi que dix membres, blessés, de l'équipage du dragueur de mines allemand *M 85*, qui était passé sur une mine polonaise dans la baie de Dantzig et avait coulé ; pour l'instant, il n'y avait rien d'autre à signaler dans notre camp.

Et de quelle façon le détenu David Frankfurter, purgeant sa peine en territoire suisse, et qui par des coups de feu bien ciblés avait involontairement aidé à trouver son nom un bateau qui était à présent navire-hôpital, vécut-il le début de la guerre ? Il faut supposer qu'à la prison du Sennhof aucun événement particulier n'a été consigné pour la journée du 1er septembre ; mais le comportement des détenus devait sans doute désormais trahir l'état de la situation militaire, l'opprobre qui pesait sur le Juif Frankfurter, le prestige dont il jouissait au moment. Il est vraisemblable que la proportion d'antisémites à l'intérieur de la prison correspondait à peu près à ce que l'on pouvait voir dehors ; à considérer l'ensemble de la Confédération, un rapport équilibré.

Et que faisait le capitaine Marinesko quand des soldats d'abord allemands, puis, sur la base du pacte entre Hitler et Staline, russes également firent leur entrée en Pologne ? Il était toujours commandant du submersible de deux cent cinquante tonnes *M 96* et s'exerçait avec les dix-huit membres de son équipage, puisque aucun ordre de combat n'était donné, à la plongée rapide à l'est de la Baltique. D'une soif inchangée, il restait le buveur exclusivement terrestre qu'il avait toujours été, il avait quelques histoires de femmes, mais pour l'instant aucune procédure disciplinaire sur le dos, et il rêvait sans doute d'un sous-marin plus grand, équipé de plus de deux tubes lance-torpilles.

Après coup, dit-on, il est facile de prévoir. Maintenant, je sais que mon fils avait des contacts irréguliers avec des skins. Il y en avait quelques-uns de cette sorte à Mölln. En raison de l'incident local et de ses suites mortelles, ils étaient sans doute sous surveillance et ne se manifestaient qu'ailleurs, à Wismar ou dans des rencontres plus étoffées en Brandebourg. A Mölln, Konny gardait sans doute ses distances, mais à Schwerin, où, chez sa grand-mère, il passait non seulement les week-ends mais aussi une partie de ses vacances scolaires, il a, devant une horde assez importante de crânes rasés dont faisaient partie des groupes du Mecklembourg environnant, fait un exposé apparemment un peu trop long, car il fut obligé d'y pratiquer des coupures, bien que sa dissertation, préparée par écrit, fût consacrée au Martyr, au fils grandiose de la ville.

Il est possible tout de même que Konny ait réussi à intéresser à son sujet quelques-uns des jeunes néonazis autochtones, fixés – comme d'habitude – sur les slogans de haine et la chasse aux étrangers, car ce ramassis local s'est appelé quelque temps « Fraternité Wilhelm Gustloff ». Comme on l'apprit par la suite, la manifestation eut lieu dans l'arrière-salle d'un bistrot de la Schweriner Strasse. La cinquantaine d'auditeurs se composait de membres d'un parti d'extrême droite et de citoyens intéressés appartenant à la classe moyenne. Mère n'y était pas.

J'essaie d'imaginer mon fils, mince et monté en graine, avec ses lunettes et ses boucles au-dessus du pull norvégien, se déplaçant parmi les crânes rasés. Lui, le buveur de jus de fruits, entouré de montagnes de viande armées de bouteilles de bière. Lui et sa voix claire qui déraille constamment, couverte par les grandes gueules. Lui, le solitaire, dans le cocon de l'air vicié saturé de sueur.

Non, il ne s'est pas assimilé, il est resté un corps étranger au milieu de ces cercles qui, comme d'habitude, repoussent tout ce qui est étranger. Haine des Turcs, ratonnades comme passe-temps, insultes sans distinction aux « bougnoules » : de lui, on n'aurait rien obtenu de tout cela. Et sa conférence ne contenait aucun appel à la violence. Dans sa description du meurtre de Davos, qu'il disséquait au scalpel jusqu'au moindre détail avec la froideur d'un fonctionnaire de la police criminelle à la recherche du mobile, il parla certes, comme sur son site web, de probables commanditaires du meurtrier, du « judaïsme mondial » et de la « ploutocratie enjuivée », mais des insultes comme « porc de Juif » ou le cri « Juda, crève ! » ne figuraient pas dans le manuscrit de son discours. Même sa demande de rétablissement d'une pierre commémorative sur la rive sud du lac de Schwerin, « à l'endroit exact où, depuis 1937, le haut granit se dressait en l'honneur du Martyr », était civilement présentée sous la forme d'une requête respectant les usages démocratiques. Mais quand il proposa aux auditeurs assemblés d'en faire une pétition adressée au parlement du Mecklembourg, ce seraient des ricanements qui lui auraient répondu. Dommage que Mère n'ait pas été là.

Konny a encaissé le coup et s'est mis tout de suite à parler du navire depuis sa mise à l'eau. Des longueurs lui ont échappé lorsqu'il s'attacha au sens et aux objectifs de l'organisation « La Force par la Joie ». En revanche, son compte rendu de l'action du navire-hôpital réaménagé lors de l'occupation de la Norvège et du Danemark par des unités de la Wehrmacht suscita quelque attention parmi les buveurs de bière, d'autant plus que quelques « héros de Narvik » comptaient au nombre des blessés qui se trouvaient à bord. Mais comme, après la victorieuse campagne de France, on n'en venait pas à l'opération « Otarie », c'est-à-dire à l'invasion de l'Angleterre avec le *Gustloff* comme transport de troupes, et qu'il n'était bientôt plus question que de l'ennuyeux mouillage du bateau à Gotenhafen, cet ennui se transmit au public.

Mon fils ne fut pas en mesure d'achever sa conférence. Des cris du genre « Ça va comme ça ! », « C'est quoi ce délire ? », et le bruit causé par l'abattage de l'atout maître, les bouteilles de bière, firent qu'il ne put exposer qu'en abrégé le destin ultérieur du navire et son chemin vers le naufrage, tout au plus jusqu'au torpillage. Konny a pris cela avec sérénité. Heureusement que Mère n'était pas là. Celui qui allait avoir seize ans s'est sans doute consolé ; après tout, Internet lui était ouvert en permanence. D'autres contacts avec les skins ne sont pas établis.

Lui et les boules à zéro, ça n'allait pas ensemble. Peu après, Konny a commencé à préparer un exposé qu'il voulait faire devant les professeurs et les élèves de son lycée, à Mölln. Avant qu'il n'en soit là mais que le public ne lui soit refusé, je vais rester sur la piste et parler pour commencer du *Gustloff* en temps de guerre : comme navire-hôpital il manqua de relève, et il fallut encore une fois le transformer.

Le bateau fut cannibalisé. Fin novembre quarante, les appareils à rayons X disparurent. On démonta les blocs opératoires, de même pour l'infirmerie. A bord, plus une infirmière ne s'activait, les lits de malades n'étaient plus alignés. En même temps qu'une grande part de l'équipage civil, les médecins et le personnel soignant furent réformés ou transférés sur d'autres navires. Parmi les mécaniciens ne resta que l'équipe d'entretien de la salle des machines. A la place du médecin-chef, c'était désormais un sous-marinier avec rang de capitaine de corvette qui avait la haute main ; en tant que commandant de la 2e division d'instruction de la flotte sous-marine, il présidait aux destinées du navire de cantonnement et de formation amarré en « caserne flottante ». Le capitaine Bertram resta à bord, mais il n'y avait plus de cap à calculer. Sur les photos dont je dispose, il est certes imposant à voir, mais c'était un capitaine révocable, de second rang. Ce marin expérimenté de la flotte marchande avait du mal à obéir à des consignes militaires, d'autant plus que tout changea à bord. A la place des portraits de Ley furent accrochées des photos encadrées du grand amiral. Le fumoir du pont-promenade inférieur se transforma en mess des officiers. Les grandes salles à manger furent affectées à l'alimentation des sous-officiers et des matelots. A l'avant du navire, les salles à manger et les salons furent aménagés pour le reste de l'équipage civil. Ce n'était plus « sans classes » que le *Wilhelm Gustloff* était à quai dans le port autrefois polonais de Gdynia, qui depuis le début de la guerre avait l'ordre de s'appeler Gotenhafen. Il y resta des années.

Quatre compagnies de la division d'instruction étaient logées à bord. Dans des documents qui sont à ma disposition, du reste littéralement cités et enrichis de matériau photographique sur Internet – mon fils puisait à une source qui est maintenant la mienne –, on assure que le capitaine de corvette Wilhelm Zahn, commandant de sous-marin expérimenté, veillait à la dureté de la formation dispensée aux volontaires. Les sous-mariniers, toujours plus jeunes – on prit vers la fin des garçons de dix-sept ans –, étaient là pour un trimestre. Après quoi beaucoup allaient à une mort certaine, dans l'Atlantique, en Méditerranée, plus tard en opération sur la route la plus septentrionale, en direction de Mourmansk, où naviguaient des convois américains chargés d'équipement militaire destiné à l'Union soviétique.

Mil neuf cent quarante, quarante et un, quarante-deux passèrent et produisirent des victoires qui se prêtaient bien aux communiqués spéciaux. En dehors de l'instruction permanente de candidats à la mort et du service de l'arrière relativement confortable auquel vaquaient le personnel de formation et le reste de l'équipage – le cinéma du bord présentait de vieux et nouveaux films de l'Ufa –, il ne se passait rien en un temps où dans les nasses de l'Est se livraient des batailles et où dans le désert de Libye l'Afrikakorps prenait Tobrouk, à moins que l'on ne considère l'apparition du grand amiral Dönitz lors de sa visite au quai de Gotenhafen-Oxhöft comme un événement – dont ne subsistent en tout cas que des photos officielles.

C'était en mars quarante-trois. Stalingrad était déjà tombée. Déjà toutes les lignes de front reculaient. Comme il y avait longtemps que la maîtrise de l'espace aérien au-dessus du Reich était perdue, la guerre se rapprochait, ici aussi ; ce n'était cependant pas la ville de Dantzig, mais Gotenhafen qui était la cible des escadrilles de bombardiers de la 8e flotte aérienne des États-Unis. Le navire-hôpital *Stuttgart* brûla. L'escorteur de sous-marins *Eupen* fut coulé. Plusieurs remorqueurs, un vapeur finlandais et un suédois sombrèrent à la suite de coups dans le mille. Un cargo fut endommagé dans le bassin de radoub. Mais le *Gustloff* s'en tira avec une déchirure dans la coque tribord. C'était une bombe explosant dans l'eau du port qui avait provoqué ces dégâts : il fallut radouber le navire. Il s'avéra ensuite, lors d'une sortie d'essai dans la baie de Dantzig, que la « caserne flottante » était toujours bonne pour la mer.

Entre-temps, le capitaine commandant le navire ne s'appelait plus Bertram, mais – comme c'était déjà arrivé une fois au temps du KdF – Petersen. Il n'y avait plus de victoires, que des revers sur tous les fronts de l'Est, et il fallut aussi abandonner le désert de Libye. De moins en moins de sous-marins revenaient des opérations. Les villes s'effondraient sous les tapis de bombes ; mais Dantzig était toujours debout, avec tous ses pignons et ses clochers. Dans une menuiserie du faubourg appelé Langfuhr, on fabriquait tranquillement des fenêtres et des portes pour des baraques de camps. C'est vers cette époque, tandis que non seulement les communiqués spéciaux, mais aussi le beurre, la viande, les œufs et même les légumes secs se faisaient rares, que Tulla Pokriefke fut appelée au combat en tant que receveuse de tramway. Elle tomba enceinte une première fois, mais elle perdit la petite chose en sautant volontairement du tram pendant le trajet entre Langfuhr et Oliva : à plusieurs reprises et chaque fois juste avant les stations, ce dont Mère me parlait comme d'un exercice sportif.

Et puis il se passa encore autre chose entre-temps. David Frankfurter, quand la Suisse dut craindre d'être occupée par son encore puissant voisin, fut transféré de sa prison de Coire dans un pénitencier situé en pays welche, pour sa protection, fut-il dit ; et le commandant du submersible de deux cent cinquante tonnes *M 96*, Alexander Marinesko, fut mis à la tête, comme capitaine de 3e classe, d'un nouveau bâtiment. Deux ans auparavant, il avait coulé un transporteur, de sept mille tonneaux selon ses propres indications, mais seulement de mille huit cents selon celles de l'amirauté soviétique.

Ce nouveau bâtiment, le *S 13*, dont Marinesko, ivre ou à jeun, avait rêvé si longtemps, appartenait à la classe des Stalinetz. Il est possible que le destin, non, le hasard, non, les sévères conditions du traité de Versailles l'aient aidé à conquérir ce bateau à l'équipement moderne. Comme la construction de sous-marins était interdite au Reich allemand depuis la fin de la Première Guerre mondiale, les chantiers Krupp-Germania, à Kiel, et l'Entreprise de construction de machines navales A.G. Bremen firent concevoir selon leurs plans et pour le compte de la Reichsmarine un sous-marin de haute mer du niveau technique le plus élevé par l'« Ingenieurs Kantoor voor Sheepsbouw » de La Haye. Plus tard, ce nouveau bâtiment fut lancé dans le cadre de la coopération germano-soviétique comme auparavant les autres Stalinetz en URSS, et il fut – peu avant l'attaque allemande contre la Russie – mis en service comme unité de la flotte Drapeau rouge de la Baltique. A quelque moment que le *S 13* ait quitté sa base de Smolny, dans le port finlandais de Turku, il avait dix torpilles à bord.

Sur son site navalement informé, mon fils défendait l'opinion selon laquelle le sous-marin conçu en Hollande était du « travail allemand de qualité ». Possible. Pour l'instant néanmoins le capitaine Marinesko ne réussit à couler devant les côtes de Poméranie qu'un remorqueur de haute mer du nom de *Siegfried*, par un feu d'artillerie après trois tirs de torpilles mal dirigés. Dès l'émersion, le canon de proue de 100 millimètres entra en action.

Je laisse maintenant le bateau au mouillage où, hormis les attaques aériennes, il était plus ou moins en sécurité, et je reviens, en crabe, à ma catastrophe personnelle. Il n'est pas vrai que l'on ait pu prévoir dès le début où Konrad allait s'égarer. A mon humble avis, c'étaient des choses inoffensivement puériles que produisait ce gymnaste du cyberespace, par exemple quand il comparait les voyages du KdF, aux prix cassés pour des raisons de propagande, avec les offres du tourisme de masse d'aujourd'hui, le coût du billet pour une croisière aux Caraïbes à bord de ce qu'il est convenu d'appeler « bateaux de rêve » ou les packages TUI, toujours à l'avantage, naturellement, d'un *Gustloff* partant « sans classes » pour la Norvège et autres navires du Front du travail. Cela, c'était le vrai socialisme, jubilait-il sur son site. C'était en vain que les communistes avaient essayé de mettre sur pied quelque chose de similaire en RDA. Malheureusement, disait-il, ces tentatives avaient échoué. On n'avait même pas achevé, après la guerre, les grandes installations KdF de Prora, sur l'île de Rügen, prévues en temps de paix pour 20 000 baigneurs.

« A présent, réclamait-il, il faut protéger cette ruine du KdF comme monument historique ! », et il se battait ensuite comme un potache avec son partenaire David, que j'avais longtemps cru inventé, sur l'avenir d'une « communauté du Peuple » non seulement nationale, mais encore socialiste. Il citait Gregor Strasser, mais aussi Robert Ley, dont il récompensait les idées par l'appréciation scolaire « Très bien ». Il parlait d'un « corps du Peuple sain », sur quoi David le mettait en garde contre le « nivellement socialiste » en traitant Ley de « grande gueule alcoolisée ».

J'ai suivi ce *chat* modérément comique, et j'en suis venu à cette conclusion : plus mon fils était enthousiaste dans son éloge du miracle « La Force par la Joie » comme projet d'avenir et des efforts déployés par l'État-des-Ouvriers-et-des-Paysans pour faire fleurir lui aussi, malgré toutes les insuffisances, un paradis vacancier socialiste – plus j'entendais avec un malaise la voix de sa grand-mère. Dès que j'étais sur le forum de Konny, j'avais dans l'oreille les jacasseries imperturbables de l'éternelle nostalgique.

C'était de cette même manière qu'elle nous avait soumis, moi et d'autres, à son agit-prop. Pendant la période qui a précédé mon passage à l'Ouest, je l'entendais, à la table de notre cuisine, monter à la tribune en dernière fidèle de Staline : « Et moi j'vous l'dis, chers camarades, comme notre Walter Ulbricht il a commencé tout p'tit, apprenti menuisier, eh ben moi aussi j'ai fait un apprentissage de menuiserie dans l'temps, et j'puais la colle d'os… »

Il paraît qu'ensuite, après le départ du Premier secrétaire, elle aurait eu des ennuis. Non plus parce que j'avais fui la République, mais plutôt parce qu'elle avait traité le successeur d'Ulbricht de « minable couvreur » et flairait partout des révisionnistes. Et, citée à comparaître devant le collectif du Parti assemblé, elle se serait à peu près exprimée ainsi quant à Wilhelm Gustloff comme victime du sionisme : « … le fils si tragiquement assassiné de notre belle ville de Schwerin ».

Mais elle a conservé son poste. Elle était à la fois aimée et redoutée. Distinguée à plusieurs reprises pour son activisme, elle faisait des merveilles dans l'exécution du Plan, et elle a dirigé jusqu'au bout sa brigade-ébénisterie du « VEB Combinat Meubles » de la Güstrower Strasse. C'est elle aussi qui a fait monter à plus de vingt pour cent la proportion de femmes dans l'apprentissage de l'ébénisterie.

Quand l'État-des-Ouvriers-et-des-Paysans a disparu et que – compétente pour le pays et pour la ville – la Treuhand de Berlin a ouvert une succursale à Schwerin, Mère aurait mis la main à la liquidation et à la privatisation du VEB Câbles, des Machines de fabrication de plastique et autres grandes entreprises, comme les Usines Klement-Gottwald (gréement de navires), et même de son ancien VEB Meubles. Il faut croire en tout cas que dans cette douteuse affaire elle s'en est tirée sans dommage, au moment où a commencé à l'Est la grande braderie, car dès que la nouvelle monnaie est arrivée, elle n'en était pas réduite à sa seule retraite. Et quand elle a offert à mon fils l'ordinateur, dispendieux accessoires compris, cet achat ne semble pas l'avoir rendue pauvre. Je fais remonter le point de départ de tant de générosité – avec moi, elle était plutôt pingre – à un événement qui certes n'a pas fait de vagues dans le marigot de la presse ouest-allemande, mais qui a été décisif pour Konny.

Mais avant d'en venir à la réunion des survivants, il faut insérer quelque chose de pénible que quelqu'un qui s'est fait une image un peu trop immaculée de sa Tulla voudrait m'enlever de la tête : le 30 janvier quatre-vingt-dix, alors que la date maudite semblait n'avoir plus cours puisqu'on dansait partout sur l'air d'« Allemagne, patrie unie » et que tous les gens de l'Est ne pensaient qu'au mark de l'Ouest, Mère passa à l'action d'une manière qui lui était propre.

Sur la rive sud du lac de Schwerin, les deux étages d'une auberge de jeunesse gris souris se tournaient languissamment les pouces. On l'avait édifiée au début des années cinquante et on lui avait donné le nom de Kurt Bürger, un vieux stalinien qui était revenu de Moscou peu après la guerre en antifasciste éprouvé, et qui avait bien mérité du Mecklembourg par son impitoyable répression. Et derrière l'auberge de jeunesse Kurt-Bürger, Mère a déposé un bouquet de roses à longue tige, à peu près à l'endroit où l'on dit qu'autrefois, en allant vers la berge du lac, avait sa place le haut granit en l'honneur du Martyr. Elle le fit dans la nuit, à dix heures dix-huit précises. C'est en tout cas avec ces détails chronologiques qu'elle nous a raconté plus tard, à son amie Jenny et à moi, son offensive nocturne. Elle était parfaitement seule, a-t-elle dit, et elle avait cherché à la lampe de poche l'endroit précis derrière l'auberge de jeunesse inoccupée en hiver. Elle était longtemps restée perplexe, mais elle avait ensuite, sous un ciel couvert et au milieu de la bruine, décidé que c'était là. « Mais c'est pas pour le Justloff que chuis v'nue avec les fleurs. Çui-là, c'était qu'un nazi comme tous les autres qu'on a dégommés. Non, c'est pour le bateau et tous ces p'tits enfants qui z'y sont passés à l'époque dans l'eau gelée que j'ai posé mon bouquet de roses blanches zactement à vingt-deux heures dix-huit. Et il a fallu que j'pleure quarante-cinq ans encore après ça... »

Cinq ans plus tard, Mère n'était plus seule. Les invitants étaient M. Schön et la direction de la station balnéaire de Damp, sur la Baltique, ainsi que le « Curatorium *Sauvetage par mer* ». Dix ans auparavant déjà, une réunion des survivants s'était tenue au même endroit. Il y avait encore à l'époque un mur et des barbelés, et personne n'avait été autorisé à venir d'Allemagne de l'Est. Cette fois-ci étaient venus même ceux pour qui le naufrage du bateau était quelque chose que l'on avait dû tout ce temps passer sous silence... Il n'était donc pas étonnant que l'on accueillît les invités des « nouveaux länder » avec une chaleur particulière ; parmi les survivants, il ne devait pas y avoir de barrière entre les « Ossis » et les « Wessis ».

Dans la grande salle des fêtes de la station balnéaire, une banderole était déployée au-dessus de la scène où l'on pouvait lire en grands caractères : « Célébration du 50e anniversaire du naufrage du *Wilhelm Gustloff* – station balnéaire de Damp-sur-la-Baltique, 28-30 janvier 1995 ». On ne mentionnait pas publiquement la coïncidence fortuite qui faisait que cette date rappelait aussi la prise du pouvoir en trente-trois et la date de naissance de celui qui avait été assassiné par David Frankfurter pour donner un signal au peuple juif – mais on lui concéda dans l'une ou l'autre des causettes, à l'heure du café ou dans les pauses de la manifestation, la valeur d'une incidente à mi-voix.

Mère m'avait obligé à être là. Elle m'assena un argument irréfutable : « Toi qu't'as d'ailleurs cinquante ans pareil... » Elle avait aussi invité notre fils Konrad et, puisque Gabi n'avait rien contre, elle l'avait emporté comme un butin. Elle y alla dans sa Trabant couleur sable : un événement à Damp, au milieu des limousines Mercedes et Opel. Elle avait fait semblant de ne pas entendre ma requête, préalablement exprimée, de se contenter de moi et d'épargner à Konny les pleurnicheries sur le passé. Je ne comptais ni en tant que père, ni autrement, car pour ce qui était de l'estimation de ma personne, Mère et mon ex, qui par ailleurs s'évitaient, étaient totalement d'accord : pour Mère, j'étais, selon sa constante expression, « une lavette » ; et Gabi me balançait à toutes les occasions possibles que j'étais un loser. Il n'est donc pas étonnant que les deux journées et demie passées à Damp aient été pour moi une épreuve plutôt pénible. Tournant en rond comme un imbécile, je fumais comme un pompier. J'aurais bien sûr pu, en tant que journaliste, rédiger un reportage ou tout au moins un bref compte rendu. Sans doute ces messieurs du curatorium attendaient-ils de moi quelque chose de ce genre, car au début Mère m'avait présenté comme un « reporter des journaux à Springer ». Je ne l'ai pas contredite, mais je n'ai pas mis non plus sur le papier autre chose que la phrase « Le temps est comme il est ». A quel titre aurais-je dû écrire ? En tant qu'« enfant du *Gustloff* » ? Ou en tant que non-concerné par profession ?

Mère avait réponse à tout. Comme elle reconnaissait dans l'assemblée quelques survivants et que d'anciens membres de l'équipage du torpilleur *Löwe* venaient lui parler, elle ne manquait pas une occasion de me présenter comme « le gamin qu'est né en plein milieu d'la catastrophe ». Et elle ne manquait évidemment pas de rappeler que le trente, ce serait l'occasion de fêter mon cinquantième anniversaire, même si le programme de ce jour-là, c'était la commémoration silencieuse.

Juste avant le moment du naufrage, et aussi le lendemain, il y aurait eu plusieurs naissances, mais en dehors de quelqu'un qui était né le vingt-neuf, il n'y avait à Damp aucune autre personne de mon âge. C'étaient essentiellement des vieux qui se rencontraient, parce qu'on n'avait guère sauvé d'enfants. Parmi les plus jeunes se trouvait un garçon d'Elbing qui avait dix ans à l'époque, qui vit aujourd'hui au Canada et à qui le curatorium avait demandé de raconter devant le public les détails de son sauvetage.

D'une manière générale et pour des raisons bien compréhensibles, il y a de moins en moins de témoins de la catastrophe. S'il y avait encore à la rencontre de quatre-vingt-cinq cinq cents survivants et sauveteurs, deux petites centaines s'étaient tout juste rassemblées cette fois-ci, ce qui poussa Mère à me chuchoter pendant la cérémonie : « Un de ces quatre y a pus un seul de nous qui s'ra vivant, rien que toi. Seulement toi tu veux pas écrire tout c'que j't'ai raconté depuis toujours. »

C'est pourtant moi qui, bien avant la chute du Mur, lui ai envoyé par des circuits détournés le livre de Heinz Schön – d'accord, pour échapper à ses reproches, qui m'usaient. Et peu avant la rencontre de Damp, elle reçut de moi un livre de poche que trois Anglais avaient publié aux éditions Ullstein. Mais cette documentation sur la catastrophe maritime, assez objective, je le concède, mais d'un style trop détaché, ne trouva pas grâce non plus à ses yeux : « Tout ça, c'est pas vécu personnellement. Ça vient pas du cœur ! » Et elle dit ensuite, alors que j'étais venu lui dire un petit bonjour au Grosser Dreesch : « Oh ben, p'têt' que mon p'tit Konrad un jour il écrira quèqu' chose là-d'ssus... »

Voilà pourquoi elle l'avait emmené à Damp. Elle arriva – non, elle entra en scène dans une robe longue qui lui tombait jusqu'aux chevilles, à col montant, en velours noir, et qui soulignait la blancheur de ses cheveux coupés court. Qu'elle fût debout à un endroit quelconque ou assise autour du café-gâteaux, elle était le centre de tous les regards. Elle attirait particulièrement les hommes. Comme on sait, il en avait toujours été ainsi. Sa camarade d'école Jenny m'a parlé de tous les garçons qui restaient littéralement collés à elle dans sa jeunesse : dès l'enfance, paraît-il, elle empestait la colle d'os ; et j'affirme que même à Damp, on devinait quelque chose comme un soupçon de ces effluves.

Là, c'était parmi des vieux messieurs, vêtus pour la plupart de drap bleu, qu'elle se dressait, maigre, coriace et en noir. Au nombre de ces corpulentes têtes grises se trouvait un ancien lieutenant de vaisseau et commandant du torpilleur *T 36*, dont l'équipage avait sauvé quelques centaines de naufragés, ainsi qu'un officier survivant du navire en perdition. Mais c'était surtout chez les membres de l'équipage du torpilleur *Löwe* que le souvenir de Mère était encore tout frais. Pour moi, on aurait dit que ces messieurs n'attendaient qu'elle. Ils faisaient cercle autour d'elle tandis qu'elle ébauchait des airs de petite fille, et ils ne pouvaient s'en détacher. Je l'entendais étouffer un petit rire, je la voyais prendre position en se croisant les bras. Mais ce n'était plus de moi ni de ma naissance au moment du naufrage que l'on parlait : il s'agissait de Konny. Elle présentait mon fils aux messieurs chargés d'ans comme si c'était le sien propre ; et moi, je gardais mes distances, je ne voulais pas être interrogé ou, pourquoi pas ? célébré par les vétérans du *Löwe*.

De quelque distance, on était frappé par l'extrême conscience de soi avec laquelle Konny, que je connaissais comme un garçon plutôt timide, se mouvait dans le rôle que lui avait attribué sa grand-mère, répondant de façon concise, mais nette, posant des questions, manifestant une écoute concentrée, risquant un rire juvénile et même posant pour des photos. Avec ses presque quinze ans – il allait les avoir en mars –, il n'avait pas du tout l'air enfantin, mais mûr pour les projets de Mère : partager totalement avec lui son savoir sur la catastrophe et – comme on allait le constater – en faire le héraut d'une légende flottante.

Désormais, tout tournait autour de lui. Bien qu'il y eût quelqu'un, dans cette réunion des survivants, qui était né sur le *Gustloff* la veille du naufrage et qui reçut comme moi un exemplaire des mains mêmes de l'auteur Schön – les mères eurent droit sur scène à l'hommage d'un bouquet de fleurs –, j'avais l'impression que tout cela n'était fait que pour imposer son devoir à mon fils. C'était en lui que l'on mettait ses espoirs. C'était de notre Konny qu'on attendait quelque chose pour l'avenir. Lui, on en était sûr, il ne décevrait pas les survivants.

Mère l'avait mis dans un costume bleu foncé et lui avait prescrit une cravate genre collège. Avec ses lunettes et ses cheveux bouclés, il avait l'air d'un hybride de premier communiant et d'archange. Il se comportait comme s'il avait une mission à diffuser, comme s'il allait sous peu proclamer quelque chose de sublime, comme s'il avait été touché par une illumination.

Je ne sais pas qui avait proposé que ce fût Konrad, lors du service religieux commémoratif qui fut célébré à l'heure même où les torpilles avaient atteint le navire, qui frappât la cloche-gong suspendue à côté de l'autel, repêchée à la fin des années soixante-dix par des plongeurs polonais qui l'avaient prise sur le pont supérieur arrière de l'épave. A présent, à l'occasion de la rencontre des survivants, l'équipage du renfloueur *Szkwal* avait remis cette trouvaille en signe de rapprochement germano-polonais. Mais c'est ensuite à M. Schön que fut donné, en conclusion du service commémoratif, de frapper trois fois la cloche à l'aide du marteau.

Le commissaire adjoint du *Gustloff* avait dix-huit ans quand le bateau coula. Je ne cacherai pas qu'on manifesta à Damp peu de gratitude pour celui qui avait rassemblé et étudié à peu près tout ce que l'on pouvait trouver après la catastrophe. Lorsque, au début des cérémonies, il fit sa conférence sur le thème « Le naufrage du *Wilhelm Gustloff* le 30 janvier 1945 vu par les Russes » et qu'il s'avéra, au fil de son discours, qu'il s'était fréquemment rendu en Union soviétique pour ses recherches et y avait même rencontré un marin du *S 13*, mieux encore, qu'il avait des relations amicales avec ce Vladimir Kourotchine qui, sur l'ordre de son commandant, avait mis les trois torpilles sur leur trajectoire, qu'il avait même été photographié serrant la main du vieil homme – il avait, comme le dit plus tard Heinz Schön avec retenue, « perdu quelques amis ».

Après son exposé, on l'ignora. Auprès de beaucoup d'auditeurs, il passait désormais pour russophile. Pour eux, la guerre n'avait jamais pris fin. Pour eux, le Russe, c'était le Popov, et les trois torpilles des armes d'assassins. Pour Vladimir Kourotchine en revanche, le navire qui coulait, sans nom à ses yeux, était bourré de nazis qui avaient attaqué sa patrie et dont la retraite ne laissait derrière elle que de la terre brûlée. C'est seulement par Heinz Schön qu'il apprit qu'à la suite du torpillage plus de quatre mille enfants avaient péri noyés, gelés ou emportés avec le navire dans les profondeurs. Ces enfants auraient longtemps suscité chez le matelot des rêves à répétition.

Il est possible que l'honneur qui fut tout de même fait à Heinz Schön, après coup, d'être invité à frapper la cloche ait un peu adouci la vexation qui lui avait été infligée. Mon fils, pour sa part, qui présentait au monde entier, sur son site, le tireur de torpilles uni sur une photo à l'historien du *Gustloff*, commenta ce détail d'une tragédie favorisant sur le long terme les relations entre les peuples en renvoyant aux origines de ce sous-marin si efficace pour atteindre ses cibles, en en soulignant la « qualité allemande » et en se risquant même à affirmer que seul un bâtiment construit selon des plans allemands avait permis aux Soviets de remporter ce succès à la hauteur du banc de la Stolpe.

Et moi ? Après le service religieux commémoratif, je me suis éclipsé en direction du rivage noir de nuit. Fait les cent pas. Seul, la tête vide. Comme il n'y avait pas de vent, le ressac de la Baltique, lui aussi, était atone et ne disait rien.

# 5

Ça ronge le Vieux. En fait, dit-il, ç'aurait été la tâche de sa génération d'exprimer la misère des fugitifs de Prusse-Orientale : les longs cortèges vers l'ouest en plein hiver, la mort dans les tempêtes de neige, crever au bord du chemin ou dans les trous de la glace dès que le Frisches Haff gelé commençait à craquer sous les bombardements et le poids des charrettes à chevaux, et cependant à partir de Heiligenbeil toujours plus de monde, par peur de la vengeance russe, à travers une neige sans fin... Fuite... La mort blanche... Jamais, dit-il, on n'aurait dû passer sous silence une pareille souffrance, laisser aux gens de droite ce sujet soigneusement évité – simplement parce que notre propre faute surpassait toutes les autres, que l'aveu et le remords étaient plus urgents pendant toutes ces années. Cette omission était abyssale...

Mais à présent le vieil homme, dont la plume s'est trop fatiguée, croit avoir trouvé en moi quelqu'un qui, à sa place – « par procuration », dit-il –, est sommé de parler de l'invasion du Reich par l'armée soviétique, de Nemmersdorf et de ses suites. C'est vrai, je cherche des mots. Mais ce n'est pas lui, c'est Mère qui me contraint.

Et ce n'est qu'à cause d'elle que le Vieux s'immisce, pareillement contraint par elle à me contraindre, comme si l'on n'avait le droit d'écrire que sous la contrainte, comme si rien sur ce papier ne pouvait se passer sans Mère.

Il prétend l'avoir connue comme un être insaisissable, qu'aucun jugement n'aurait été capable d'emprisonner. Il veut une Tulla d'une luminosité toujours aussi diffuse, et maintenant il est déçu. Jamais il n'aurait cru, entends-je, que la survivante Tulla Pokriefke pût se développer dans une direction aussi banale, celle, par exemple, d'une permanente du Parti et d'une activiste remplissant au garde-à-vous les exigences du Plan. On en aurait, bien davantage, attendu quelque chose d'anarchiste, un acte irrationnel, un attentat à la bombe sans motif aucun ou une découverte effrayante dans la lumière froide. Après tout, dit-il, c'est Tulla l'adolescente qui pendant la guerre, et donc au beau milieu d'aveugles volontaires, a discerné à l'écart de la batterie antiaérienne du Port-Impérial une masse blanchâtre entassée là et l'a nommée bien haut la « montagne d'os » : « C'est une montagne d'os ! »

Le Vieux ne connaît pas Mère. Et moi ? Est-ce que je la connais ? Tante Jenny tout au plus, qui m'a dit un jour : « Au fond, on ne peut comprendre mon amie Tulla que comme une bonne sœur contrariée, qui a reçu les stigmates, naturellement... », peut avoir une idée de sa nature ou contre-nature. Mais une chose est vraie : Mère est insaisissable. Même comme cadre du Parti, il n'y avait pas moyen de la ramener à la ligne. Et quand j'ai voulu partir pour l'Ouest, elle s'est contentée de dire : « Bof, pour c'que j'en pense, tu peux bien aller en face », et elle ne m'a pas dénoncé, de sorte qu'elle a subi par la suite, à Schwerin, une certaine pression ; il paraît même que la Stasi est venue frapper chez elle, plusieurs fois, sans succès établi...

A l'époque, c'était moi qui portais ses espoirs. Mais quand elle a vu qu'on ne tirerait pas de moi la moindre étincelle, qu'il n'y avait, avec moi, que le temps qui partait en fumée, elle s'est mise – à peine le Mur était-il tombé – à modeler mon fils. Konny n'avait que dix ou onze ans quand il est tombé entre les pattes de sa grand-mère. Et depuis la réunion de Damp où je n'étais, sur le bord, qu'un zéro, et lui le prince héritier, elle lui a bourré le crâne d'histoires de réfugiés, d'histoires d'épouvante, d'histoires de viols, qu'elle n'avait certes pas vécues en personne, mais qui, depuis qu'en octobre quarante-quatre les chars soviétiques avaient franchi la frontière orientale du Reich et avaient avancé dans les districts de Goldap et de Gumbinnen, étaient racontées et diffusées partout, afin que la terreur se répandît.

C'est sans doute, c'est peut-être comme ça que ça s'est passé. Ça s'est passé à peu près comme ça. Lorsque, quelques jours après l'avancée de la 2e armée de la Garde soviétique, la localité de Nemmersdorf fut reprise par des unités de la 4e armée allemande, on pouvait sentir à l'odeur, voir, compter, photographier et filmer pour les actualités de tous les cinémas du Reich combien de femmes avaient été violées, puis abattues, clouées aux portes des granges par les soldats russes. Des blindés T 34 avaient rattrapé les fugitifs et les avaient broyés. Des enfants fusillés gisaient dans les jardins et les fossés des rues. Même des prisonniers de guerre français contraints de travailler dans l'agriculture aux environs de Nemmersdorf ont été liquidés, quarante en tout, disait-on.

Ces détails et d'autres, je les ai trouvés sur Internet, à l'adresse maintenant familière. On y trouvait aussi, en traduction, un appel prétendument rédigé par l'écrivain soviétique Ilya Ehrenbourg qui appelait mot pour mot tous les soldats russes à tuer, à violer, à venger la Patrie, la « Petite Mère Russie » dévastée par les bêtes fascistes. A l'adresse « www.blutzeuge.de », mon fils, que j'étais le seul à reconnaître, déplorait dans la langue des communiqués officiels de l'époque : « Voilà ce qu'ont fait des sous-hommes russes à des femmes allemandes sans défense... » – « Voilà les carnages de la soldatesque russe... » – « Cette terreur menace encore toute l'Europe si l'on ne construit pas une digue contre le flot asiatique... ». En supplément, il avait scanné une affiche électorale de la CDU, datant des années cinquante, qui exhibait un monstre assoiffé de sang, de type asiatique.

Diffusées sur le Net et téléchargées par je ne sais combien d'utilisateurs, ces phrases et ces suites de phrases agrémentées d'images donnaient l'impression d'être frappées pour une situation actuelle, même si n'étaient pas mentionnées la Russie se décomposant dans l'impuissance ou les horreurs des Balkans et du Rwanda. Pour illustrer son programme chaque fois dernier cri, il suffisait à mon fils des charniers du passé ; et ceux-ci, quel qu'en fût le commanditaire, portaient des fruits à tout moment.

Moi, il ne me reste qu'une chose à ajouter : en ces jours où Nemmersdorf devint le symbole de toute épouvante, le mépris de tout ce qui était russe se métamorphosa en peur des Russes. Les articles de journaux, les commentaires radiophoniques, les images d'actualités diffusées sur cette localité reconquise déclenchèrent en Prusse-Orientale une fuite massive qui, à partir de la mi-janvier, après le début de la grande offensive soviétique, se transforma en panique. Avec la fuite par voie de terre commença la mort au bord de la route. Il m'est impossible de décrire cela. Personne ne peut le décrire. Seulement ceci : une partie des fugitifs atteignit les villes portuaires de Pillau, Dantzig et Gotenhafen. Des centaines de milliers de gens tentèrent d'échapper par la mer à l'horreur qui se rapprochait toujours plus. Des centaines de milliers de gens – les statistiques donnent plus de deux millions de fugitifs sauvés par leur arrivée à l'ouest – se bousculèrent pour monter à bord de bateaux de guerre, de tourisme ou de commerce ; le *Wilhelm Gustloff*, amarré au quai de Gotenhafen-Oxhöft depuis des années, fut lui aussi pris d'assaut.

J'aimerais bien me simplifier les choses à la manière de mon fils, qui proclamait sur son site : « C'est dans l'ordre et le calme que le navire embarqua les jeunes filles et les femmes, les mères et les enfants qui fuyaient la bête soviétique... » Pourquoi passait-il sous silence le millier de sous-mariniers et les trois cent soixante-dix auxiliaires féminines de la Marine également embarqués, de même que les équipes qui servaient les batteries de DCA montées à la hâte ? Dans une incidente, il mentionnait certes qu'au début et vers la fin, on avait aussi transporté à bord des blessés – « Parmi eux se trouvaient des combattants du front de Courlande, qui résistait toujours au choc de la déferlante rouge... » –, cependant, quand il commençait à décrire la transformation du navire-caserne en transporteur capable d'affronter la haute mer, il faisait un décompte minutieux des quintaux de farine et de lait en poudre, des carcasses de cochons qui avaient été pris à bord, mais il ne disait rien sur les volontaires croates qui, mal formés, devaient compléter l'équipage. Rien sur l'insuffisance des appareils radio. Rien sur les exercices pour les situations de détresse : « Fermez les cloisons étanches ! » Il était compréhensible qu'il soulignât l'installation prévoyante d'un service d'accouchement, mais qu'est-ce qui l'empêchait de faire simplement allusion à l'état de sa grand-mère, alors dans les tout derniers temps de sa grossesse ? Et pas un mot sur les dix canots de sauvetage manquants, qui avaient été réquisitionnés pour tendre des écrans de fumée sur le port lors des attaques aériennes et remplacés par des embarcations à avirons de petite contenance et des radeaux de kapok compressé hâtivement empilés et saisis ? Le *Gustloff* ne devait apparaître aux yeux des utilisateurs d'Internet que comme un bateau de réfugiés.

Pourquoi Konny mentait-il ? Pourquoi ce garçon se leurrait-il lui-même et leurrait-il les autres ? Pourquoi, lui qui était un maniaque du détail et connaissait le bateau depuis l'époque du KdF jusqu'au dernier recoin du tunnel de l'arbre d'hélice et de la blanchisserie du bord, ne voulait-il pas avouer que ce n'était ni un transporteur de la Croix-Rouge, ni un cargo exclusivement chargé de fugitifs qui était à quai, mais un paquebot armé mis à la disposition de la marine de guerre et où était parquée la cargaison la plus diverse ? Pourquoi niait-il ce qui était imprimé depuis des années et n'était même plus contesté par les éternels nostalgiques ? Voulait-il construire de toutes pièces un crime de guerre et en imposer, avec sa version enjolivée des faits réels, aux crânes rasés d'Allemagne et d'ailleurs ? Son besoin d'un bilan de victimes bien net était-il si pressant que le capitaine de corvette Zahn avec son chien de berger, le contrepoint militaire du capitaine civil Petersen, n'était même pas autorisé à apparaître ?

Je ne peux que deviner ce qui a pu pousser Konny à tricher : le désir d'une image de l'ennemi que rien ne vienne troubler. L'histoire du chien, cependant, c'est Mère qui me l'a donnée pour un fait avéré ; aussi bien faisait-elle dès l'enfance une fixation sur les chiens de berger. Zahn avait depuis des années son Hassan à bord. Sur le pont ou au mess des officiers, jamais il n'apparaissait sans son chien. Mère disait : « Ça on l'voyait très bien d'en bas, où c'qu'on attendait mais qu'on pouvait pas monter, comment que l'capitaine avec son clébard il était au bastingage et y nous r'gardait en bas, nous autres les réfugiés. Y r'ssemblait tête coupée à notre Harras... »

Elle savait ce qui se passait sur le quai : « La bousculade que c'était ! Et un de ces boxons ! Au début ils ont inscrit bien propre tous ceux qui montaient l'escalier, mais après y avait pus d'papier... » C'est ainsi que le chiffre restera incertain à tout jamais. Mais que disent des chiffres ? Les chiffres ne sont jamais exacts. Il faut toujours estimer le reste. Ont été enregistrées six mille six cents personnes, dont quelque cinq mille fugitifs. Mais à partir du 28 janvier, d'autres masses, qui ne furent pas décomptées, se bousculèrent pour monter les marches. Étaient-ils deux ou trois mille, ceux qui restèrent sans numéro, sans nom ? C'est à peu près le nombre de cartes de repas supplémentaires qui ont été imprimées par l'imprimerie du bord et distribuées par les auxiliaires féminines de la Marine réquisitionnées en renfort. Quelques centaines de plus ou de moins n'importent guère en pareil cas. Personne ne sait rien de précis. Ainsi, on ne connaît pas le nombre de poussettes entassées dans les cales ; et seule une estimation permet de dire qu'il y avait à bord, à la fin, environ quatre mille cinq cents nourrissons, enfants et adolescents.

Finalement, et alors que plus rien n'allait, on embarqua encore d'autres blessés et une dernière troupe d'auxiliaires de la Marine, des jeunes filles qui, comme il n'y avait plus de cabines libres et que toutes les salles étaient jonchées de paillasses, furent cantonnées dans la piscine mise hors d'eau, et donc dans le pont E, au-dessous de la ligne de flottaison.

Cette localisation doit être soulignée et répétée, car mon fils gardait le silence sur tout ce qui concernait ces auxiliaires et le piège mortel que constituait la piscine. C'est seulement lorsque, sur son site web, il s'étendit de manière générale sur les viols qu'il se mit à fantasmer pour de bon sur les « toutes jeunes demoiselles dont il s'agissait de protéger l'innocence contre l'assaut de la bête russe... ».

Quand j'eus droit à ces stupidités, je suis, sans me signaler comme père, il est vrai, passé à l'action. Lorsque le forum s'est ouvert, j'ai lancé mon objection : « Tes demoiselles en détresse étaient en uniforme, joli d'ailleurs. Elles portaient des jupes gris-bleu qui arrivaient au genou et des vareuses bien ajustées. Leur coiffure était surmontée d'un calot légèrement incliné avec l'aigle allemand et la croix gammée. Toutes, innocentes ou pas, avaient subi le dressage militaire et prêté serment au Führer... »

Mais mon fils ne voulait pas communiquer avec moi. Tout au plus avec son adversaire inventé, à qui il faisait la leçon comme un raciste caricatural : « En tant que Juif, tu ne pourras jamais comprendre la douleur que provoque chez moi la profanation de jeunes filles allemandes par des Kalmouks, des Tatars et autres Mongols. Mais que savez-vous, vous autres Juifs, de la pureté du sang ? »

Non, ça, ce n'était pas Mère qui pouvait le lui avoir enfoncé dans la tête. A moins que ? Une fois, au Grosser Dreesch, alors que je lui posais sur la table où on prenait le café mon article plutôt objectif sur le débat autour du mémorial de l'Holocauste qu'on devait construire à Berlin, elle m'a raconté que s'était montré dans la cour de la menuiserie de son oncle quelqu'un, « un espèce de gros patapouf avec des taches de rousseur », qui avait dessiné de manière à peu près ressemblante le chien couché au bout de sa chaîne : « C'était un youpin qu'avait toujours des drôles d'idées. Mais il l'était qu'à moitié, Papa savait ça. Et il le lui a crié quand c'est qu'il a jeté le youpin de notre cour, Amsel qu'y s'app'lait... »

L'après-midi du trente, Mère réussit à monter à bord avec ses parents. « Moins une que c'était quand on a été d'ssus... » Une partie des bagages s'était perdue. Vers midi, le *Gustloff* reçut l'ordre de lever l'ancre et de larguer les amarres. Des centaines de gens restaient sur le quai.

« Pour Maman et Papa, c'est sûr qu' j'étais la honte avec mon gros ventre. Chaque fois qu' les autres réfugiés y demandaient, Maman disait : "Son fiancé est au front." Ou : "En fait devrait y avoir un mariage à distance avec son fiancé, qui combat sur le front de l'Ouest. S'il est pas tombé." Mais à moi y m'parlaient toujours que de la honte. Au fond c'tait pas pus mal qu'y nous aient séparés de suite sur le bateau. Maman et Papa, ils les ont envoyés complètement en bas dans l'intérieur, où c'qu'y avait encore un peu d'place. Et moi chuis allée en haut au service des femmes enceintes... »

Mais on n'en était pas encore là. Une fois de plus, il faut que, comme un crabe, je revienne en arrière pour avancer : la veille encore – plus toute une nuit – les Pokriefke étaient assis sur leur trop grand nombre de valises et de balluchons, au milieu d'une foule de réfugiés dont la plupart étaient épuisés par les longues caravanes. Ils venaient de la Kurische Nehrung, du Samland, de la Mazurie. Une dernière vague avait fui d'Elbing, plus proche. Et de plus en plus de femmes et d'enfants de Dantzig, Zoppot et Gotenhafen se bousculaient entre les voitures d'enfants, les charrettes à chevaux, les chariots à ridelles et les nombreux traîneaux. Mère me parlait des chiens sans maître qui, affamés, comme ils n'avaient pas le droit de monter à bord, rendaient les quais peu sûrs. On avait dételé les lourds chevaux des paysans de Prusse-Orientale et on les avait soit laissés à des unités de la Wehrmacht, soit conduits à l'abattoir. Elle ne savait pas exactement. Et puis seuls les chiens lui faisaient pitié : « Y z'arrêtaient pas d'hurler dans la nuit comme des loups... »

Lorsque les Pokriefke quittèrent l'Elsenstrasse, les Liebenau, qui leur étaient apparentés, refusèrent de se joindre à la famille du manœuvre encombrée de ses bagages. Le maître menuisier tenait bien trop à ses établis, à la scie circulaire et à la scie à ruban, à la rectifieuse, à la provision de bois longs dans la remise et à la maison de rapport n° 19, dont il était le propriétaire. Son fils Harry, que Mère a quelque temps mis en avant comme mon père putatif, avait reçu dès l'automne de l'année précédente sa feuille de route. Il était sans doute transmetteur radio ou fantassin porté quelque part sur l'un des nombreux fronts qui reculaient.

Après la guerre, j'ai appris que les Polonais avaient expulsé mes grands-parents à la fin des hostilités, comme tous les Allemands qui étaient restés là. Il semblait qu'ils soient morts tous les deux, probablement à Lüneburg, très vite et peu de temps l'un après l'autre, lui sans doute du chagrin d'avoir perdu sa menuiserie et les nombreuses garnitures de porte et de fenêtre entreposées dans les caves. Il y avait longtemps que le chien de la cour, dans la niche duquel Mère prétend avoir, dans son enfance, passé une semaine, n'était plus en vie ; avant la guerre déjà, quelqu'un – elle dit « un copain du youtre » – l'aurait empoisonné.

Il faut supposer que les Pokriefke sont montés à bord avec l'une des dernières vagues, admis parce que leur fille était visiblement enceinte. Mais il aurait pu y avoir des difficultés pour August Pokriefke. La police militaire qui contrôlait sur les quais aurait pu le sélectionner comme bon pour le Volkssturm. Mais puisque, comme disait Mère, « c'était toute façon qu'une demiportion », il put passer à travers les mailles. Et à la fin les contrôles étaient lâches. C'était le chaos. Des enfants sont montés sans leurs mères. Et des mères ont dû subir, dans la bousculade des passerelles, de voir leur enfant, arraché à leur main, poussé par-dessus bord, disparaître dans l'eau du port entre la coque et la maçonnerie du quai. Les cris ne servaient à rien.

Peut-être les Pokriefke auraient-ils trouvé de la place sur les vapeurs *Oceana* et *Antonio Delfino*, aussi surchargés qu'ils fussent déjà. Ces deux bateaux étaient également amarrés au quai de Gotenhafen-Oxhöft, qu'on appelait le « quai de Bonne-Espérance » ; et ces deux transporteurs de taille moyenne ont atteint sains et saufs leurs ports de destination, Kiel et Copenhague. Mais Erna Pokriefke n'aurait renoncé au *Gustloff* pour rien au monde, « même pour en crever », puisque tant de joyeux souvenirs du temps de son voyage « La Force par la Joie » dans les fjords de Norvège étaient attachés au paquebot alors étincelant de blancheur. Elle avait serré dans ses bagages de réfugiée l'album de photos où se trouvaient entre autres des instantanés de cette croisière de vacances.

Erna et August Pokriefke n'auront sans doute pas reconnu l'intérieur du navire, car toutes les salles des fêtes et à manger, la bibliothèque vidée de ses livres, le salon folklorique et la salle de concert – maintenant sans aucune décoration murale – n'étaient plus que des dortoirs couverts de matelas. Même le pont-promenade vitré et les coursives étaient pleins à craquer. Comme des milliers d'enfants, enregistrés ou non, faisaient partie de cette cargaison humaine, leurs cris se mêlaient aux annonces des haut-parleurs : sans cesse étaient diffusés les noms de petits garçons et de petites filles qui s'étaient perdus.

Quand les Pokriefke montèrent à bord sans enregistrement, on éloigna Mère de ses parents. C'est une infirmière qui en prit la décision. On n'a jamais su si le couple a été introduit de force par les auxiliaires de la Marine qui surveillaient le mouvement dans une cabine déjà bondée, ou s'il a trouvé place avec ce qui restait de ses bagages au milieu de l'un des dortoirs de masse. Tulla Pokriefke ne devait jamais revoir ni l'album de photos, ni ses parents. Je l'écris dans cet ordre parce qu'il me semble certain que la perte de l'album lui a été particulièrement douloureuse : avec lui ont disparu en effet tous les clichés tirés à l'aide de la boîte Kodak familiale, où on la voyait avec son frère Konrad, l'angelot bouclé, sur l'estacade de Zoppot, avec sa camarade de classe Jenny et son père adoptif, le professeur Brunies, devant le monument à Gutenberg dans la forêt de Jäschkental, ainsi que, plusieurs fois, avec Harras, le berger de race pure et célèbre reproducteur.

Quand il s'agissait dans ses récits sans fin du moment de l'embarquement, Mère parlait toujours du huitième mois de sa grossesse. Sans doute était-ce le huitième. Mais quel qu'ait été le mois, elle fut placée à la maternité. Celle-ci se trouvait à côté de ce qu'on appelait la « Tonnelle », où gémissaient en rangs serrés des blessés graves. La « Tonnelle » était au temps de « La Force par la Joie » une sorte de jardin d'hiver très apprécié des vacanciers, et elle était située sur le pont-solarium, au-dessous de la passerelle de commandement. Le Dr Richter, l'officier de santé du plus haut grade pour la 2e division d'instruction de la flotte sous-marine, avait la haute main sur la « Tonnelle » comme sur le service des accouchements. Chaque fois que Mère me racontait l'embarquement, elle disait : « Là y f'sait chaud enfin. Et pis du lait chaud aussi qu'y m'ont donné tout d'suite, avec un coup de miel dedans... »

A la maternité devait régner une activité normale. Depuis le début de l'embarquement, quatre nourrissons étaient nés, « rien que des pt'its gars » – je l'ai dans les oreilles.

On prétend que pour son malheur le *Gustloff* avait trop de capitaines à son bord. C'est possible. Mais le *Titanic* n'en avait qu'un, et cela ne l'a pas empêché de sombrer dès sa croisière inaugurale. Mère disait en tout cas qu'avant le départ du bateau, elle avait voulu se dégourdir un peu les jambes, que ce faisant elle s'était retrouvée, sans être arrêtée par les sentinelles – « rien qu'un étage au-dessus » –, sur la passerelle de commandement « où c'qu'un vieux loup de mer comme ça se disputait méchamment avec un autre, qu'avait une barbichette... ».

Le loup de mer, c'était le capitaine Petersen, un homme de la marine civile qui, en temps de paix, avait eu sous son commandement plusieurs paquebots, dont brièvement le *Gustloff*, et qui, après le début de la guerre, avait été fait prisonnier par les Anglais pour avoir forcé le blocus. Cependant, il fut ensuite, en raison de son âge, jugé inapte au combat et, après qu'il se fut engagé par une déclaration écrite à ne jamais reprendre un commandement, il fut renvoyé en Allemagne. C'est pourquoi on avait incorporé ce marin de soixante-cinq ans environ comme « capitaine à quai » sur la « caserne flottante » amarrée au quai de Gotenhafen-Oxhöft.

L'homme à la barbichette ne pouvait être que le capitaine de corvette Wilhelm Zahn, qui avait toujours au pied son chien de berger Hassan. Cet ancien commandant de sous-marin aux succès très moyens était considéré comme le chef militaire de ce transport bondé de fugitifs. Pour décharger ce capitaine-là, qui commençait entre-temps à manquer d'expérience en mer, se trouvaient également sur la passerelle deux capitaines navigants, jeunes, mais expérimentés pour la zone de la Baltique, qui s'appelaient Köhler et Weller. Tous deux venaient de la marine marchande et étaient donc traités avec quelque condescendance par les officiers de la marine de guerre, à commencer par Zahn : on mangeait dans des mess différents et on n'arrivait que difficilement à se parler.

Ainsi se nouaient sur la passerelle des oppositions, mais aussi une responsabilité collective quant à la cargaison du navire, difficilement déterminable : c'était d'une part un transport de troupes, d'autre part un navire-hôpital et de réfugiés. Avec son gris militaire, le *Gustloff* offrait une cible qu'il n'était pas facile de définir. Pour l'instant, en dehors des possibles attaques aériennes, il était protégé dans le bassin du port. Le conflit susmentionné entre les trop nombreux capitaines n'était pas encore vidé. Un autre capitaine ne soupçonnait encore rien du navire chargé d'enfants et de soldats, de mères et d'auxiliaires féminines de la marine de guerre, et armé de batteries de DCA.

Jusqu'à fin décembre, le *S 13* était resté dans le bassin de radoub de la base que la flotte Drapeau rouge de la Baltique possédait à Smolny. Quand le bâtiment fut révisé, alimenté en carburant, approvisionné et équipé de torpilles, il aurait dû partir en opérations, mais il manquait le commandant.

L'alcool et les femmes empêchaient Alexander Marinesko d'interrompre sa permission et d'être à bord de son bâtiment en temps voulu, avant le début de la grande offensive qui devait déferler sur la Baltique et la Prusse-Orientale. On dit que la Pontikka, une gnôle finlandaise distillée à partir de pommes de terre, l'avait déboussolé et privé de toute mémoire. On le chercha en vain dans les bordels et autres bouges connus de la police militaire ; le sous-marin n'avait pas de capitaine.

Le capitaine Marinesko ne se montra à Turku, dessaoulé, que le 3 janvier. Il fut aussitôt soumis à un interrogatoire du NKVD et soupçonné d'espionnage. Comme il avait oublié toutes les étapes de sa permission à terre suivie de prolongations, il ne put présenter pour sa défense que des trous de mémoire. En fin de compte, son supérieur, le capitaine de 1re classe Oryel, réussit à faire reporter la convocation d'une cour martiale en se référant à l'ordre de combat tout récent donné par le camarade Staline. Il ne disposait que d'un petit nombre de commandants éprouvés et ne voulait pas qu'on réduisît la puissance de sa formation. Lorsque même l'équipage du *S 13* intervint dans le procès en suspens par un recours en grâce en faveur de son capitaine et que le NKVD put craindre un début de mutinerie, Oryel donna l'ordre au commandant qui ne cessait qu'à terre d'être fiable de gagner immédiatement Hangö, dont le *S 13* quitta le port une semaine plus tard. Des brise-glace avaient dégagé le chenal. Le bâtiment devait, en passant devant l'île suédoise de Gotland, mettre le cap sur la côte de la Baltique.

Il y a bien ce film en noir et blanc qui fut tourné à la fin des années cinquante. Il s'appelle *La nuit tombait sur Gotenhafen* et on y voit des stars comme Brigitte Horney et Sonja Ziemann. Le metteur en scène, un Germano-Américain du nom de Frank Wisbar qui avait tourné auparavant un film sur Stalingrad, se fit conseiller par le spécialiste du *Gustloff*, Heinz Schön. Interdit de représentation à l'Est, le film ne passa qu'à l'Ouest, avec un succès mitigé, et, comme le navire-catastrophe, il est maintenant oublié, tout au plus stocké dans des archives.

Avec l'amie de Mère, Jenny Brunies, chez qui, lycéen, j'habitais à l'époque, j'ai vu ce film sur ses instances – « Mon amie Tulla m'a fait savoir combien il lui serait précieux que nous allions ensemble au cinéma » – et je fus assez déçu. L'action suivait toujours le même cliché. Comme dans tous les films genre *Titanic*, le naufrage filmé du *Gustloff* avait lui aussi recours, en guise de matériau d'appoint et masse de remplissage, à une histoire d'amour torturée et pour finir héroïque, comme si le torpillage d'un navire surchargé n'était pas assez captivant, la mort à des milliers d'exemplaires pas assez tragique.

Roman de gare en temps de guerre. Dans *La nuit tombait sur Gotenhafen*, le personnel du triangle classique, après un bien trop long prélude à Berlin, était constitué par un soldat du front de l'Est dans le rôle du mari trompé puis blessé grave sur le navire, l'épouse infidèle avec bébé dans celui d'un personnage ballotté d'un côté et de l'autre, et par un officier de marine bon vivant dans celui du briseur de ménage, père et sauveur du nourrisson. Tante Jenny, certes, a pu verser quelques larmes à certains endroits, mais quand elle m'invita ensuite au Paris-Bar pour mon premier Pernod, elle dit : « Il est probable que ta chère maman n'aurait guère pris plaisir à ce film, parce qu'on n'y montrait aucune naissance, ni avant, ni après le naufrage... » Et puis elle dit encore : « En fait, il est impossible de filmer des horreurs pareilles... »

Je suis absolument certain que Mère n'a eu à bord aucun amant, ni aucun de mes pères possibles. Peut-être s'entendait-elle, c'était et c'est encore dans sa manière, à attirer le personnel masculin du navire même dans son état de grossesse avancée : on ne peut rien y faire, elle dispose d'un aimant intérieur qu'elle appelle « un chais-pas-quoi ». C'est ainsi que, à peine les ancres levées, une des recrues de la Marine et futur sous-marinier – « Un d'ces gamins, tout pâlichon, qu'avait des boutons partout sur la figure » – aurait accompagné la femme enceinte jusque sur le pont le plus haut. Une agitation intérieure l'avait fait se mettre sur ses jambes. Je présume que ce matelot avait l'âge de Mère, dix-sept ou à peine dix-huit ans, au moment où il lui fit traverser précautionneusement, à son bras, le pont-solarium lisse comme un miroir. Et c'est alors que Mère, de ses yeux auxquels rien n'échappe, a vu que les bossoirs, les poulies et les chantiers où étaient saisis les canots de sauvetage de bâbord et de tribord, de même que les garants passant dans les caliornes, étaient également pris dans la glace.

Combien de fois ai-je entendu sa phrase : « Quand j'ai vu ça, je me suis sentie pas bien du tout » ? Et à Damp, tandis que, noire et mince, elle était entourée de vieux messieurs et introduisait mon fils Konrad dans le monde rétréci des survivants, je l'entendis prononcer : « Là j'ai compris de suite qu'avec le verglas, c'était fichu pour un sauvetage. J'voulais descendre du bateau. Et j'ai crié comme une folle. Mais c'tait déjà trop tard... »

Cela, le film que j'ai vu avec Tante Jenny dans un cinéma de la Kantstrasse n'en montrait rien, pas de blocs de glace sur les bossoirs des chaloupes, pas de bastingage verglacé, même pas des plaques de glace dans le bassin du port. Et pourtant, on lit non seulement chez Schön, mais aussi dans le récit en livre de poche des Anglais Dobson, Miller, Payne, qu'il faisait le 30 janvier 1945 un froid glacial : moins 18 degrés. Dans la baie de Dantzig, des brise-glace avaient dû libérer un chenal. Une mer très forte et des rafales en tempête étaient annoncées.

Quand cependant je me demande si Mère n'aurait pas pu quitter le bord alors qu'il en était temps, cette question, absurde en soi, repose sur le fait avéré que peu après la sortie du *Gustloff*, tiré par quatre remorqueurs hors du bassin d'Oxhöft, un caboteur à vapeur, le *Reval*, apparut dans la tempête de neige et, inévitable, suivait une route inverse. Surchargé de fugitifs en provenance de Tilsit et de Königsberg, le bateau était parti de Pillau, le dernier port de Prusse-Orientale. Comme il n'y avait qu'une place limitée dans le pont inférieur, les réfugiés étaient debout, serrés comme des harengs, sur le pont supérieur. Comme on dut le constater, beaucoup étaient morts de froid pendant la traversée, mais restaient enserrés dans le bloc de glace vertical.

Lorsque le *Gustloff*, à l'arrêt, descendit quelques échelles de coupée, les survivants réussirent à sauver leur vie, pensaient-ils, en montant à bord du grand navire ; dans la chaleur surpeuplée des coursives et des escaliers, ils trouvèrent des trous où se caser.

Mère n'aurait-elle pas pu, par les échelles, emprunter le chemin inverse ? Elle a toujours su faire demi-tour à temps. L'occasion ! Pourquoi ne pas passer du bateau du malheur au *Reval* ? Si elle s'était risquée à descendre les échelons, je serais né ailleurs – je ne sais pas où – mais sûrement plus tard et pas un 30 janvier.

La revoilà, cette date maudite. L'Histoire, ou plus exactement l'Histoire que nous remuons est une cuvette bouchée. Nous tirons la chasse encore et toujours, mais la merde continue à monter. Par exemple ce maudit Trente. Qui s'accroche à moi, qui me marque. Il n'a servi à rien qu'en tous temps, élève, étudiant, rédacteur de journal et époux, je me sois toujours refusé, au milieu de mes amis, de mes collègues ou de ma famille, à fêter mon anniversaire. J'ai toujours eu peur qu'à l'occasion de pareilles réjouissances – ne serait-ce qu'en portant un toast – on ne me mette sur le dos la signification trois fois maudite du Trente, même si tout donnait l'impression que cette date gavée à exploser avait tout de même maigri au fil des ans, qu'elle était maintenant inoffensive, un jour comme beaucoup d'autres sur le calendrier. Nous avons su mettre en service des mots qui nous permettent de fréquenter le passé : il doit être expié, surmonté, se colleter avec lui s'appelle « travail de deuil ».

Mais ensuite il a semblé que sur Internet, il fallait toujours, ou de nouveau, déjà, pavoiser pour le Trente, la fête nationale. Toujours est-il que mon fils exhibait aux yeux du monde entier la date de la prise du pouvoir sous la forme d'une feuille d'éphéméride rouge. Dans la cité préfabriquée du Grosser Dreesch à Schwerin, où il habitait, chez sa grand-mère, depuis le début de la nouvelle année scolaire, il poursuivait ses activités de webmaster. Gabi, mon ex, n'avait pas voulu faire obstacle au déménagement de notre fils – qui quittait les sempiternelles leçons de gauche de sa mère pour aller à la source des inspirations grand-maternelles. Pire encore, elle s'est dégagée de toute responsabilité : « A bientôt dix-sept ans, Konrad peut décider lui-même. »

Moi, on ne m'a rien demandé. Ces deux-là se sont, paraît-il, séparés « d'un commun accord ». C'est ainsi que le déménagement du lac de Mölln à celui de Schwerin s'est effectué sans bruit. Même le changement de lycée se serait, « grâce à ses performances au-dessus de la moyenne », passé sans problème, bien que j'aie du mal à imaginer mon fils dans la mesquinerie scolaire des Ossis, qui est toujours là. « Ce sont des préjugés, a dit Gabi. Finalement, Konny préfère la discipline stricte de là-bas à notre enseignement plutôt laxiste. » Après quoi mon ex se montra grand seigneur : comme pédagogue défendant la libre formation de la volonté et la discussion ouverte, elle était certes déçue, mais en tant que mère, elle devait tolérer la décision de son fils. Même la petite amie de Konny – j'appris ainsi la pâle existence de l'assistante dentaire – comprenait, paraît-il, son choix. Rosi resterait à Ratzeburg, assurément, mais elle rendrait volontiers visite à Konny, le plus souvent possible.

Son partenaire de dialogue lui restait tout aussi fidèle. David, ce donneur de réplique inventé ou qui existait réellement quelque part, ne prit pas ombrage ou ne s'aperçut pas du déménagement. En tout cas, dès que, sur le forum de mon fils, il fut question du Trente, il se manifesta de nouveau après un assez long silence, avec des formules toujours aussi antifascistes. En dehors de lui, le *chat* se déroulait aussi à plusieurs voix : soit chargées de protestation, soit pour approuver les yeux fermés. C'était un véritable poulailler qui s'ouvrait. Bientôt, le sujet du débat ne fut plus seulement la nomination du Führer au poste de chancelier du Reich, mais aussi, dans un seul souffle, la date de naissance de Wilhelm Gustloff : on se battait autour du « fait déterminé par la Providence », mon fils en avait la certitude, que le Martyr, dans un pressentiment visionnaire, avait vu le jour à la date de la future prise du pouvoir.

Ce tour de passe-passe était servi à tous les chatteurs comme une volonté du destin. Sur quoi le David réel ou fictif railla le Goliath laissé sur le carreau à Davos : « Alors c'était aussi la Providence, quand le navire qui portait le nom de ton minable permanent de parti a bu la tasse avec armes et bagages le jour de son anniversaire et pour le douzième du putsch d'Hitler, exactement à la minute où Gustloff était né, c'est à vingt et une heures seize tapantes que ça a pété trois fois... »

Ainsi se déroulait leur jeu de rôles : comme bien huilé. Et pourtant je doutais de plus en plus de mon hypothèse selon laquelle un David inventé cliquait jour après jour, un homuncule jacassait des phrases toutes faites, comme celles-ci : « Vous autres Allemands porterez éternellement Auschwitz marqué au fer rouge en signe de la Faute... » Ou : « Tu es un exemple très clair du Malheur qui relève la tête... » Ou des phrases dans lesquelles David se cachait derrière un pluriel : « Nous, les Juifs, il nous reste la plainte qui ne finira jamais. »

– « Nous, les Juifs, jamais nous n'oublions ! » A quoi Wilhelm répliquait par des phrases tirées du manuel du racisme, où la « juiverie mondiale » était installée partout, mais avec une puissance particulière à Wall Street.

Le combat était sans merci. Mais ils sortaient parfois de leurs rôles, par exemple quand mon fils, en tant que Wilhelm, faisait l'éloge de la force de frappe israélienne, tandis que David condamnait les colonies juives en terre palestinienne comme une « occupation agressive ». Il pouvait arriver aussi que tous les deux fussent soudain d'accord, en experts, sur le jugement d'un championnat de ping-pong. Leur ton individuel, tantôt acéré, tantôt copain, trahissait que s'étaient rencontrés dans l'espace virtuel deux jeunes gens qui, malgré toutes leurs gesticulations d'hostilité, auraient pu devenir amis. Par exemple lorsque David donnait en introduction : « Hello, porc nazi mal lavé ! Une truie juive prête pour l'abattoir te donne quelques idées pour célébrer l'anniversaire de la prise du pouvoir : du café froid... » Ou quand Wilhelm s'efforçait d'avoir de l'esprit : « Pour aujourd'hui, suffisamment de sang juif a coulé. Ton cuisinier préféré, qui te réchauffera quand tu veux une sauce brune cachère, qui te dit ciao-ciao et qui sort. »

Pour le reste, il ne leur venait à l'esprit, s'agissant du Trente, que de vieilles lunes. Konny fournit toutefois une nouveauté à son frère ennemi David : « Tu devrais savoir que sur tous les ponts du navire promis à la mort, on entendait le dernier discours de notre Führer bien-aimé. »

C'était vrai. Partout où se trouvaient des haut-parleurs, sur le *Gustloff*, le discours d'Hitler à son peuple était retransmis par la Radio grand-allemande. Et à la maternité aussi, où Mère, sur les conseils de l'infirmière-chef, s'était allongée sur un lit de camp, elle avait entendu la voix inconfondable : « Il y a douze ans aujourd'hui, le 30 janvier 1933, jour véritablement historique, la Providence a déposé entre mes mains le destin du Peuple allemand... »

Ensuite, le gauleiter Koch distillait une douzaine de slogans de résistance. Ils étaient suivis d'une musique tragique. Mais Mère ne parlait que du discours du Führer : « J'ai eu une peur bleue quand c'est qu'le Fihrer il a parlé de destin et de trucs comme ça... » Et quelquefois elle ajoutait après un silence : « On aurait dit un discours au cimetière. »

J'ai pris de l'avance. La retransmission n'eut lieu que plus tard. Pour l'instant, le navire, dans la baie relativement tranquille de Dantzig, faisait route vers la pointe de la presqu'île de Hela.

Le trente tombait un mardi. Malgré des années d'inaction, les moteurs tournaient régulièrement. Mer forte, bourrasques de neige. Dans tous les entreponts, on distribuait de la soupe et du pain contre des tickets d'alimentation. Les deux contre-torpilleurs qui devaient escorter le bateau et assurer sa sécurité jusqu'à Hela ne purent bientôt plus résister à la forte houle et durent être congédiés par message radio. Et par radio aussi arriva la nouvelle du port de destination : c'était à Kiel que les futurs sous-mariniers de la 2e division d'instruction, les blessés et les auxiliaires féminines devaient débarquer ou être débarqués ; pour les réfugiés, c'était le port de Flensburg qui était prévu. La neige continuait à tomber. On annonça les premières nausées. Lorsque, dans la rade de Hela, fut en vue le *Hansa*, également bondé de fugitifs, le convoi, hormis les trois escorteurs prévus, était au complet. Mais on reçut l'ordre de mouiller.

Je ne vais pas énumérer ici toutes les raisons qui ont fait que le navire-catastrophe oublié de tout le monde, non, refoulé de la mémoire, mais qui hantait soudain Internet, poursuivit finalement sa route sans le *Hansa*, qui avait une avarie de machines, accompagné seulement par deux escorteurs dont l'un fut bientôt appelé autre part. Rien qu'une chose : à peine les moteurs se remirent-ils en marche que le conflit de compétences démarra sur la passerelle de commandement. Quatre capitaines se disputaient l'un avec et contre l'autre. Petersen et son second – qui venait lui aussi de la marine marchande – n'autorisaient comme vitesse de croisière que douze milles marins à l'heure. Justification : en raison d'une trop longue inactivité, il ne fallait pas trop demander au navire. Comme en revanche l'ancien commandant de sous-marin Zahn redoutait des attaques dans une position de tir qui lui était familière, il voulait pousser cette vitesse à quinze nœuds. Petersen eut le dessus. Puis le second, soutenu par les capitaines Köhler et Weller, proposa de prendre à hauteur de Rixhöft la route côtière, certes minée, mais protégée des sous-marins par ses eaux peu profondes, tandis que Petersen, à présent soutenu par Zahn, se décida pour les eaux profondes nettoyées de leurs mines, mais en refusant fondamentalement le conseil de tous les autres capitaines, qui consistait à louvoyer en zigzag. Seules les prévisions météorologiques ne faisaient pas débat :

ouest-nord-ouest, force six à sept, tournant à l'ouest, tombant à cinq vers le soir. Houle quatre, neige, visibilité un à trois milles, gel moyen.

De tout cela, la zizanie sur la passerelle, l'absence d'un nombre suffisant de bâtiments de protection et le verglaçage croissant du pont supérieur – la DCA n'était plus opérationnelle –, Mère ne savait rien. Elle se souvenait d'avoir reçu après le « discours du Fihrer », des mains de la cheftaine Helga, cinq biscuits et une assiette de riz au lait avec du sucre et de la cannelle. D'à côté, de la « Tonnelle », parvenaient les gémissements des blessés. Par bonheur la radio distillait de la musique de danse, « des airs légers ». Du coup, elle s'était endormie. Pas de premières douleurs. Aussi bien Mère pensait-elle n'en être qu'au huitième mois.

Le *Gustloff* n'était pas le seul à se trouver à douze milles de distance de la côte de Poméranie ; le sous-marin soviétique *S 13* tenait le même cap. Le bâtiment, en formation avec deux autres unités de la flotte Drapeau rouge de la Baltique, avait attendu en vain, devant la ville portuaire de Memel enserrée de combats, des bâtiments qui en sortiraient ou des navires portant secours aux restes de la 4e armée. Pendant des jours, rien en vue. Il est possible que soient revenus à la mémoire du capitaine du *S 13*, tandis qu'il était à l'affût, la cour martiale suspendue et donc l'interrogatoire par le NKVD dont il était menacé.

Lorsque le capitaine Marinesko, au matin du 30 janvier, apprit par radio que l'Armée rouge avait conquis le port de la ville de Memel, il ordonna un nouveau cap, sans informer son quartier général. Tandis que le *Gustloff* prenait encore à son bord, au quai d'Oxhöft, de nouvelles vagues de réfugiés – les Pokriefke embarquaient –, le *S 13* faisait route, avec quarante-sept hommes et dix torpilles à bord, vers la côte poméranienne.

Pendant que dans mon compte rendu deux navires sont de plus en plus près l'un de l'autre, mais que rien de décisif ne se produit, s'offre l'occasion de consigner la vie quotidienne dans un établissement pénitentiaire des Grisons. Là, ce mardi comme tous les jours ouvrables, les détenus étaient assis devant leurs métiers à tisser. Entre-temps, le meurtrier, condamné à dix-huit ans de réclusion, de celui qui avait été *Landesgruppenleiter* du NSDAP, Wilhelm Gustloff, en avait purgé neuf. Au vu des changements décisifs dans la situation des fronts – comme le Reich grand-allemand ne présentait plus de danger, il fut retransféré à la prison du Sennhof, à Coire –, il crut pouvoir introduire un recours en grâce, qui fut cependant, tandis que les navires faisaient mouvement dans la Baltique, rejeté par la Cour suprême de la Confédération helvétique. Mais David Frankfurter ne fut pas le seul à ne pas trouver grâce : ce fut aussi le cas du navire baptisé du nom de sa cible.

# 6

Il dit que mon compte rendu fournirait bien une nouvelle. Une appréciation littéraire dont je n'ai pas à me soucier. Je me contente de rendre compte : ce fameux jour que la Providence ou tout autre faiseur de calendrier avait prescrit au navire comme le dernier de son existence, l'heure du naufrage du Reich grand-allemand avait déjà sonné : des divisions britanniques et américaines étaient dans la région d'Aix-la-Chapelle. Les sous-marins qui nous restaient encore annonçaient, il est vrai, le torpillage de trois cargos dans la mer d'Irlande, mais sur le front du Rhin, la pression augmentait autour de Colmar. Dans les Balkans, l'activité des partisans s'accentuait aux environs de Sarajevo. Deux divisions de chasseurs alpins furent retirées du Jütland danois afin de renforcer des sections du front de l'Est. A Budapest, où l'approvisionnement se dégradait de jour en jour, le front était directement devant le château. Partout, des deux côtés, des morts restaient sur le terrain, des plaques d'identité étaient collectionnées et des décorations remises.

Que se passait-il encore, sinon que les armes miracles annoncées faisaient toujours défaut ? En Silésie, des attaques purent être repoussées devant Glogau, autour de Posen, au contraire, la situation empirait. Et à Kulm, des unités soviétiques traversaient la Vistule. L'ennemi avança en Prusse-Orientale jusqu'à Bartenstein et Bischofswerder. De Pillau, on avait réussi, jusqu'à ce jour qui en lui-même n'avait rien de particulier, à embarquer soixante-cinq mille personnes, civiles et militaires. Partout s'accomplissaient des actes héroïques mûrs pour les monuments commémoratifs ; d'autres encore s'annonçaient. Tandis que le *Wilhelm Gustloff*, dans sa route vers l'ouest, approchait du banc de la Stolpe et que le submersible *S 13* cherchait, affamé, une proie, onze cents bombardiers quadrimoteurs ennemis furent mis en action dans une attaque nocturne au-dessus de Hamm, Bielefeld, Kassel, et le président américain avait déjà quitté les États-Unis ; Roosevelt était en route pour la conférence de Yalta, sur la presqu'île de Crimée, afin de préparer la paix en traçant de nouvelles frontières.

Sur cette conférence et celle, ultérieure, de Potsdam, alors que Roosevelt était mort et Truman président, je trouvai sur Internet des pages haineuses, et un commentaire plutôt accessoire sur le site web de mon fils omniscient : « C'est ainsi qu'on a dépecé notre Allemagne », avec une carte du Reich grand-allemand soulignant les pertes de territoires. A la suite de quoi il spéculait sur les miracles qui auraient pu se produire si les jeunes marins dont la formation était presque achevée et qui se trouvaient à bord du *Gustloff* avaient atteint sains et saufs le port de Kiel et avaient été mis en action sur les douze sous-marins ou plus de la nouvelle classe XXIII, fabuleusement rapides et pratiquement silencieux. Sa fiche de vœux était remplie d'actes héroïques et de communiqués spéciaux. Ce n'est pas exactement que Konny ait fait surgir a posteriori la victoire finale, mais il avait la certitude que les jeunes sous-mariniers, au cas où même ces bâtiments miraculeux auraient été anéantis par des grenades sous-marines, auraient bénéficié d'une plus belle mort que celle de la pitoyable noyade à hauteur du banc de la Stolpe. Son contradicteur David approuvait lui-même cette comparaison de valeur entre les différentes façons de mourir, mais il mit ensuite en réseau quelques objections : « De toute façon, ces gars n'avaient pas le choix. D'une manière ou d'une autre, ils n'avaient aucune chance de devenir adultes dans des conditions de normalité à la con... »

Il existe des photos, que le commissaire adjoint et survivant a rassemblées pendant des décennies : beaucoup de photos d'identité et un agrandissement qui montre tous les matelots d'une période de classes, en général de quatre mois, à la 2e division d'instruction de la flotte sous-marine, en bon ordre sur le pont-solarium pour saluer le capitaine de corvette Zahn et en position détendue après le commandement « Repos ! ». Sur cette photo en format large où l'on peut dénombrer plus de neuf cents bonnets de marin rapetissant de plus en plus en direction de la poupe, on peut, jusqu'au septième rang, distinguer les visages comme tout à fait individuels. Derrière, une masse ordonnée. Mais sur les photos au format d'identité me regardent l'un après l'autre des hommes en uniforme dont les visages juvéniles sont certes différenciés, mais paraissent dans l'ensemble immatures. Ils peuvent avoir dix-huit ans. Certains des garçons qui ont été photographiés en uniforme dans les derniers mois de la guerre sont encore plus jeunes. Mon fils, qui a maintenant dix-sept ans, pourrait être l'un d'entre eux, quoique Konny, avec ses lunettes, eût été inapte au service dans les sous-marins.

Le bonnet de matelot qu'il faut avouer seyant, entouré de son ruban avec l'inscription « Kriegsmarine », tous le portent de biais, la plupart du temps légèrement incliné vers la droite. Je vois les visages arrondis, étroits, anguleux ou joufflus de candidats à la mort. L'uniforme est toute leur fierté. Ils me regardent d'un regard grave, comme si un pressentiment déterminait leur dernière expression photographiée.

Les rares photos que je possède des trois cent soixante-treize auxiliaires féminines de la Marine ont un air plus civil, malgré les calots en biais dont le pli casse, sur le front, l'aigle de la souveraineté allemande. La coiffure soignée des jeunes filles – beaucoup l'ont fixée avec une indéfrisable ou une mise en plis – fait des boucles, coule dans des ondulations conformes à l'époque. Certaines sont sans doute fiancées, peu d'entre elles mariées. Deux ou trois, qui avec leurs cheveux lisses et tombants me font un effet de sensualité froide, ressemblent à mon ex. C'est ainsi que j'ai vu Gabi au temps où, à Berlin-Ouest, elle étudiait la pédagogie avec assez de zèle et m'a tout de suite fait craquer. Presque toutes les auxiliaires sont au premier abord jolies, délicates même, certaines présentent une tendance précoce au double menton. Elles ont le regard moins grave que celui des garçons. Toutes celles qui me regardent sourient sans se douter de rien.

Comme parmi les plus de quatre mille nourrissons, enfants et adolescents qui étaient à bord du navire du malheur, moins d'une centaine fut sauvée, on n'a trouvé que par hasard des photos d'eux, parce que les bagages des réfugiés et, à l'intérieur, les albums des familles qui fuyaient la Prusse-Orientale et Occidentale, Dantzig et Gotenhafen, ont été perdus en même temps que le bateau. Je vois les visages d'enfants de ces années-là. Des filles avec des tresses et des nœuds dans les cheveux, les garçons avec une raie à gauche ou à droite. Sur les nourrissons, qui de toute façon ont l'air intemporels, il n'y a pratiquement rien. Les photographies conservées de mères à qui la Baltique servit de tombeau et des quelques-unes qui restèrent en vie, sans leurs enfants pour la plupart, c'est longtemps avant la catastrophe ou de nombreuses années plus tard, lors d'occasions familiales, qu'elles ont été « tirées », comme dit Mère, dont il n'existe – comme de moi en nourrisson – pas la moindre photo.

De la même manière, il ne reste aucune image de ces vieux, hommes et femmes, des paysans et paysannes de Mazurie, fonctionnaires pensionnés, veuves joyeuses et artisans à la retraite, des mille vieillardes et vieillards autorisés à monter à bord. Tous les hommes d'âge moyen, puisqu'ils étaient aptes aux dernières livraisons du Volkssturm, ont été refoulés lors de l'embarquement sur le quai d'Oxhöft. Il n'y eut parmi les rescapés pratiquement aucun grand vieillard, très peu de vieilles dames. Et aucune photo ne porte témoignage des combattants de Courlande, gravement blessés, placés lit contre lit dans la « Tonnelle ».

Parmi les rares survivants âgés se trouvait le capitaine du navire, Petersen, qui avait dans les soixante-cinq ans. A vingt et une heures, les quatre capitaines, au complet, étaient debout sur la passerelle et se disputaient pour savoir s'il avait été bon de se conformer à l'ordre de Petersen et d'allumer des feux de position pour la seule raison qu'un message radio avait annoncé peu après dix-huit heures l'arrivée en sens inverse d'une formation de dragueurs de mines. Zahn était contre. De même l'officier de route en second. Petersen fit certes éteindre quelques lampes, mais pas les feux de bâbord et de tribord. C'est ainsi, accompagné maintenant pour sa protection par le seul torpilleur *Löwe*, que le navire indiscernable dans sa hauteur et sa longueur suivait sa route par une neige faiblissante, contre une forte houle, et approchait du banc de la Stolpe, consigné sur toutes les cartes. Le gel moyen annoncé signifiait 18 degrés au-dessous de zéro.

Ce serait le second du sous-marin soviétique *S 13* qui aurait aperçu des feux de position lointains. Quel que soit celui qui fit cette annonce, Marinesko fut aussitôt sur le kiosque du bâtiment qui naviguait en surface. Avec le bonnet garni de fourrure, l'ouchanka, il ne portait pas, selon les descriptions, le manteau fourré réglementaire, vêtement de service des officiers de submersible, mais s'était enveloppé d'une peau de mouton toute tachée d'huile.

En position de plongée, pendant un long trajet aux moteurs électriques, on n'avait signalé au capitaine que les bruits de petits bâtiments. Devant Hela, il ordonna de faire surface. Les moteurs diesel se mirent en route. C'est alors seulement que devint audible un navire propulsé par deux hélices jumelles. Une soudaine bourrasque de neige protégeait le sous-marin, mais lui bouchait la vue. Quand les intempéries se calmèrent, on vit les contours d'un transporteur de troupes estimé à vingt mille tonnes et d'un escorteur. Cela se passait depuis la haute mer, en regardant le tribord du navire, en direction de la côte poméranienne que l'on devinait. Pour l'instant, rien ne se produisit.

Je ne peux que conjecturer ce qui a poussé le capitaine du *S 13* à contourner par l'arrière le transporteur et son gardien en accélérant la vitesse de surface, une manœuvre risquée, pour chercher ensuite une position d'attaque depuis les eaux côtières, d'une profondeur de moins de trente mètres au-dessous du bâtiment. Selon ses déclarations ultérieures, il voulait abattre où il les trouvait les « chiens fascistes » qui avaient attaqué et ravagé sa patrie ; il n'y était pas parvenu jusque-là.

Depuis quinze jours, la quête d'une proie était restée vaine. On n'avait tiré ni à proximité de l'île de Gotland, ni devant les ports baltes de Windau et de Memel. Aucune des dix torpilles embarquées n'avait quitté son tube. Il était sans doute comme affamé. Au surplus, le capitaine Marinesko, qui n'était fiable qu'en mer, devait sentir peser sur sa nuque la crainte d'être traîné, aussitôt rentré aux bases de Turku ou de Hangö après une opération sans succès, devant la cour martiale demandée par le NKVD. Il n'y avait pas à sa charge que sa dernière tournée d'ivrogne et son séjour dans les lupanars finlandais prolongé au-delà du temps de permission à terre ; il était soupçonné d'espionnage, une accusation qui en Union soviétique, depuis le milieu des années trente, avait gagné en expérimentation tout au long des purges et ne pouvait être réfutée par rien.

N'était capable de le sauver, tout au plus, qu'un succès incontestable, éclatant.

Après deux heures environ de navigation en surface, la manœuvre de contournement était terminée. Le *S 13* courait maintenant parallèlement à la cible ennemie qui, à la stupéfaction des occupants du kiosque, avait gardé des feux de position et ne naviguait pas en zigzag. Comme la neige avait totalement cessé, le danger existait que la couverture de nuages se déchirât et que non seulement le transporteur géant avec son escorteur, mais encore le sous-marin lui-même fussent éclairés par la lune.

Marinesko ne s'en tint pas moins à sa décision d'une attaque de surface. Il s'avéra qu'à l'avantage du *S 13* les installations de détection radio du torpilleur *Löwe* – ce que personne, sur le *S 13*, ne pouvait deviner – étaient couvertes de glace et ne recevaient pas les échos réfléchis. Les auteurs anglais Dobson, Miller, Payne, dans leur récit, partent de l'hypothèse que le commandant soviétique, qui s'était longtemps entraîné, en raison des succès qu'elle avait remportés, à la méthode de l'attaque de surface pratiquée par les submersibles allemands dans l'Atlantique, voulait maintenant l'appliquer enfin ; l'attaque de surface, grâce à une meilleure visibilité, permet une avancée plus rapide et une plus grande précision de tir.

Marinesko donna l'ordre de remplir encore les ballasts, jusqu'à ce que le bâtiment ne fût plus visible et que seul le kiosque dépassât d'une mer encore très forte. On prétend que peu avant l'attaque, une fusée éclairante fut tirée de la passerelle de la cible, et que des signaux clignotants furent repérés ; mais cela n'est pas confirmé par les sources allemandes, les rapports des capitaines survivants.

Ainsi le *S 13* se rapprocha-t-il du flanc bâbord de sa cible. Sur instruction du commandant, les quatre torpilles de proue dans leurs tubes de lancement furent réglées sur trois mètres de profondeur. La distance de la cible ennemie était estimée à six cents mètres. La proue du navire était dans le viseur du périscope. A l'heure de Moscou, il était vingt-trois heures quatre, à l'heure allemande exactement deux heures plus tôt.

Mais avant qu'à cet endroit l'ordre de tir de Marinesko ne s'accomplisse sans pouvoir être repris, une légende doit être insérée dans mon compte rendu. Avant que le *S 13* ne quittât le port de Hangö, un maître du nom de Pichur avait orné toutes les torpilles, et donc aussi les quatre qui étaient prêtes au lancement, de dédicaces tracées au pinceau. La première était « Pour la Mère Patrie », la torpille du tube 2 s'appelait « Pour Staline », dans les tubes 3 et 4 les dédicaces peintes sur la surface lisse comme une anguille se prononçaient « Pour le Peuple soviétique » et « Pour Leningrad ».

Ainsi pourvues de leur destination préalable, trois des quatre torpilles – celle qui était dédiée à Staline resta dans son tube et dut être désarmée en toute hâte – se dirigèrent sur l'ordre enfin donné par Marinesko vers le navire qui, du point de vue de Marinesko, ne portait pas de nom, mais dans la maternité duquel Mère dormait toujours au son de la musique légère doucement diffusée par la radio.

Tandis que les trois torpilles ornées d'inscriptions sont en chemin, je suis tenté de m'imaginer à bord du

*Gustloff*. Il n'est pas difficile de trouver les auxiliaires féminines embarquées les dernières et cantonnées dans la piscine à sec, de même que dans l'auberge de jeunesse contiguë, autrefois destinée aux garçons de la Jeunesse hitlérienne et aux filles du BdM envoyés en vacances. Elles sont accroupies ou couchées les unes contre les autres. Les coiffures tiennent encore. Mais plus de rires, plus de caquetages gentils ou médisants. Certaines souffrent du mal de mer. Là et partout dans les coursives des autres ponts, dans les anciennes salles des fêtes ou à manger, cela sent le vomi. Les toilettes, de toute façon trop peu nombreuses pour cette masse de réfugiés et de marins, sont bouchées. Les ventilateurs ne parviennent pas à aspirer la puanteur en même temps que l'air vicié. Depuis le départ du bateau, tous portent, sur ordre, les gilets de sauvetage distribués, mais beaucoup, en raison de la chaleur croissante, ôtent leur linge trop chaud et même les gilets. Les vieux et les enfants geignent à mi-voix. Plus d'annonces aux haut-parleurs. Tous les bruits sont étouffés. Soupirs et gémissements fatalistes. Ce que je me représente, ce n'est pas une atmosphère de fin du monde, mais sa phase préparatoire, une peur qui s'insinue.

Sur la passerelle seulement, le conflit une fois vidé, l'atmosphère aurait été plus ou moins à l'espoir. Les quatre capitaines croyaient qu'en atteignant le banc de la Stolpe, ils laissaient le gros du danger derrière eux. Dans la cabine du second, on lampait un repas : soupe aux pois agrémentée de morceaux de viande. Puis le capitaine de corvette Zahn fit servir du cognac par le steward. On trouvait justifié de trinquer à une traversée que favorisait la chance. Aux pieds de son maître, le berger Hassan dormait. Comme officier de quart, le capitaine Weller était seul sur la passerelle. Dans l'intervalle, le temps était écoulé.

Je connais depuis l'enfance la phrase de Mère : « Je m'suis réveillée tout d'suite quand ça a pété la première fois, et puis encore une et encore une... »

La première torpille toucha bien au-dessous de la ligne de flottaison la proue du navire, à l'endroit où se trouvait le logement de l'équipage. Celui qui était au quart de repos, mastiquait des tartines ou dormait dans sa cabine et avait survécu à l'explosion ne pouvait quand même pas s'en tirer, parce que dès la première annonce d'avarie, le capitaine Weller avait fait fermer toutes les cloisons étanches vers l'avant afin d'éviter un naufrage rapide par la proue ; on avait répété peu avant le départ cette mesure d'urgence : « Fermez les cloisons. » Parmi les matelots et les volontaires croates que l'on abandonnait à leur sort s'en trouvaient beaucoup qui avaient été préparés à une manœuvre en bon ordre pour charger et descendre les chaloupes.

Personne ne sait ce qui, soudainement, ou peu à peu, se produisit définitivement à l'avant du navire, séparé du reste.

De la même manière, la phrase de Mère qui venait tout de suite après m'est restée gravée dans la mémoire : « Au deuxième pétard chuis tombée du lit, tellement qu' c'était affreux... » Cette torpille sortie du tube 3, dont la surface lisse portait comme dédicace « Pour le Peuple soviétique », détona au-dessous de la piscine qui se trouvait dans le pont E du navire. Seules survécurent deux ou trois auxiliaires féminines. Plus tard, elles parlèrent d'une odeur de gaz et de filles déchiquetées par les éclats de la mosaïque de verre sur le fronton de la piscine, explosée, et des carrelages du bassin. Sur l'eau qui montait très vite, on voyait flotter, dirent-elles, des cadavres et des morceaux de cadavres, des tartines et autres restes du repas du soir, et aussi des gilets de sauvetage. Presque pas de cris. Puis la lumière s'était éteinte. Les deux ou trois auxiliaires féminines, dont je ne possède pas les photos au format identité, purent dans un premier temps s'échapper par une issue de secours derrière laquelle un escalier de fer montait en pente raide vers les ponts supérieurs.

Et Mère disait ensuite que, « au troisième pétard seulement », le Dr Richter était venu auprès des accouchées et des femmes enceintes. « Tout était déjà sens d'ssus d'ssous ! » s'écriait-elle à chaque fois, dès que son histoire sans fin arrivait au « numéro trois ».

La dernière torpille toucha la salle des machines, au milieu du bateau. Les moteurs s'arrêtèrent, mais aussi l'éclairage intérieur des ponts et le reste de la technique. Tout ce qui suivit se passa dans le noir. Les lumières de sécurité qui s'allumèrent quelques minutes plus tard permettaient tout au plus de s'orienter vaguement dans le chaos suscité par la panique qui explosait sur un navire de deux cents mètres de long et haut de dix étages, d'où l'on ne pouvait émettre par radio aucun SOS : les instruments de la station radio étaient eux aussi hors service. Seul le torpilleur *Löwe* put envoyer dans l'éther l'appel répété : « *Gustloff* coule suite trois torpillages. » Dans les intervalles était donnée la position du navire, interminablement, pendant des heures : « Position Stolpemünde. 55 degrés 07 Nord – 17 degrés 42 Est. Demandons secours... »

Sur le *S 13*, on enregistra les explosions et le naufrage bientôt visible du navire en réprimant des cris de joie. Le capitaine Marinesko donna l'ordre de faire plonger le bâtiment aux ballasts préremplis, sachant bien qu'à proximité de la côte, et plus encore de l'autre côté du banc de la Stolpe, on était peu protégé des grenades sous-marines. Auparavant, il fallut désarmer la torpille qui était restée dans le tube 2 ; prête à l'allumage, moteur de propulsion en marche, les moindres vibrations pouvaient la faire exploser. Par bonheur aucune grenade sous-marine ne tomba. Le torpilleur *Löwe*, machines stoppées, explorait avec ses projecteurs le navire touché à mort.

Sur notre aire de jeux globale, lieu tant vanté de la dernière communication possible, le sous-marin soviétique *S 13*, dans la littéralité du site qui m'était familialement proche, s'appelait « l'assassin ». Et l'équipage de cette unité navale de la flotte Drapeau rouge de la Baltique était condamné parce que composé de « tueurs de femmes et d'enfants ». Sur Internet, mon fils jouait au juge. Les objections de son frère ennemi David, à qui ne venait pas de meilleure idée que de remettre en marche son moulin à prières antifasciste, et qui soulignait la présence à bord de nazis de haut rang et de personnel militaire, ainsi que de batteries de DCA de 30 mm sur le pont-solarium, ne faisaient pas le poids face au flot des commentaires qui arrivaient désormais de tous les continents. Les chatteurs intervenaient pour la plupart en allemand, mêlé de fragments d'anglais. La haine habituelle, mais aussi de pieuses conjurations de l'apocalypse remplissaient mon écran. Points d'exclamation à la fin d'un bilan de l'horreur. Parsemé, pour comparaison, des pertes chiffrées d'autres naufrages.

Le drame du *Titanic*, maintes fois filmé, essayait de garder son record. Il était suivi par le *Lusitania*, qui avait été coulé par un sous-marin allemand pendant la Première Guerre mondiale, ce qui avait, dit-on, provoqué ou accéléré l'entrée en guerre des USA. Une voix solitaire signala aussi la submersion par des bombardiers anglais, dans la baie de Neustadt, du *Cap Arcona* chargé de détenus de camps de concentration ; cette opération menée par erreur se produisit quelques jours seulement avant la fin de la guerre et occupait maintenant sur Internet, avec le chiffre de sept mille morts, le haut du tableau. Le *Goya* était ex æquo. Mais dans ce concours de chiffres chatté, le *Gustloff* remporta finalement la victoire. Avec le zèle et le sérieux qui lui étaient propres, mon fils était parvenu, sur son site web, à faire entrer dans la conscience mondiale le navire oublié et sa cargaison humaine, afin qu'il devînt visible sous forme de schéma incluant l'impact étoilé des torpilles et que, devenu la Catastrophe en soi, il portât désormais un nom d'importance globale.

Mais les chiffres qui jouaient à la main chaude dans le cyberespace n'avaient pas grand-chose à voir avec ce qui se passa réellement le 30 janvier 1945 à partir de vingt et une heures seize. Frank Wisbar, à tout prendre, a mieux réussi, dans son film en noir et blanc *La nuit tombait sur Gotenhafen*, malgré une action préliminaire un peu longue, à capter quelque chose de la panique qui s'empara de tous les ponts quand les trois projectiles, tandis que la proue était aussitôt submergée, firent gîter le navire sur bâbord.

Les négligences se vengèrent. Pourquoi n'avait-on pas préventivement écarté du bord les chaloupes déjà trop peu nombreuses ? Pourquoi n'avait-on pas régulièrement enlevé la glace des bossoirs et des caliornes ? Il manquait au surplus le personnel isolé dans les entreponts avant et qui vivait peut-être encore. Les recrues de la division d'instruction n'étaient pas exercées au maniement des canots de sauvetage. Le pont-solarium verglacé, qui était en même temps celui où se trouvaient les chaloupes, lisse comme un miroir, fit glisser, en s'inclinant, la masse compacte qui surgissait des ponts inférieurs. Déjà les premiers, qui n'avaient pas à quoi se retenir, passaient par-dessus bord. Tous ne tombaient pas avec leur gilet de sauvetage. A présent beaucoup, dans la panique, risquaient le saut. En raison de la chaleur extrême qui régnait à l'intérieur, la plupart de ceux qui se bousculaient vers le pont-solarium étaient trop légèrement vêtus pour survivre au choc thermique dans un air à moins dix-huit degrés et une eau à la température correspondante – était-ce plus deux ou plus trois ? Ils sautèrent quand même.

De la passerelle venait maintenant l'ordre de diriger la suite de la masse vers le pont-promenade inférieur, vitré, d'en verrouiller les portes et de monter la garde en armes, dans l'espoir qu'arriveraient des navires sauveteurs. Cette mesure fut strictement appliquée. Bientôt, plus de mille personnes furent prisonnières dans cette vitrine de cent soixante-six mètres qui courait le long du navire à tribord et à bâbord. Tout à la fin seulement, alors qu'il était déjà trop tard, les vitres blindées craquèrent à certains endroits de la promenade sous verre.

Mais ce qui se passait à l'intérieur, les mots ne peuvent le dire. La phrase de Mère qui sert à tout indescriptible, « Là j'peux rien dire du tout pour ça... », reflète ce que je veux exprimer confusément. Je ne cherche donc pas à me représenter la terreur ni à faire entrer l'épouvante dans des tableaux léchés jusqu'au détail, même si mon employeur me presse maintenant de mettre bout à bout des destins individuels, de prendre un grand élan, avec une tranquillité aux dimensions épiques, une empathie appliquée, et de rendre ainsi justice, en usant des mots de l'horreur, à l'ampleur de la catastrophe.

C'est ce qu'a tenté le film en noir et blanc avec des images qui sont nées en studio, devant des décors. On voit la masse en bousculade, les coursives bloquées, la lutte pour chaque marche conquise vers le haut, on voit des figurants déguisés en prisonniers du pont-promenade étanche, on devine la gîte du navire, on voit l'eau monter, on voit des gens qui nagent dans l'entrepont, on en voit qui se noient. Et on voit des enfants dans le film. Des enfants séparés de leurs mères. Des enfants, leur poupée brinquebalant à leur main. Des enfants perdus dans les coursives déjà désertes. En gros plan les yeux d'enfants laissés seuls. Mais les plus de quatre mille nourrissons, enfants et adolescents qui ne survécurent pas, il n'était pas possible, ne fût-ce que pour des raisons financières, de les filmer : ils sont restés, ils restent un chiffre abstrait, comme tous les autres chiffres se montant aux milliers, aux centaines de milliers, aux millions, qui, à l'époque comme aujourd'hui, n'étaient et ne sont que des estimations grossières. Un zéro au bout en plus ou en moins, qu'est-ce que cela peut dire ? Dans les statistiques disparaît, derrière les colonnes de chiffres, la mort.

Je ne peux raconter que ce qui a fait ailleurs l'objet de déclarations par les survivants. Sur de larges escaliers et dans d'étroites descentes, des vieillards et des enfants furent piétinés à mort. Charité bien ordonnée commençait par soi-même. Des prévoyants essayèrent de prendre la mort de vitesse. Ainsi dit-on d'un officier instructeur qu'il a abattu avec son pistolet de service, dans la cabine familiale qui lui était assignée, d'abord ses trois enfants, puis son épouse, enfin lui-même. On raconte la même chose de dignitaires du Parti et de leur famille qui en ont fini dans les cabines spéciales autrefois conçues pour Hitler et son séide Ley, et qui offraient maintenant un espace à l'autoliquidation. Il faut supposer que Hassan, le chien du capitaine de corvette, fut aussi tué d'une balle, et par son maître. Sur le pont-solarium verglacé également, il fallut faire usage d'armes à feu, car le commandement « Seuls les femmes et les enfants dans les chaloupes ! » n'était pas suivi, raison pour laquelle ce furent essentiellement des hommes qui survécurent, ce que les statistiques qui concluent toute vie ont démontré avec froideur et sans commentaire.

Un canot où plus de cinquante personnes auraient pu trouver place fut mis à l'eau de façon trop précipitée, avec seulement une petite douzaine de matelots à bord. Un autre, parce qu'il était descendu trop vite, n'étant plus suspendu qu'au garant antérieur, renversa tous ses occupants dans une mer agitée puis s'effondra, lorsque le garant eut cassé, sur ceux qui dérivaient en dessous. Seule la chaloupe numéro quatre, à moitié occupée par des femmes et des enfants, fut, paraît-il, descendue conformément aux instructions. Comme les blessés graves de l'infirmerie de fortune appelée « Tonnelle » étaient de toute façon perdus, des infirmiers tentèrent de caser quelques blessés légers dans les canots : en vain.

Même l'équipe de commandement du navire ne s'occupait plus que d'elle-même. On parle d'un officier de haut rang qui était venu chercher sa femme dans leur cabine pour l'emmener sur le pont supérieur et qui, sur le pont arrière, avait commencé à ôter la glace des chantiers d'une vedette utilisée au temps de « La Force par la Joie » comme bateau d'excursion lors des croisières en Norvège. Quand il réussit enfin à écarter l'embarcation du bord, le treuil électrique – un miracle – fonctionnait. Pendant la descente depuis le pont des chaloupes, les femmes et les enfants enfermés dans le pont-promenade voyaient à travers les vitres blindées le canot qui n'était qu'à moitié rempli ; et les occupants de la vedette aperçurent l'espace d'un instant la masse d'êtres humains entassée derrière le vitrage. On aurait pu se faire signe de la main. Ce qui se passa ensuite à l'intérieur du navire ne fut pas vu, n'eut pas de mots.

Je sais seulement comment Mère fut sauvée. « C'est juste après le dernier boum que j'ai eu mes douleurs... » Dès qu'elle racontait cela, dans mon enfance, je croyais entendre une joyeuse histoire d'aventures : « Ben alors le gentil docteur y m'a vite fait une piqûre... » La piqûre, elle, lui faisait vraiment peur. « Mais j'avais plus les douleurs après... »

C'est sans doute le Dr Richter qui a fait conduire deux accouchées avec leurs nourrissons ainsi que Mère, soutenue par l'infirmière-chef du service, à travers le pont-solarium glissant, après quoi les trois femmes furent mises dans un canot qui était déjà hors bord, suspendu aux bossoirs. Avec une autre femme enceinte et une qui venait de faire une fausse couche, il aurait peu après trouvé place lui-même – manifestement sans la cheftaine Helga – dans l'un des derniers canots.

Mère me disait qu'avec la gîte de plus en plus forte, l'une des batteries de 30 mm, sur le pont arrière, s'était détachée de ses fixations, était passée par-dessus bord et avait fait voler en éclats un canot déjà descendu, qui était plein. « Ça s'est passé juste à côté d'nous. C'te chance qu'on a eue... »

J'ai donc quitté le navire en perdition dans le ventre de ma mère. Notre canot fut détaché et gagna, entouré de vivants et de déjà morts qui flottaient, quelque distance par rapport au flanc bâbord du navire, dont j'extrairais bien maintenant, avant qu'il ne soit trop tard, telle ou telle anecdote. Par exemple celle du coiffeur du bord, aimé de tous, qui collectionnait depuis des années les pièces de cinq marks en argent, devenues de plus en plus rares. Il sauta donc avec sa bourse bien rebondie à la ceinture, pour aussitôt, alourdi par le poids de l'argent... Mais je n'ai pas le droit d'en raconter d'autres.

Maintenant il m'est conseillé de faire bref – non, mon employeur y tient absolument. Comme je n'arriverais de toute façon pas à emprisonner dans des mots la mort multipliée par mille dans le ventre du navire et dans la mer glaciale, à mettre en scène un requiem allemand ou une danse macabre aquatique, il faudrait que je me limite, que j'en vienne au fait. Il veut dire à ma naissance.

On n'en était pas encore là. Dans la chaloupe où Mère était assise sans parents ni bagages de fugitifs, mais avec des douleurs ralenties, tous les occupants, d'une distance croissante et dès qu'une vague les soulevait, pouvaient voir sans difficulté le *Wilhelm Gustloff* qui coulait avec une gîte renversante. Comme le projecteur de recherche de l'escorteur, qui, à côté, gardait sa position sur une mer difficile, ne cessait de balayer la passerelle, le pont-promenade vitré et le pont-solarium émergeant en biais à tribord, ceux qui avaient trouvé leur salut dans le canot voyaient des êtres humains isolés ou imbriqués en pelotes passer par-dessus bord. Et tout près, Mère et tous ceux qui le voulaient voyaient des corps dérivant dans leurs gilets de sauvetage, certains encore vivants, qui criaient, très fort ou faiblement, suppliaient d'être embarqués, et d'autres qui, déjà morts, ressemblaient à des dormeurs. Mais les enfants, disait Mère, avaient connu un sort pire encore : « Y sont tous tombés du bateau comme y fallait pas, la tête la première. Et maintenant y z'étaient suspendus au milieu des gros bourrelets avec les jambes en l'air... »

Et dès qu'on demandait à Mère, plus tard, par exemple les compagnons de sa brigade-ébénisterie ou l'un de ses compagnons de lit provisoires, comment elle avait fait pour avoir les cheveux blancs si jeune, elle disait : « Ça s'est passé quand c'est qu' j'ai vu tous ces p'tits mioches la tête en bas... »

Il est possible que le choc ait fait son effet seulement ou déjà à ce moment-là. Quand j'étais enfant et Mère au milieu de la vingtaine, elle exhibait ses cheveux blancs coupés court comme un trophée. Car dès qu'on l'interrogeait là-dessus, il sortait quelque chose qui n'était pas un thème autorisé au sein de l'État-des-Ouvriers-et-des-Paysans : le *Gustloff* et son naufrage. Mais il arrivait que sur un ton prudemment accessoire elle parlât aussi du sous-marin soviétique et des trois torpilles, allant chercher son allemand officiel le plus collet monté aussitôt qu'elle mentionnait le commandant du *S 13* et ses hommes, « les héros de la Marine soviétique liés par l'amitié aux travailleuses et aux travailleurs ».

Vers le moment où, selon le témoignage de Mère, ses cheveux devinrent blancs d'un seul coup – cela peut s'être produit une bonne demi-heure après l'impact des torpilles –, l'équipage du sous-marin immergé se tenait tranquille et attendait les grenades sous-marines, qui cependant ne vinrent pas. Aucun bruit d'hélice trahissant l'approche d'un navire. Rien de la dramaturgie qui aurait pu rappeler des films de sous-marins. Pourtant le premier maître Schnapzev, qui avait pour mission d'enregistrer avec ses écouteurs tous les sons extérieurs, entendit les bruits qu'émettait le ventre du navire en train de couler ; un tonnerre dès que les blocs de machines se détachèrent de leurs fixations, un éclatement lorsque les parois étanches, après un bref gémissement, se rompirent sous la pression de l'eau, et tout un vacarme indéfinissable. A mi-voix, il transmit cela à son commandant.

Comme entre-temps la torpille introduite dans le tube 2 et dédiée à Staline avait été désarmée et qu'un silence absolu était de mise dans le bâtiment, le marin, aux écouteurs, ne percevait que de très loin, outre ce qu'exprimait le bateau en train de mourir et pour lui sans nom, le bruit d'hélice du navire de protection qui se mouvait très lentement. Ce n'était pas une source de danger. Il n'entendait pas de voix humaines.

C'était le torpilleur qui, machines au ralenti, conservait sa position, et depuis le bastingage duquel, avec des filins, des vivants et des morts étaient repêchés. Comme la seule chaloupe à moteur était verglacée, et que son moteur ne démarrait pas, elle ne put être mise en action et rendre service dans les tentatives de sauvetage. On ne put repêcher qu'avec des filins. Quelque deux cents personnes montèrent à bord de cette façon.

Quand les premiers des rares canots qui étaient parvenus à se détacher du bateau en lente perdition apparurent dans le cône de lumière projeté par le *Löwe*, il devint difficile d'aborder sur une mer toujours très houleuse. Mère, qui était dans l'une des chaloupes, disait : « D'temps en temps y avait une vague qui nous soulevait tout en haut, qu'on pouvait voir le *Löwe* d'en d'ssus, et des fois on était à la cave et le *Löwe* loin au-dessus d'nous... »

Le seul moment où l'on parvenait, une fois après l'autre, à transborder des naufragés un par un, c'était celui – quelques secondes donc – où la chaloupe se trouvait au même niveau que le bastingage du torpilleur. Celui qui ratait le saut tombait entre les embarcations, il ne revenait pas. Mais Mère, avec de la chance, arriva à bord d'un bateau de guerre de 768 tonnes seulement, qui, lancé en l'an trente-huit d'un chantier norvégien, avait été baptisé du nom de *Gyller*, mis au service de la Norvège, puis, après l'occupation de la Norvège en l'an quarante, pris comme butin par la marine de guerre allemande.

A peine deux matelots du navire de protection qui avait une préhistoire eurent-ils hissé Mère par-dessus le bastingage, ce qui lui fit perdre ses chaussures, l'eurent enveloppée dans une couverture et conduite dans la cabine de l'officier mécanicien de service, que les douleurs se manifestèrent à nouveau.

Fais un vœu ! Je ne cherche pas de faux-fuyants, comme quelqu'un pourrait le suggérer : mais plutôt que d'être né de Mère sur le *Löwe*, j'aurais aimé être cet enfant trouvé qui fut récupéré par le patrouilleur *VP 1703* sept heures après le naufrage. Cela se produisit après que d'autres bâtiments, d'abord le torpilleur *T 36*, puis les vapeurs *Gotenland* et *Göttingen*, eurent pris à leur bord les rares survivants, pêchés en pleine houle au milieu de glace pilée, de blocs de glace et de nombreux morts dérivants.

A Gotenhafen, on avait transmis au capitaine du patrouilleur les SOS que les opérateurs radio du *Löwe* lançaient continuellement. Il était aussitôt sorti avec son rafiot mûr pour la ferraille et il avait trouvé un champ de cadavres. Mais il fit sans cesse éclairer la mer à l'aide du projecteur de bord, jusqu'au moment où le cône de lumière emprisonna une chaloupe qui avait l'air inoccupée. Le maître principal Fick y sauta et trouva, à côté des cadavres rigidifiés d'une femme et d'une jeune adolescente, un ballot de laine congelé qui, transporté à bord du *VP 1703* et libéré de sa première couche de glace, fut ensuite déroulé et fit apparaître un enfant sans père ni mère, le dernier survivant du *Wilhelm Gustloff*.

Le médecin de la flottille qui par hasard était de service sur le patrouilleur cette nuit-là trouva le pouls du nourrisson très faible, entama des exercices de réanimation, se risqua à une injection de camphre et ne lâcha pas prise avant que l'enfant, un garçon, ne rouvrît les yeux. Il estimait l'âge du bébé à onze mois et inscrivit sur un bulletin de fortune tous les détails qui importaient, l'absence de nom et l'origine inconnue, l'âge approximatif, le jour et l'heure du sauvetage, le nom et le grade du sauveteur.

Voilà qui m'aurait convenu : ne pas être né, comme ce fut le cas, un fatal 30 janvier, mais fin février, début mars quarante-quatre dans un quelconque patelin de Prusse-Orientale, un jour qui n'aurait pas de nom, avec pour mère Mme Inconnue et pour père M. Yenapas, mais adopté par le maître principal Werner Fick, qui à la première occasion – ce fut à Swinemünde – m'aurait confié à la garde de son épouse. Avec mes parents adoptifs, qui n'avaient pas d'autre progéniture, j'aurais atterri à la fin de la guerre d'abord dans la zone d'occupation britannique, dans la ville bombardée de Hambourg. Mais un an plus tard, dans la cité natale de Fick, Rostock, située en zone soviétique et tout aussi bombardée, nous aurions quand même trouvé un logement. A partir de là, j'aurais certes grandi parallèlement à ma biographie liée à Mère, j'aurais participé à tout, agité les petits drapeaux avec les Jeunes Pionniers, défilé avec le FDJ, mais j'aurais été entouré de la sollicitude des Fick. Cela ne m'aurait peut-être pas déplu. Choyé par mon père et ma mère, enfant trouvé dont les langes n'auraient rien voulu dire de ses origines, j'aurais grandi dans une cité en préfabriqué, je me serais appelé Pierre au lieu de Paul, je serais entré ensuite, comme étudiant en construction navale, aux chantiers Neptune de Rostock, j'aurais eu comme constructeur un emploi assuré jusqu'à la chute du Mur et, cinquante ans après mon sauvetage, j'aurais été présent à la rencontre des survivants dans la station balnéaire de Damp, sur la Baltique, seul et jeune préretraité, ou avec mes parents adoptifs devenus vieux, célébré, exhibé sur la scène : l'enfant trouvé de ce jour-là.

Quelqu'un, cette maudite Providence si l'on y tient, était contre. Aucune échappatoire possible. Pas permis de survivre comme objet trouvé sans nom. Suite à une position favorable de la chaloupe, comme dit le livre de bord, Mlle Ursula Pokriefke, enceinte au dernier degré, fut recueillie par le torpilleur *Löwe*. Même l'heure était consignée : vingt-deux heures cinq. Tandis que sur la mer bouleversée de fond en comble et à l'intérieur du *Gustloff* la mort continuait à encaisser ses gains, rien ne s'opposait plus à l'accouchement de Mère.

Cette restriction doit être maintenue : ma naissance n'eut rien d'unique. L'air du « Meurs et deviens » avait plusieurs strophes. Car avant et après, des enfants sont venus au monde. Par exemple sur le torpilleur *T 36*, de même que sur le vapeur *Göttingen*, arrivé tard sur la zone, un six mille-tonnes de la Lloyd nord-allemande qui avait pris à son bord, dans le port de Pillau en Prusse-Orientale, deux mille cinq cents blessés et plus de mille fugitifs, dont une centaine de nourrissons. Cinq autres enfants naquirent pendant la traversée, le dernier juste avant que le bateau naviguant en convoi n'atteignît un cimetière flottant que n'animaient plus guère les appels au secours. Mais à l'instant du naufrage, j'étais le seul à crapahuter pour sortir du trou.

« A la minute tapante où c'que le *Justloff* buvait la tasse », comme le prétend Mère, ou comme je dis moi-même : au moment où le *Wilhelm Gustloff*, proue la première et avec une gîte extrême sur bâbord, s'enfonça et chavira, précipitant de tous les ponts supérieurs les gens qui glissaient et les radeaux empilés dans la mer écumante, à la seconde même où, comme sur ordre de nulle part, l'éclairage du navire disparu depuis les torpillages se ralluma à l'intérieur et même sur les ponts et – comme aux temps de la paix et de « La Force par la Joie » – offrit à tous ceux qui avaient des yeux, pour la dernière fois, une illumination de fête, quand tout prit fin, je suis né, paraît-il, tout à fait normalement sur la couchette exiguë de l'officier mécanicien ; par la tête et sans complications, ou comme disait Mère : « C'est passé comme une lettre à la poste. Sauté comme un bouchon, que t'as... »

Pour ce qui se produisait à l'extérieur de la cabine, elle ne s'est aperçue de rien. Ni de l'illumination festive du navire qui sombrait en chavirant, ni de la chute dans l'abîme de grappes d'êtres humains entortillés les uns dans les autres, depuis la poupe, dernière en l'air. Mais il paraît, selon les souvenirs de Mère, que mon premier cri couvrait le cri portant bien loin, mille voix emmêlées, ce cri final qui venait de partout : qui montait de l'intérieur du corps du navire en chute libre, du pont-promenade en train d'éclater, du pont-solarium submergé, de la poupe vite disparaissant et de la surface agitée de l'eau où des milliers, vivants ou morts, étaient suspendus à leurs gilets de sauvetage. De canots à demi pleins ou bondés, de radeaux surpeuplés soulevés par les vagues, disparaissant dans les creux, de partout montait, rassemblé, ce cri qui atteignit son sommet avec le hurlement soudain, puis l'étouffement brutal de la sirène du navire, dans un effroyable duo. Un cri ultime et collectif, jamais ouï, dont Mère disait et continuera à dire : « Un cri comme ça, ça t'sort jamais d'l'oreille... »

Le silence qui suivit n'était paraît-il troublé que par mes braillements. A peine désombiliqué, je me tus moi aussi. Quand le capitaine, témoin du naufrage, en eut consigné l'heure en bonne et due forme dans le livre de bord, l'équipage du torpilleur se remit à pêcher des survivants à la surface de la mer.

Mais tout cela ne colle pas. Mère ment. Je suis certain que ce n'est pas sur le *Löwe* que je... Car l'heure en fait... Parce que à la deuxième torpille déjà... Et aux premières douleurs ce n'est pas une piqûre que le Dr Richter, mais tout de suite la naissance... Sans problème... Né sur une couchette de travers, glissante. Tout était de travers quand je... Dommage simplement que le Dr Richter n'ait pas trouvé le temps, juste encore le bulletin : né le, à bord de, indication précise de l'heure, de sa main... Mais oui, ce n'est pas sur le torpilleur, mais sur le navire maudit, baptisé du nom du Martyr, lancé de sa cale, autrefois éclatant de blancheur, bien-aimé, promouvant la force par la joie, sans classes, trois fois damné, surchargé, gris de guerre, touché, sombrant à perpétuité, que je suis né par la tête et de travers. Et c'est avec le nourrisson cordon coupé, enveloppé, empaqueté dans une couverture de laine appartenant au navire que Mère ensuite, appuyée sur le Dr Richter et l'infirmière-chef Helga, a gagné le bateau salvateur.

Mais elle ne veut pas d'un accouchement sur le *Gustloff*. Elle réunit mensongèrement deux marins qui m'ont coupé le cordon dans la cabine de l'officier mécanicien. D'autres fois c'est le docteur, qui pourtant, à ce moment-là, n'était pas encore sur le torpilleur. Même Mère, qui normalement sait tout avec la plus grande précision, change d'avis et met en action, en dehors des « deux mat'lots » et du « gentil docteur qui m'a fait une piqûre su' l'*Gustloff* », un autre maïeuticien : ce serait le capitaine du *Löwe*, Paul Prüfe, qui m'aurait coupé le cordon.

Comme il m'est impossible de prouver ma version personnelle de ma propre naissance, qui est plutôt, avouons-le, une vision, je m'en tiens aux faits rapportés par Heinz Schön, selon lesquels le Dr Richter fut recueilli par le torpilleur après minuit. Ce n'est qu'ensuite qu'il présida à la naissance d'un autre enfant. Une chose est sûre, le médecin de bord du *Gustloff* rédigea après coup mon acte de naissance, daté du 30 janvier 1945, quoique sans indication précise de l'heure. Mais c'est le lieutenant de vaisseau Prüfe qui m'aida à trouver un prénom. Mère prétend avoir insisté pour que je m'appelle Paul « zactement comme le cap'taine du *Löwe* », avec, inévitablement, Pokriefke comme nom de famille. Plus tard, les garçons, à l'école et au FDJ, mais aussi des journalistes parmi mes connaissances m'appelaient Pépé. Et c'est P point P point que je signe mes articles.

Le garçon, du reste, qui naquit sur le torpilleur deux heures après moi, le 31 janvier donc, porta dorénavant sur le vœu de sa mère et à cause du bateau salvateur le prénom de « Leo ».

Sur tout cela, ma naissance et les personnes qui y contribuèrent à bord de l'un ou de l'autre navire, Internet ne présentait pas de débat ; sur le site web de mon fils n'apparaissait aucun Paul Pokriefke, même pas sous la forme abrégée de son nom. Silence absolu sur tout ce qui me concernait. Mon fils me mettait entre parenthèses. En ligne, je n'existais pas. Mais un autre bateau qui atteignit le lieu de la catastrophe à l'instant du naufrage ou quelques minutes après, accompagné du torpilleur *T 36*, le croiseur lourd *Admiral Hipper*, provoqua une chamaillerie aux franges ultérieurement globales entre Konrad et son adversaire qui se donnait le nom de David.

C'est un fait que le *Hipper*, lui aussi surchargé de fugitifs et de blessés, n'a stoppé que brièvement pour changer ensuite de cap afin de continuer sa route vers son port de destination, Kiel. Tandis que Konny jouait les experts maritimes et estimait que le danger sous-marin, signalé par le navire escorteur, justifiait le détournement du croiseur lourd, David s'y opposait : le *Hipper* aurait pu au moins mettre à la mer quelques vedettes à moteur et les faire servir à des opérations de sauvetage prolongées. Au demeurant, la manœuvre du navire de guerre qui déplaçait tout de même dix mille tonnes, opérée à plein régime à proximité immédiate du théâtre de la catastrophe, avait aspiré les gens qui dérivaient sur l'eau dans le sillage des hélices ; un bon nombre avait été broyé par celles-ci.

Mon fils prétendit cependant être parfaitement sûr que les instruments radiogoniométriques de l'escorteur n'avaient pas seulement repéré le danger sous-marin, mais que le *T 36* avait évité deux torpilles très bien placées. Sur quoi David, comme s'il avait été sous l'eau au moment voulu, témoigna que le sous-marin soviétique couronné de succès était resté immobile, sans même sortir le périscope, et n'avait pas tiré la moindre torpille, mais que la détonation des grenades tirées par le *T 36* avait déchiqueté beaucoup de ceux qui dérivaient dans leurs gilets de sauvetage et demandaient du secours. Comme épilogue de la tragédie, c'était un massacre qui avait eu lieu.

C'est là que commença la frénésie de la communication totale rendue possible par Internet. Des voix nationales et internationales se mêlaient. Un message vint même d'Alaska. Tant le naufrage du navire longtemps oublié était devenu actuel. C'est avec le cri « Le *Gustloff* coule ! », qui résonnait comme dans le présent, que la homepage de mon fils ouvrit brutalement une fenêtre au monde entier et initia, comme David le dit lui-même online, un « discours qui aurait dû être à l'ordre du jour depuis longtemps ». Oui ! Chacun devait maintenant savoir et juger ce qui s'était passé le 30 janvier 1945 à hauteur du banc de la Stolpe ; le webmaster avait scanné une carte de la Baltique et visualisé avec une habileté fort pédagogique toutes les routes menant au lieu de la catastrophe telles que les avaient suivies les bâtiments.

Hélas ! le partenaire de Konny, vers la fin de ce *chat* aux dimensions globales, ne put s'empêcher de rappeler la signification plus large de cette date funeste, ni le parrain éponyme du bateau naufragé, en présentant le meurtre du permanent du Parti Wilhelm Gustloff comme « un acte d'une part regrettable pour la veuve, d'autre part – eu égard aux souffrances du peuple juif – indispensable et visionnaire », mieux encore, en commençant à célébrer le torpillage du grand navire par un petit sous-marin comme la poursuite du « combat éternel de David contre Goliath ». Il s'échauffa et lança dans l'espace interconnecté des expressions comme « poids de l'héritage » et « nécessité de l'expiation ». Il faisait l'éloge du commandant bon canonnier comme digne successeur de l'étudiant en médecine avec son revolver : « Le courage de Marinesko et l'acte héroïque de Frankfurter ne devront jamais être oubliés ! »

Aussitôt la haine envahit le forum. « Racaille juive » et « Faussaire d'Auschwitz » étaient les insultes les plus douces. Avec l'actualisation du naufrage, le cri de guerre « Juda, crève ! », réfugié si longtemps dans les profondeurs, remontait à la surface digitale de la réalité présente : haine écumante, tourbillon de haine. Mon Dieu ! Que de choses accumulées, qui croissent et se multiplient chaque jour, qui poussent à l'action !

Mon fils cependant usait de retenue. Il demanda plutôt courtoisement : « Dis-moi, David, serait-il possible que tu sois d'origine juive ? » Une réponse polysémique arriva : « Mon cher Wilhelm, si ça t'amuse ou si ça peut t'aider, ne te gêne pas pour m'envoyer dès la prochaine occasion à la chambre à gaz. »

# 7

Le diable sait qui a engrossé Mère. Tantôt ce serait, Elsenstrasse à Langfuhr, son cousin dans l'obscurité de la remise à bois, tantôt un auxiliaire de la Luftwaffe en service à la batterie de DCA près du Port-Impérial – « avec vue sur la montagne d'os » –, ou encore un adjudant dont il paraît qu'il grinçait des dents pendant la conception. Peu importe qui l'a bourrée – pour moi, son éventaire où choisir soi-même signifiait : né et grandi sans père pour devenir un jour père moi-même.

Quelqu'un, il est vrai, qui a l'âge de Mère et prétend ne l'avoir connue que de manière fugitive sous le nom de Tulla m'accorde généreusement le droit d'expliquer en quelques mots clés mon existence à la dérive. Certes, estime-t-il, l'échec vis-à-vis de mon fils s'exprime de toute façon, mais si j'y tiens absolument, le traumatisme de ma naissance pourrait être mentionné comme circonstance atténuante de mon incapacité paternelle. Néanmoins, dans ce processus – et au-delà de toutes les conjectures d'ordre privé –, il faudrait veiller à ce que les faits proprement dits restent au premier plan.

Merci beaucoup ! Je renonce aux explications. Les jugements définitifs m'ont toujours répugné. Une seule chose : le peu que je suis n'existe que par hasard, car sur la couchette du capitaine Prüfe il y avait, quand sur la couchette voisine je naissais et mêlais mon propre cri au cri qui ne voudra jamais cesser pour Mère, trois nourrissons morts de froid sous un drap : bleus de glace.

Lorsque le croiseur lourd *Hipper*, avec ses dix mille tonnes de déplacement, eut déchiqueté et évacué par aspiration des morts et des encore vivants dans sa manœuvre pour changer de cap, les recherches se poursuivirent. Peu à peu d'autres bateaux vinrent au secours des deux torpilleurs, outre les vapeurs quelques dragueurs de mines et un contre-torpilleur, pour finir le *VP 1703*, par lequel l'orphelin fut sauvé.

Puis plus rien ne bougea. On ne pêchait plus que des morts. Les enfants jambes en l'air. Enfin la mer s'apaisa sur la fosse commune.

Si je mentionne maintenant des chiffres, ils ne seront pas vrais. Tout reste approximatif. Au surplus, des chiffres ne disent pas grand-chose. Ceux qui comportent beaucoup de zéros ne sont pas concevables. Ils se contredisent par principe. Non seulement le nombre des personnes qui se trouvaient à bord du *Gustloff* n'a pas cessé de varier à travers les décennies – il se situe entre six mille six cents et dix mille six cents –, mais celui des survivants a dû lui aussi être corrigé en permanence : de neuf cents au début à mille deux cent trente-neuf pour finir. La question se pose sans espoir de réponse : pour combien compte une vie de plus ou de moins ?

Ce qui est sûr, c'est que ce sont surtout des femmes et des enfants qui ont trouvé la mort ; les hommes ont été sauvés dans une majorité dont l'évidence est dérangeante, ainsi les quatre capitaines du navire. Petersen, qui mourut peu après la guerre, pensa d'abord à lui. Zahn, qui devint homme d'affaires une fois la paix revenue, ne perdit que son chien Hassan. Mesurées au nombre, grossièrement estimé, des cinq mille enfants noyés, morts de froid, écrasés sur les escaliers du bateau, les naissances signalées avant et après la catastrophe, dont la mienne, ne font pas le poids ; je ne compte pas.

La plupart des survivants furent débarqués à Sassnitz sur l'île de Rügen, à Kolberg et à Swinemünde. Parmi ces rares, ils ne furent pas rares à mourir pendant le trajet. Un certain nombre de vivants et de morts durent être rapatriés à Gotenhafen, où les vivants étaient forcés d'attendre leur transport sur d'autres bateaux de réfugiés. Depuis fin février, Dantzig était l'objet de combats, brûlait, laissait partir des flots de fugitifs qui se massèrent jusqu'à la fin sur les quais bordés de vapeurs, de bacs, de cotres de pêche.

Le torpilleur *Löwe* accosta au petit matin du 31 janvier dans le port de Kolberg. Heinz Köhler quitta le bord en même temps que Mère et son enfant langé, qui s'appelait Paul. C'était l'un des quatre capitaines chamailleurs du bateau naufragé ; à peine la guerre était-elle terminée qu'il a mis un point final à son existence.

Les faibles, les malades et tous ceux qui avaient les pieds gelés furent emportés par des ambulances. Typique de Mère, qu'elle se soit considérée comme valide. Chaque fois que cette descente à terre constituait un épisode de son histoire sans fin, elle disait : « Avec ça qu' j'avais que des chaussettes aux pieds, jusqu'à ce qu'une mémé qu'elle était réfugiée aussi elle a sorti des souliers d'sa valise et elle m'en a fait cadeau. L'était assise sur le chariot à bras au bord de la rue et elle savait pus d'où c'qu'on venait ni par quoi qu'on avait passé... »

Il est possible que ce soit vrai. Le Reich n'annonça pas le naufrage de l'ancien navire KdF bien-aimé. Une pareille nouvelle aurait pu nuire à l'esprit de résistance. il y eut seulement des bruits. Mais le commandement général soviétique trouva lui aussi des raisons de ne pas publier dans le communiqué quotidien de la flotte Drapeau rouge le succès du submersible *S 13* et de son commandant.

On dit qu'Alexander Marinesko avait été déçu lors de son retour au port de Turku, parce qu'on ne lui avait pas fait fête comme il convenait à un héros, bien qu'il eût coulé avec deux torpilles, en poursuivant son opération contre l'ennemi, un autre navire, l'ancien transatlantique *General von Steuben*. Cela se produisit le 10 février par les tubes arrière. Le bâtiment de mille cinq cents tonnes, qui venait de Pillau avec plus de mille réfugiés et deux mille blessés à son bord – toujours ces chiffres arrondis –, coula en sept minutes par la proue. On compta quelque trois cents survivants. Une partie des blessés graves étaient couchés l'un contre l'autre sur le pont supérieur du navire qui sombrait rapidement. Ils passèrent par-dessus bord avec leurs civières. Cette attaque, Marinesko l'avait exécutée à profondeur de combat, en regardant par le périscope.

Le haut commandement de la flotte Drapeau rouge de la Baltique n'en hésita pas moins, quand son bâtiment fut rentré à sa base, à décerner au capitaine victorieux le titre de « héros de l'Union soviétique ». Cette hésitation se prolongea. Tandis que le capitaine et son équipage attendaient vainement le banquet festif – un porcelet rôti, beaucoup de vodka –, la guerre continuait sur tous les fronts et, sur celui de Poméranie, se rapprochait de la ville de Kolberg. Pour l'instant, Mère et moi restions cantonnés dans une école dont elle me disait plus tard en langfuhrois : « Au moins là, on était ben au chaud. Et comme berceau t'avais un vieux banc d'école avec le couvercle qui se soulevait. Je m'disais, mon Paulo, voilà pas qu'y commence tôt à apprendre en classe... »

Quand, à la suite de tirs d'artillerie, l'école devint inhabitable, nous trouvâmes refuge dans une casemate voûtée. Comme ville et forteresse, Kolberg avait une réputation qui prenait ses racines dans l'Histoire. Depuis ses bastions et remparts, on avait tenu tête à Napoléon, raison pour laquelle fut tourné à l'instigation du ministère de la Propagande un film de résistance du nom de *Kolberg*, avec Heinrich George dans le rôle principal et d'autres étoiles de l'Ufa. Ce film en couleur était présenté dans tous les cinémas de ce qui restait du Reich, pour autant qu'ils ne fussent pas encore détruits par les bombes : lutte héroïque contre surpuissance.

A présent, fin février, l'histoire de Kolberg se répétait. Bientôt la ville, le port et la plage furent cernés par des unités de l'Armée rouge et une division polonaise. Sous les bombardements de l'artillerie, on commença à évacuer par voie maritime la population civile et les réfugiés qui envahissaient la ville. A nouveau grande bousculade sur tous les quais. Mais Mère se refusait à remonter jamais à bord d'un bateau. « Même s'y m'avaient tapée à coups d'matraque, jamais j'srais montée sur un rafiot pareil... », disait-elle dès que quelqu'un voulait savoir comment elle avait fait avec son bébé pour sortir de la ville encerclée et en flammes. « Boh, on trouve toujours un trou quèqu' part... », telle était sa réponse. En tout cas, même pour les excursions d'entreprise sur le lac de Schwerin, elle n'a plus remis le pied sur un bateau.

A la mi-mars, chargée d'un sac à dos et de moi, elle se sera faufilée à travers les positions russes ; mais il est possible également que les sentinelles aient manifesté une compréhension miséricordieuse envers la jeune femme et son nourrisson, et nous aient tout bonnement laissés passer. Quand je me qualifie ici, au moment de cette fuite recommencée, de nourrisson, cela n'est vrai qu'en partie : les seins de Mère ne donnaient rien. Le lait ne voulait pas monter. Sur le torpilleur, ce fut une accouchée de Prusse-Orientale qui vint à la rescousse ; elle en avait plus qu'il ne lui en fallait. Puis ce fut une femme qui avait perdu son bébé en chemin. Et plus tard également – aussi longtemps que dura la fuite et au-delà –, je me suis encore et toujours appuyé à des poitrines étrangères.

A cette époque, toutes les villes situées le long de la côte poméranienne étaient soit occupées, soit menacées par l'ennemi : Stettin enfermée, ne se maintenait plus que Swinemünde. Plus à l'est, Dantzig, Zoppot, Gotenhafen étaient tombées. En direction de la côte, des unités de la 2e armée soviétique avaient verrouillé, à Putzig, la presqu'île de Hela, et plus à l'ouest, sur l'Oder, on combattait déjà à Küstrin. Le Reich grand-allemand rétrécissait de partout. Au confluent du Rhin et de la Moselle, Coblence était aux mains des Américains. Mais le pont de Remagen s'était enfin écroulé. Sur le front de l'Est, le groupe d'armées Centre annonçait un nouveau recul en Silésie et une situation toujours plus critique pour la « forteresse » de Breslau. Par-dessus le marché, les attaques des escadrilles de bombardiers américains et britanniques sur les villes, grandes et moyennes, étaient incessantes. Tandis que, à la grande joie de Harris, le maréchal de l'aviation anglaise, les ruines de Dresde fumaient encore, des bombes tombaient sur Berlin, Ratisbonne, Bochum, Wuppertal... Les digues des lacs de retenue étaient prises pour cibles de façon répétitive. Et dans toutes les directions, mais surtout en poussant d'est en ouest, des réfugiés défilaient qui ne savaient où s'arrêter.

Mère non plus n'avait pas de destination précise quand avec moi, son bagage le plus important, qui n'arrêtait pas de pleurer parce que le lait maternel lui manquait, elle réussit à partir de Kolberg puis se retrouva entre les lignes de front, avança un peu la nuit, en partie sur des camions de marchandises ou des camions militaires de la Wehrmacht, mais souvent à pied au milieu d'autres qui marchaient avec de moins en moins de bagages, resta sur ses jambes tout en se couchant de nombreuses fois à plat ventre sous les tirs en rase-mottes, chercha sans cesse à s'éloigner de la côte et – toujours en quête de mères à trop-plein de lait – se fraya une route jusqu'à Schwerin. Elle me racontait l'itinéraire de sa fuite tantôt comme ceci, tantôt comme cela. Elle voulait en fait aller plus loin, traverser l'Elbe en direction de l'ouest, mais nous sommes restés en rade à Schwerin. C'était à la fin du mois d'avril, au moment où le Führer en finit avec lui-même.

Plus tard, menuisière et entourée d'hommes, Mère disait, quand on lui posait des questions sur sa fuite : « J'pourrais vous en raconter des romans. Le pire c'était les avions, quand c'est qu'y descendaient tout près d'nous et tatatatata... Mais toujours eu du pot. Moi j'vous l'dis, la mauvaise herbe, ça crève jamais ! »

Ce qui la ramenait à son thème véritable, le bateau qui n'en finissait pas de couler. Rien d'autre ne comptait. Même l'exiguïté de notre nouveau logement de fortune – encore une école – n'était pas pour elle un sujet de récrimination, d'autant qu'elle savait maintenant qu'avec son petit Paulo elle avait trouvé refuge dans une ville où était né l'homme qui avait donné son nom au navire-catastrophe en des temps apparemment paisibles. Son nom était partout. Même le lycée où on nous avait cantonnés s'appelait comme lui. Quand nous sommes arrivés à Schwerin, il était, où qu'on regardât, partout présent par son nom. Sur la rive sud du lac, par exemple, le « bois sacré » fait de blocs erratiques qui comprenait le haut granit érigé en trente-sept en l'honneur du Martyr. Je suis certain que c'est la seule raison pour laquelle Mère est restée avec moi à Schwerin.

Ce qui reste remarquable, c'est que depuis qu'après coup, mais comme dans le présent, le naufrage du bateau a été célébré et que tous les morts, selon diverses méthodes de calcul, ont été comptés, estimés, additionnés, puis comparés au nombre des survivants, enfin mis en parallèle avec les bien moins nombreux morts du *Titanic*, c'était, pour quelque temps, le calme plat qui régnait dans les verts pâturages de cet Internet où je me rendais par habitude. J'en étais déjà à croire que son système avait implosé, qu'il n'avait plus d'air, que mon fils en avait assez, qu'avec le bateau qui coulait les suggestions de Mère étaient devenues sans objet. Mais ce calme était feint. Tout d'un coup, il ouvrit son étalage habituel avec une page entièrement relookée.

Cette fois, c'étaient les images qui dominaient. Dans une illustration plutôt grisâtre, mais avec un commentaire en caractères gras, le monde entier pouvait admirer le granit haut dressé et déchiffrer au-dessous de la rune de la victoire le nom du Martyr gravé au burin. En outre, sa signification et son importance étaient soulignées à l'aide d'une série de dates, de performances organisationnelles et de louanges agrémentées de points d'exclamation, le tout inséré en info dans le programme qui se poursuivait jusqu'au jour et à l'heure de son assassinat dans la station climatique de Davos.

Comme à un commandement ou sous toute autre contrainte, David se manifesta. Au début cependant, le sujet ne fut pas la pierre commémorative, mais l'assassin du Martyr. Triomphant, David fit savoir qu'au mois de mars de l'année quarante-cinq quelque chose était intervenu en faveur de David Frankfurter, en prison depuis plus de neuf ans. Après une vaine tentative pour obtenir un procès en révision, les avocats bernois Brunschwig et Raas déposèrent un recours en grâce auprès du Grand Conseil du canton des Grisons. Le partenaire de mon fils devait concéder que cette demande de remise gracieuse du reste de la peine prononcée, dix-huit ans de réclusion, ne fut suivie d'effet que le 1er juin 1945, et donc après la fin de la guerre. Il avait fallu attendre que le puissant voisin de la Suisse fût étendu à terre, comme sans vie. David Frankfurter ayant été expulsé du pays après sa levée d'écrou à la prison du Sennhof, il avait pris la décision de passer immédiatement des métiers à tisser à la Palestine, espérant en un futur Israël.

Sur ce sujet, la bataille entre les deux online-fighters acharnés garda une certaine mesure. Grand seigneur, Konny estima : « Israël, c'est OK. C'était exactement la place du Juif assassin. Il a pu se rendre utile, au kibboutz ou ailleurs. » Il n'avait au demeurant rien contre Israël. Il admirait même la force de frappe de son armée. Et il était parfaitement d'accord avec la résolution des Israéliens dans la dureté qu'ils manifestaient. Ils n'avaient pas le choix. Il ne fallait pas céder d'un pouce aux Palestiniens et autres musulmans. C'était clair, si tous les Juifs faisaient comme le Juif assassin Frankfurter et se cassaient en terre promise, il trouverait ça très bien, « le reste du monde serait enfin libre de Juifs ! ».

David encaissa cette monstruosité ; il donna même raison à mon fils dans le principe. Manifestement, il se faisait du souci : pour ce qui était de la sécurité des concitoyens juifs qui vivaient en Allemagne, au nombre desquels il se comptait, on pouvait craindre le pire, l'antisémitisme augmentait rapidement. Une fois encore, il fallait envisager de partir. « Moi aussi, je vais sans doute faire mes valises sous peu... » Sur quoi Konny lui souhaitait « Bon voyage ! », mais donnait ensuite indirectement à entendre que cela l'amuserait bien si l'occasion se trouvait, avant son départ, de rencontrer – pas seulement online – son frère ennemi : « On devrait faire connaissance, voir un peu à quoi on ressemble, le plus tôt possible... »

Il proposait même un point de rendez-vous, tout en laissant pendante la date de la rencontre souhaitée. C'était à l'endroit où naguère, dans le « bois sacré », le granit haut dressé avait sa place, et où aujourd'hui pratiquement plus rien ne rappelait le Martyr parce que des profanateurs de sépultures avaient rasé la pierre et le temple – à l'endroit précis où dans un avenir pas trop lointain devait être à nouveau érigée une pierre commémorative, dans un lieu porteur d'histoire, c'était là qu'il fallait se retrouver.

La bataille reprit aussitôt. David était certes pour une rencontre, n'importe où, mais pas à cet endroit maudit. « Je m'inscris absolument en faux contre ton relativisme historique révisionniste... » Mon fils embouchait la même trompette : « Celui qui oublie l'histoire de son peuple n'est pas digne d'elle ! » David approuva. Puis il n'y eut plus que des niaiseries. Ils se racontaient même des blagues. L'une – « Quelle différence y a-t-il entre e-mail et Émile ? » – n'eut malheureusement pas de chute. Je suis sorti trop tôt.

J'y suis allé à plusieurs reprises. La dernière fois il y a quelques semaines, comme si c'était moi le coupable, comme s'il fallait que je revienne sans cesse sur les lieux du crime, comme si le père courait après son fils.

De Mölln, où ni Gabi ni moi ne trouvâmes de mots, à Ratzeburg. De là, en direction de l'est, je traversai Mustin, un petit village derrière lequel passaient autrefois, barrant la route, la frontière et son couloir de la mort. Aujourd'hui encore, les vieux marronniers plantés au bord de la chaussée s'interrompent sur plus de trois cents mètres : à gauche et à droite, pas un arbre. On devine toujours la profondeur des couches derrière lesquelles l'État-des-Ouvriers-et-des-Paysans s'efforçait de mettre son peuple en sécurité.

Quand j'eus derrière moi la coupe claire toujours présente, s'étendirent des deux côtés de la route du Mecklembourg à nouveau bordée d'arbres de vastes superficies de champs, jusqu'aux horizons. A peine vallonnées, peu de forêts. Avant Gadebusch, je pris la déviation nouvelle. Matériaux de construction, centres commerciaux, hangars bas des marchands de voitures qui tentaient, avec leurs drapeaux pendouillants, de ranimer la conjoncture. L'Est sauvage ! Juste avant Schwerin seulement, sur une chaussée ourlée maintenant d'arbres de petite taille, la région présentait des collines. Je roulais entre d'assez grandes pièces de forêt et j'écoutais la Trois : classique à la demande.

Puis je pris à droite la 106 en direction de Ludwigslust, j'approchai de la cité préfabriquée du Grosser Dreesch construite en plusieurs sections – autrefois habitée par cinquante mille citoyens de la RDA – et je garai ma Mazda dans la section trois, juste à côté du monument à Lénine, dans un tournant qui termine la rue Gagarine. Le temps se maintenait. Il ne pleuvait pas. Aujourd'hui réhabilités et rendus passables par des tonalités pastel, les blocs de logements s'alignaient.

Chaque fois que je rends visite à Mère, je suis étonné de voir encore debout ce bronze gigantesque dû à un sculpteur estonien. Lénine regarde certes vers l'ouest, mais on ne lui a pas accordé de geste montrant le but à atteindre. Les deux mains dans les poches de son manteau, comme un promeneur qui s'offre une petite halte, il est debout sur son socle bas dont la marche inférieure habillée de granit est elle aussi, à son coin gauche, coulée dans le bronze. L'inscription gravée dans le matériau rappelle en gros caractères une mesure révolutionnaire : « LE DÉCRET SUR LA TERRE ». A l'avant seulement, le manteau de Lénine présente les traces de couleur d'une inscription à la bombe qui ne dit rien. Peu de fiente de pigeon sur les épaules. Son pantalon froissé est resté propre.

Je ne m'attardai pas longtemps rue Gagarine. Mère habite le dixième étage, avec balcon et vue sur la tour de la télévision non loin de là. Je ne pus éviter son café toujours trop fort. Après la rénovation des logements en préfabriqué, les loyers ont été augmentés, rentablement d'après Mère. C'est de cela que nous avons parlé, rien que de cela. Il n'y avait pas grand-chose d'autre à dire. Elle ne voulut pas non plus savoir ce qui, en dehors de la brève visite que je lui rendais, m'avait amené dans la ville aux sept lacs : « Sans doute pas l'anniversaire du Fihrer ! » La date de mon arrivée en laissait deviner le but, puisque tout de même, alors que j'étais déjà dans l'encadrement de la porte – après avoir renoncé à jeter un coup d'œil dans la chambre de Konny –, j'entendis son commentaire : « Qu'est-ce que tu veux. Toute façon ça sert pus à rien. »

Par l'allée de Hambourg, ci-devant Lénine, je roulai en direction du zoo, puis le long de la butte aux Sorcières et je garai la voiture, quand j'eus trouvé l'endroit comme les yeux fermés, à côté de l'auberge de jeunesse. Au-delà de la façade arrière du bâtiment au crépi gris datant du début des années cinquante, la plantation de la rive sud du lac de Schwerin descend en pente raide. En bas, on voit le chemin des Français qui frôle l'eau et que les piétons et les cyclistes utilisent volontiers.

Une belle journée maintenant. En fait, pas un temps d'avril. Dès qu'il perçait, le soleil était chaud. A quelque distance de l'entrée de l'auberge de jeunesse gisaient encore, impassibles, comme s'il ne s'était rien produit, les fragments moussus de granit, restes du « bois sacré » démantelé avec trop de négligence quelques dizaines d'années auparavant. Entre les arbres plantés à l'époque, une repousse sauvage aux minces troncs. Bien visibles, car parcimonieusement recouvertes, les fondations carrées du temple dont on distinguait ainsi les contours, bien que l'auberge de jeunesse placée de front juste en face fît obstacle à toute représentation. A gauche de la porte d'entrée, au-dessus de laquelle le nom de l'auberge, Kurt-Bürger, s'inscrivait en relief, une table de ping-pong, installée, attendait une partie. Sur la porte un écriteau pendait, légèrement de travers : « Fermé de 9 à 16 heures ».

Je restai longtemps encore au milieu des blocs de granit couverts de mousse, dont l'un conservait même un résidu d'inscription et un signe runique martelé. Objets trouvés, de quel siècle ?

Lorsque Mère et moi débarquâmes à Schwerin, tout, ici, était encore debout : bloc erratique après bloc erratique, le bâtiment nazi du temple et le haut granit avec le nom du Martyr. Sans soins déjà, mais encore à la garde du Parti qui s'effritait sur les bords, c'est ainsi que Mère avait vu le mémorial. Elle me racontait que c'était en cherchant du bois qu'elle était arrivée jusqu'aux chênes et aux bouleaux qui étaient encore petits : « Ben, là où c'que les autorités nous envoyaient, y avait pas tripette pour le poêle... » Beaucoup de femmes et d'enfants cherchaient en même temps qu'elle.

Avant même que, le 3 mai, les Américains, d'abord, n'aient avancé avec leurs blindés depuis leur tête de pont sur l'Elbe au sud-est de Boizenburg jusqu'à Schwerin, puis que les Anglais n'arrivent – « Des vrais Écossais qu' c'étaient... » –, on nous avait, dans la Schelfstadt, la Ville-aux-Roseaux, qui vers la fin de la guerre déjà devait être passablement délabrée, transférés de la cave du lycée à la Lehmstrasse. On nous cantonna de force dans une construction en briques, au toit de carton goudronné, qui naturellement était sur l'arrière-cour. Toujours debout, la baraque. C'étaient deux petites pièces avec cuisine, cabinets dans la cour. On nous a même mis un poêle cylindrique. Le tuyau sortait par la fenêtre de la cuisine. Et pour alimenter le poêle – Mère faisait la cuisine sur le couvercle –, il lui fallait aller bien loin pour chercher du bois à brûler.

C'est comme cela qu'elle est tombée sur le « bois sacré ». En juin aussi, quand les Anglais furent partis et que l'Armée rouge arriva pour rester quelque temps, les blocs erratiques, chacun avec le nom et les runes gravés au burin, étaient encore debout pour longtemps ; cela ne préoccupait pas les Russes.

C'était une chose convenue entre les vainqueurs depuis la rencontre de Potsdam : nous étions coincés dans la zone d'occupation soviétique, Mère volontairement d'ailleurs, depuis qu'elle avait découvert sur l'une des pierres toujours là, plantée en direction de la rive du lac, un nom qui ne lui était pas inconnu : « La pierre elle s'app'lait comme y s'app'lait aussi, notre *Justloff*... »

Lorsque, à l'occasion de ma dernière visite à Schwerin, je me trouvai, parmi les fragments de granit moussu, devant un bloc erratique brisé et pus deviner dans l'inscription au burin le vestige du nom de Wilhelm Dahl – du prénom il ne restait, après l'arête de la fracture, que la syllabe « helm » –, je ne résistai pas à la tentation d'imaginer comment Mère, à la recherche de bois à brûler, chargée d'un fagot de branches et de brindilles, a pu voir le « bois sacré » encore intact et le temple sans toit ni fermetures. Sur une petite douzaine de blocs alignés, elle a sans doute déchiffré les noms de camarades du Parti qui lui étaient inconnus, mais sans conteste méritants – parmi eux Dahl, le chef de district de Wismar. Je la vois debout devant le granit haut de quatre mètres, étonnée, de petite stature, au surplus amaigrie, mais je ne peux pas deviner ses pensées, qui ont dû s'embrouiller quand elle a lu l'inscription sur la pierre du Martyr. Mais Mère, comme je la connais, n'aura pas eu de scrupule à pénétrer dans le temple au centre du mémorial.

Fait de blocs de granit taillés, il avait été construit au niveau même du sol. Dans la surface polie des colonnes qui supportaient le bâtiment sur les côtés, lesquels restaient ouverts, un artiste contemporain avait sculpté les contours de porte-drapeaux SA plus grands que nature. De plus, il y avait à l'intérieur du temple, qui n'avait pas de toit, dix plaques de bronze portant le nom des défunts. Et huit fois, après la date du décès, on pouvait lire, paraît-il, comme indication de la cause de la mort :

« assassiné ». Le sol du monument était souillé. Je le sais par Mère : « Des chiens étaient venus chier là... »

Le granit dédié à Wilhelm Gustloff, lui, se dressait à l'extérieur du périmètre des blocs erratiques alignés, à un endroit qui, vu à travers le temple sans murs, occupait une place particulière. De là, on avait un panorama grand angle sur le lac. Mère regardait sans doute dans l'autre direction. Et moi, je ne suis jamais allé là-bas ramasser du bois. Pendant qu'elle cherchait quelque chose à brûler, une femme du voisinage me nourrissait probablement dans la Lehmstrasse ; elle s'appelait Mme Kurbjun. Mère n'avait pratiquement pas de poitrine, rien que deux petits cornets pointus.

Voilà ce qu'il en est des monuments commémoratifs. Certains sont érigés trop tôt, puis, dès que la période d'héroïsme spécial est terminée, ils sont démolis. D'autres, comme le monument à Lénine au Grosser Dreesch, à l'angle de l'allée de Hambourg et de la Platerstrasse, sont toujours là. Et le monument au commandant du sous-marin *S 13* ne fut érigé à Leningrad, aujourd'hui Saint-Pétersbourg, qu'il y a une petite dizaine d'années, le 8 mai 1990, quarante-cinq ans, donc, après la mort de Marinesko : une colonne de granit triangulaire soulève le buste en bronze, plus grand que nature, de celui qui ne fut nommé qu'à retardement « héros de l'Union soviétique ».

D'anciens officiers de marine, maintenant à la retraite, avaient fondé des comités à Odessa, à Moscou et ailleurs, et sollicité que l'on proclamât la gloire du capitaine mort en soixante-trois. A Königsberg, comme s'appelait Kaliningrad jusqu'à la fin de la guerre, on donna même son nom à la berge du Pregel, derrière le musée du district. Cette voie le porte encore, tandis qu'à Schwerin l'allée du Château, qui à partir de trente-sept s'appelait allée Wilhelm-Gustloff, mène de nouveau sous son ancien nom à la proximité du mémorial ; de même que l'allée Lénine, depuis la chute du Mur, traverse sous le nom d'allée de Hambourg la cité préfabriquée du Grosser Dreesch en passant devant le monument à Lénine. Mais l'adresse de Mère, qui célèbre la gloire du cosmonaute Gagarine, est restée fidèle à elle-même.

On est frappé par une lacune. Rien n'a pris le nom de l'étudiant en médecine David Frankfurter. Aucune rue, aucune école ne le porte. Nulle part on n'a construit un monument au meurtrier de Wilhelm Gustloff. Aucun site web n'a réclamé l'érection d'une statue de David-et-Goliath, pourquoi pas à Davos, sur le lieu du crime. Et si le frère ennemi de mon fils avait mis en ligne une pareille revendication, il est certain que des pages de haine auraient annoncé sa destruction par un commando spécial de crânes rasés.

Il en a toujours été ainsi. Rien n'est éternel. Et pourtant la direction du NSDAP pour le district de Schwerin et le maire de la ville, juste après le meurtre, s'étaient donné beaucoup de peine pour doter le mémorial d'une forme éternelle. Dès le mois de décembre trente-six, quand à Coire, en Suisse, le procès fut terminé et le verdict prononcé, on chercha des blocs erratiques dans les champs du Mecklembourg afin d'en enclore le périmètre du mémorial. Les instructions disaient : « A cette fin, on a besoin de toutes les pierres naturelles, de quelque taille qu'elles soient, qui seront trouvées près des bâtiments et dans les champs du territoire communal de Schwerin... » Et il appert d'une lettre de Rohde, le gauleiter préposé à la formation politique, que la capitale du land s'engageait à soutenir financièrement les services du gauleiter, « avec une rallonge de 10 000 reichsmarks ».

Lorsque, le 10 septembre 1949, furent pratiquement achevés la destruction du mémorial ainsi que le transfert des corps et des urnes, les coûts furent moindres, car on lit au-dessous de l'en-tête dénazifié du maire : « Les dépenses sont communiquées au gouvernement du land aux fins de remboursement pour un montant de 6 096,75 marks... »

Il est vrai qu'on lit aussi que les « cendres de Wilhelm Gustloff » n'ont pas pu être transférées au cimetière municipal : « L'urne de G. se trouve, selon les déclarations du maître tailleur de pierre Kröpelin, dans les fondations de la pierre commémorative. Une extraction de l'urne est pour l'instant impossible... »

Cela ne fut fait qu'au début des années cinquante, peu avant que l'auberge de jeunesse ne fût construite et ne prît le nom de Kurt Bürger, en mémoire de l'antifasciste mort peu auparavant. A cette époque, le héros submersible Marinesko se trouvait déjà depuis trois ans en Sibérie.

Juste après que le *S 13* fut entré dans le port finlandais de Turku, les difficultés, dès qu'il gagna la terre ferme, commencèrent pour un homme qui comptait sur un accueil festif. Bien qu'il fût toujours menacé par le dossier du NKVD et ses délits qui n'étaient pas encore passés en justice, il ne cessa pas, à jeun ou désinhibé par la vodka, de réclamer la reconnaissance de ses actes héroïques. Certes le *S 13* fut distingué par l'appellation « bâtiment Drapeau rouge », certes tous les membres de l'équipage purent fixer à leur poitrine l'« ordre de la Guerre patriotique » et une autre décoration, le « Drapeau rouge », qui avait pour motif l'étoile, la faucille et le marteau, leur fut décernée, mais Alexander Marinesko ne fut pas proclamé « héros de l'Union soviétique ». Pire encore : dans les rapports officiels de la flotte Drapeau rouge de la Baltique continuait à être omise toute mention de la submersion du navire de vingt-cinq mille tonnes *Wilhelm Gustloff*, et pas un mot n'attestait le naufrage rapide du *General von Steuben*.

C'était comme si seules des torpilles fantômes avaient, depuis les tubes avant et arrière du sous-marin, cherché et trouvé sans qu'il y ait de suites des cibles non existantes. Les bien douze mille morts, tout de même, qu'il avait à son actif ne valaient pas un sou. Le commandement suprême de la Marine avait-il honte d'un chiffre trop grossièrement estimé d'enfants, de femmes et de blessés graves morts par noyade ? Ou bien les succès de Marinesko ont-ils sombré dans l'ivresse des derniers mois de la guerre, où l'héroïsme était produit en surabondance ? Il était impossible de ne pas entendre son insistance bruyante. Rien ne pouvait l'empêcher de clamer ses succès à la moindre occasion. Il commençait à devenir fatigant.

Quand en septembre quarante-cinq le commandement de son sous-marin lui fut retiré, que, peu après, il fut rétrogradé au rang d'enseigne de vaisseau et, en octobre, mis à pied par la Marine soviétique, la motivation de ce congé déshonorant en trois étapes était ainsi formulée : « ... en raison d'une attitude indifférente et négligente envers le service ».

Après le rejet de sa candidature à la marine marchande – le prétexte en était la myopie d'un œil –, Marinesko trouva du travail comme gérant d'un entrepôt qui régulait l'attribution de matériaux de construction. Il ne fallut pas longtemps pour qu'il jugeât bon d'accuser avec des preuves insuffisantes le directeur de ce collectif d'avoir accepté des pots-de-vin, corrompu des permanents du Parti et détourné des matériaux ; en réponse, on le soupçonna d'avoir transgressé la loi en distribuant trop généreusement des pièces qui n'étaient que légèrement détériorées. Une cour spéciale condamna Marinesko à trois ans de camp de travail.

Il fut déporté à Kolyma, sur la mer de Sibérie-Orientale, un endroit qui faisait partie de l'« archipel du Goulag », dont le quotidien a été décrit. C'est seulement deux ans après la mort de Staline qu'il eut, géographiquement parlant, la Sibérie derrière lui. Il revint malade. Mais le héros submersible endommagé ne fut réhabilité qu'au début des années soixante. Il retrouva le rang de capitaine de 3e classe, désormais en retraite et avec droit à pension.

A présent, il faut que je me répète en revenant en arrière. C'est pourquoi on lit ici : quand fut annoncée à l'Est et à l'Ouest la mort de Staline, j'ai vu Mère pleurer. Elle a même fait brûler des bougies. J'avais huit ans et je me tenais debout à la table de la cuisine, n'allant pas à l'école parce que j'avais la rougeole ou quelque chose d'autre qui démangeait, je pelais des pommes de terre destinées à être servies avec de la margarine et du fromage blanc, et je voyais Mère derrière les bougies allumées pleurer la mort de Staline. Les pommes de terre, les bougies et les larmes étaient rares à cette époque. Pendant mon enfance dans la Lehmstrasse, et aussi longtemps que j'ai été lycéen à Schwerin, je ne l'ai plus jamais revue pleurer. Quand elle eut épuisé ses larmes, elle prit son regard absent yapersonnalamaison, que Tante Jenny connaît bien elle aussi depuis l'enfance. Dans la cour de la menuiserie à Langfuhr, dans l'Elsenstrasse, on disait alors : « Tulla fait encore ses fenêtres enfoncées. »

Quand elle eut suffisamment pleuré le grand camarade Staline et fut ensuite restée un bon bout de temps sans regard, il y eut, comme préparé, des pommes de terre à l'eau avec du fromage blanc et un rien de margarine.

C'était l'époque où Mère passait son diplôme de maître pour diriger bientôt une brigade-ébénisterie aux Meubles de Schwerin, qui fabriquaient des chambres à coucher selon le Plan et avaient pour instructions de les livrer à l'URSS dans l'optique de l'amitié entre les peuples. Aussi diffuses qu'aient été ses conceptions en ce temps-là, à y bien regarder Mère est restée jusqu'aujourd'hui stalinienne, même si elle tente, lorsque je la titille, de rapetisser son héros, de le mettre en liquidation : « Après tout c'était qu'un homme lui aussi... »

Et à cette époque, tandis que Marinesko était toujours exposé au climat de la Sibérie et aux conditions des camps disciplinaires soviétiques, que Mère restait fidèle à Staline et que j'étais fier de mon foulard de Jeune Pionnier, David Frankfurter, qui avait guéri en prison de sa maladie osseuse considérée comme chronique, se rendait utile en Israël comme fonctionnaire au ministère de la Défense. Entre-temps, il s'était marié. Plus tard vinrent deux enfants.

Et il se passa encore autre chose pendant ces années-là : Hedwig Gustloff, la veuve du Wilhelm assassiné, quitta Schwerin. Depuis, elle habitait à l'ouest de la frontière interallemande, à Lübeck. La maison de briques vernissées au n° 14 de la rue Sebastian-Bach, que le couple s'était fait construire peu avant le meurtre, avait été frappée d'expropriation peu après la fin de la guerre. J'ai vu sur Internet cette construction de bonne qualité, typique villa individuelle. Sur son site web, mon fils avait le culot de réclamer que ce bâtiment injustement exproprié soit aménagé en « Musée Gustloff » et rendu accessible à un public intéressé. Bien au-delà de Schwerin, le besoin se faisait sentir d'une information exposée avec compétence. Il n'avait rien contre le fait qu'à gauche de la fenêtre de l'encorbellement une plaque continuât à proclamer que de quarante-cinq à cinquante et un, le premier ministre-président du Mecklembourg, un certain Wilhelm Höcker, a habité dans cette maison expropriée. Il n'était pas choqué non plus par la fin de l'inscription : « ... après l'écrasement du fascisme hitlérien ». C'était un fait, comme l'assassinat du Martyr était aussi un fait.

Mon fils s'entendait à disposer habilement des photos, des petites images, des tableaux et des documents. Sur son site, on pouvait rendre visite non seulement à la face avant, mais aussi à la face arrière du granit érigé sur la rive sud du lac de Schwerin. Il s'était donné de la peine, et il montrait, à côté de la vue générale de la pierre – en photographie –, un agrandissement de l'inscription qui était gravée sur la face arrière, difficilement lisible sans cela. Trois lignes superposées : « Vécu pour le Mouvement – Assassiné par le Juif – Mort pour l'Allemagne ». Comme la ligne médiane non seulement omettait le nom du meurtrier, mais désignait avec insistance tous les Juifs comme des assassins, il fallait supposer – et c'est ainsi que cela fut interprété plus tard – que Konny s'était détaché de sa fixation partiale sur le David Frankfurter historique et voulait manifester sa haine du « Juif en soi ».

Mais cette explication, comme d'autres recherches sur les mobiles, n'apporte guère de clartés sur ce qui se passa dans l'après-midi du 20 avril 1997. Devant l'auberge de jeunesse fermée à cette heure, qui donnait l'impression d'être déserte, se produisit quelque chose qui n'était pas prévu et qui néanmoins, sur le socle moussu de l'ancien temple, trouva sa conclusion comme si elle avait été préalablement répétée.

Qu'est-ce qui avait poussé le David virtuel à venir de si loin en train et en personne jusqu'à Schwerin, depuis Karlsruhe, où ce lycéen de dix-huit ans, l'aîné de trois garçons, vivait avec ses parents, et à répondre à une vague invitation ? Et pourquoi Konny était-il démangé par l'idée de déplacer vers le réel, par une rencontre effective, cette amitié-inimitié en vérité fictive nouée sur Internet ? L'invitation au rendez-vous attendait si bien cachée dans la poubelle langagière du reste de leur communication qu'elle ne pouvait être compréhensible qu'au frère conflictuel qui signait David.

Après que l'auberge de jeunesse eut été refusée comme point de rencontre, ils s'étaient accommodés d'un compromis. On se retrouverait là où le Martyr était né. Un quiz, parce que sur le site de mon fils n'étaient mentionnés ni ville, ni rue, ni numéro. Mais l'allusion était suffisante pour un expert en la matière ; et David, tout autant que Konny, qui s'appelait Wilhelm sur la Toile, était familier de tout, y compris des plus absurdes détails de l'histoire de Gustloff. Comme on allait le voir lors de la visite, il savait même que le collège fréquenté par Wilhelm Gustloff jusqu'à son brevet et qui après son assassinat, devenu maintenant lycée, avait porté son nom s'appelle depuis l'époque de la RDA « école de la Paix ». Mon fils ne respectait pas seulement les vastes connaissances de son adversaire, il admirait sa « manie de la précision ».

Ils se retrouvèrent donc par le plus beau des printemps dans la Martinstrasse, devant la maison n° 2, à l'angle de la rue de Wismar. David en avait tacitement accepté la date bien particulière. Leur rencontre se produisit devant une façade crépie de neuf censée faire oublier l'époque d'un si long délabrement. On dit qu'ils se saluèrent en se serrant la main et que David, en se présentant, aurait abordé le grand échalas Konrad Pokriefke sous le nom de David Stremplin.

Puis, sur proposition de Konny, le programme comprenait une balade en ville. Même la baraque en briques à toit de carton goudronné dans l'une des arrière-cours de la Lehmstrasse, où Mère et moi avions vécu après la guerre, fut présentée, lors de la visite de la Ville-aux-Roseaux, comme une curiosité remarquable, au même titre que les maisons à colombage déjà rénovées de ce quartier pittoresque. Konny mena David dans tous les endroits, toutes les cachettes de ma jeunesse avec une assurance qui aurait fait croire que c'était la sienne. Après l'église de ce quartier, Saint-Nicolas, intérieur et extérieur, ce fut évidemment le tour du château sur son île. Mon fils ne pressait pas le mouvement. Il avait même proposé la visite du musée voisin, mais son hôte ne manifestait aucun intérêt, devenait impatient, il voulait enfin voir, tout de même, le terrain qui se trouvait devant l'auberge de jeunesse.

Au cours de leur balade en ville, ils firent néanmoins une pause. Dans un café-glacier italien, chacun prit une assez belle portion de *gelati*. Konny joua les puissances invitantes. Et c'est avec amabilité, mais avec une distance ironique que David aurait parlé de ses parents, le spécialiste de physique atomique et la professeur de musique. Je suis prêt à parier que mon fils n'a pas dit un mot de ses père et mère ; mais de façon certaine, il aura trouvé important de faire quelques allusions à l'histoire du sauvetage de sa grand-mère.

Puis enfin les deux frères ennemis, de taille inégale – David, plutôt large, mesurait une tête de moins –, auraient traversé les jardins du château, seraient passés devant le moulin à polir la pierre, auraient pris l'allée du Château qu'on avait transformée, avec ses villas habillées d'une blancheur éclatante, en adresse coûteuse, enfin le Waldschulweg pour s'approcher du théâtre des événements, qui s'étalait, plat, sous les arbres. Au début, il n'y avait, paraît-il, aucune tension. David Stremplin aurait fait l'éloge de la vue sur le lac. S'il y avait eu des raquettes et une balle sur la table de ping-pong, devant l'auberge de jeunesse, un match aurait peut-être eu lieu ; Konny et David étaient des pongistes passionnés et n'auraient certainement pas manqué l'occasion qui s'offrait. Peut-être une partie rapide par-dessus le filet les aurait-elle détendus et aurait-elle donné à cet après-midi un tout autre cours.

Puis ils se trouvèrent sur un terrain pour ainsi dire historique. Mais même les morceaux de granit recouverts par la mousse et le fragment de bloc erratique portant la rune gravée au burin et le reste du nom ne furent pas l'occasion d'un conflit. Ils rirent à deux voix d'un écureuil qui sautait de hêtre en hêtre. Ce n'est que quand ils furent sur le socle de l'ancien temple et que mon fils eut expliqué à son hôte à quel endroit exactement, derrière l'auberge de jeunesse qui n'existait pas à l'époque, se dressait la grande pierre commémorative, c'est seulement quand il eut indiqué l'axe visuel qui menait au granit et ensuite déclamé le nom du Martyr gravé sur la face avant de la pierre ainsi que les trois lignes de la face arrière, mot pour mot, que David Stremplin aurait dit : « En tant que Juif il ne me vient rien d'autre à l'idée », puis il aurait craché trois fois sur le socle envahi par la mousse, et donc « profané » le lieu de mémoire, comme mon fils le dit plus tard dans sa déposition.

Les coups partirent aussitôt. Malgré cette journée ensoleillée, Konny portait une parka. De l'une des vastes poches, la droite, il sortit l'arme et tira quatre fois. C'était un pistolet d'origine russe. La première balle toucha le ventre, les suivantes la tête, le cou et la tête. David Stremplin tomba en arrière sans un mot. Plus tard, mon fils insista sur le fait qu'il avait fait mouche le même nombre de fois que dans le passé, à Davos, le Juif Frankfurter, même si ce n'était pas avec un revolver. Et comme lui, il s'est dénoncé lui-même de la première cabine téléphonique, après avoir composé le 110. Sans retourner sur les lieux, il partit pour le premier poste de police, où il se livra en disant : « J'ai tiré parce que je suis allemand. »

Tandis qu'il s'y rendait, une voiture de police et une ambulance venaient déjà à sa rencontre, toutes les deux avec leur gyrophare. Mais les secours arrivèrent trop tard pour David Stremplin.

# 8

Lui qui prétend me connaître affirme que je ne connais pas ma propre chair, mon propre sang. Il est possible que l'accès à ses chambres de torture les plus intimes me soit resté fermé. Ou bien n'ai-je pas été assez perspicace pour déchiffrer les mystères de mon fils ? C'est seulement pendant le procès que je me suis rapproché de Konny, non pas au point de le toucher, mais tout au moins de l'entendre – seulement je n'ai pas osé lui lancer depuis la barre des témoins des cris comme celui-ci, par exemple : « Ton père est avec toi ! » – ou : « Ne fais pas de conférences, mon fils. Sois plus bref ! »

C'est sans doute pour cette raison que quelqu'un veut à tout prix que je sois un « père à retardement ». Tout ce que je fais quand je m'éloigne de moi en crabe, tout ce que je confesse en restant assez près de la vérité, ou que je livre comme sous la contrainte, tout cela, estime-t-il, arrive « après coup et par mauvaise conscience ».

Et maintenant que le « Trop tard ! » est enfoncé comme un bouchon sur tous mes efforts, il fouille dans le bric-à-brac de mes documents, dans mon tas de fiches, il veut savoir ce qu'il est advenu du renard de

Mère. Cet épilogue encore à fournir semble être pour lui, le boss, d'une importance particulière : que je veuille bien ne pas garder pour moi mon savoir détaillé, mais que je rende compte pas à pas du renard de Tulla, même si j'exècre au plus profond cette pièce de vêtement passée de mode.

Exact. Mère en possédait un dès le début et le possède encore. Elle avait à peu près seize ans quand, receveuse de tramway avec calot et bloc de tickets en service sur les lignes 5 et 2, elle reçut en cadeau d'un caporal-chef qui entre au surplus en ligne de compte pour une possible paternité à mon égard la peau de renard en bon état et déjà préparée par le fourreur. « Il arrivait blessé du front de l'Arctique et il était en permission de convalescence à Oliva » – telle était et telle est encore la description abrégée de mon géniteur finalement concevable, car il ne serait venu à l'idée ni du douteux Harry Liebenau, ni d'un quelconque auxiliaire de la Luftwaffe immature d'offrir à Mère un renard.

Et c'est avec cette fourrure calorifique autour du cou que, quand les Pokriefke furent embarqués, elle monta à bord du *Gustloff*. Peu après que le bateau eut largué les amarres et que, enceinte et soutenue par une toute jeune recrue de la Marine, elle se risqua pas à pas sur le pont-solarium verglacé, elle portait la fourrure. La peau de renard était à portée de sa main à côté du gilet de sauvetage quand elle était allongée à la maternité et que le Dr Richter, juste après l'impact de la troisième torpille et les premières douleurs, lui administra une piqûre. Et ce n'est avec rien d'autre – le sac à dos était resté en plan –, c'est seulement avec le gilet de sauvetage autour du buste et le renard autour du cou que

Mère, avant de le devenir, est montée dans la chaloupe, et elle prétend avoir saisi la fourrure avant même le gilet.

C'est ainsi, sans chaussures aux pieds, mais réchauffée par la fourrure, qu'elle passa à bord du torpilleur *Löwe*. Et ce n'est que pendant la naissance qui n'allait pas tarder à commencer, à la minute, donc, où le *Gustloff* coulait la proue la première et en chavirant sur bâbord, de sorte que le cri des milliers et des milliers de gens se mêla à mon premier cri, c'est alors seulement que la fourrure se retrouva enroulée à côté d'elle. Mais lorsque, ses cheveux ayant blanchi d'un seul coup entre-temps, elle quitta le torpilleur à Kolberg, la mère avec nourrisson marchait certes en chaussettes, mais elle portait le renard, qu'aucun choc n'avait décoloré, bien serré autour du cou.

Elle affirme m'avoir enveloppé de la fourrure, à cause du froid glacial, pendant la longue fuite devant les Russes. Sans renard, j'aurais sans aucun doute été congelé dans l'embouteillage de réfugiés devant le pont sur l'Oder. C'est au renard seul – et non pas aux femmes allaitant en surabondance – que je dois la vie. « Sans çui-là t'aurais été qu'un bloc de glace... » Et le caporal-chef qui lui avait fait l'hommage de cet ornement – prétendument l'ouvrage d'un fourreur de Varsovie – aurait dit en s'en allant : « Qui sait, petite, à quoi ça pourra servir un jour ? »

Dans les temps de paix en revanche, quand nous n'étions plus obligés de nous geler, la fourrure rousse comme un renard n'appartenait qu'à elle, enfermée dans l'armoire, dans une boîte à chaussures. Elle la portait en toute occasion, bonne ou mauvaise. Par exemple quand elle reçut son diplôme de maître, puis lors de ses décorations comme « activiste méritante », et même pour des fêtes d'entreprise, quand il y avait une « soirée de variétés » au programme. Et lorsque j'en eus assez de l'État-des-Ouvriers-et-des-Paysans et voulus passer de Berlin-Est à l'Ouest, elle m'a accompagné à la gare le renard autour du cou. Plus tard, bien plus tard, quand au bout d'une petite éternité la frontière disparut et que Mère touchait sa retraite, elle fit son apparition lors de la rencontre des survivants dans la station balnéaire de Damp-sur-la-Baltique avec sa fourrure de renard toujours bien entretenue ; elle faisait un effet unique au milieu des dames de son âge endimanchées à la dernière mode.

Et quand, le premier jour du procès, où il ne se passa rien d'autre que la lecture de l'acte d'accusation et les aveux immédiats de mon fils, qui se plaçait cependant au-delà de toute culpabilité – « J'ai fait ce que je devais faire ! » –, Mère ne s'assit surtout pas à l'endroit où Gabi et moi étions assis par force côte à côte, mais ostensiblement à côté des parents de David, touché de quatre coups de feu mortels, elle portait comme tout naturellement le renard qui lui entourait la gorge à la manière d'un nœud coulant. Le museau en pointe mordait la fourrure juste au-dessus du départ de la queue, de sorte que les yeux de verre, ressemblant à s'y méprendre à des vrais, dont l'un s'était perdu pendant la fuite et avait dû être remplacé, étaient positionnés de biais par rapport aux yeux gris clair de Mère, et c'est pourquoi un regard double fixait en permanence le banc des accusés ou la tribune des juges.

J'ai toujours été gêné de la voir costumée d'une façon aussi passée de mode, d'autant que le renard ne sentait pas le parfum préféré de Mère, « Tosca », mais avec insistance et en toute saison les boules antimites ; elle avait l'air entre-temps passablement galeuse, cette sale bête. Mais dès que, le deuxième jour du procès, Mère fut citée comme témoin de la défense et apparut à la barre, je fus moi-même impressionné : elle portait au-dessous de sa coiffure blanche la fourrure colorée comme une diva anorexique et introduisit ses premières réponses, bien qu'elle ne fût pas soumise au serment, par la formule « Je jure... », après quoi elle déclara tout ce qu'elle avait à déclarer, apparemment sans peine, en haut allemand tout ce qu'il y avait d'officiel, encore qu'un peu guindé.

Au contraire de Gabi et de moi, qui fîmes usage de notre droit et nous refusâmes à toute déclaration, Mère fut d'une grande ardeur dépositrice. Devant la cour assemblée, c'est-à-dire devant trois juges et leurs assesseurs, ainsi que les deux jurés pour mineurs, elle parlait comme touchée par les flammes de l'Esprit saint. On l'écouta quand elle fit la leçon au procureur pour les enfants : en fait, c'était à elle aussi qu'avait été douloureusement infligé cet acte épouvantable. Depuis, elle en avait le cœur déchiré. Une épée de feu l'avait coupée en deux. Elle avait été assommée par un poing gigantesque.

Demmlerplatz, où, au tribunal du land, le procès avait lieu devant la Grande Chambre pour les mineurs, Mère se donna comme moralement brisée. Après avoir maudit le destin, elle distribua des petites et des grandes portions, dénonça la culpabilité des parents incapables d'amour et fit l'éloge de son petit-fils induit en erreur par des puissances mauvaises et ce truc diabolique, « l'ordimachin », un garçon toujours travailleur et poli, plus propre que propre, prêt à aider en permanence et d'une extrême ponctualité, pas seulement pour ce qui était d'arriver à l'heure au repas du soir. Elle assura : depuis que son petit-fils Konrad était chez elle comme chez lui – elle avait cette joie depuis ses quinze ans –, elle aussi avait pris l'habitude de régler ses journées à la minute près. Oui, elle l'avouait : l'ordimachin et tout ce qui s'ensuivait, c'était malheureusement elle qui le lui avait offert. Non que ce garçon ait été gâté par sa grand-maman, bien au contraire. Comme il se montrait extraordinairement peu exigeant, elle avait volontiers accédé à son désir d'avoir ce « truc moderne ». « Parce qu'il ne demandait jamais rien ! » s'écria-t-elle, et elle se souvint : « Mon petit Konrad pouvait passer des heures à s'amuser avec le machin. »

Une fois qu'elle eut maudit ce truc à la modernité séductrice, elle fut à son sujet. Le bateau dont personne jusque-là n'avait rien voulu savoir avait fait l'objet de la part de son petit-fils de questions inlassables. Mais « Konradchen » ne s'intéressait pas seulement au naufrage « du paquebot KdF plein de femmes et de petits enfants » en n'interrogeant que là-dessus sa grand-mère survivante, non, il s'était montré prêt, et elle y était un peu pour quelque chose, à propager partout ses énormes connaissances, « tout le saint-frusquin », jusqu'en Australie et en Alaska, à l'aide de l'ordinateur qu'elle lui avait offert. « Ce n'est tout de même pas interdit, monsieur le juge, si ? » s'écria Mère tout en remettant la tête du renard en position centrale.

C'est plutôt en passant qu'elle en vint ensuite à parler de la victime du meurtre. Que son « Konradchen », de cette façon-là – « avec son ordimachin, quoi » –, se soit lié d'amitié avec un autre garçon, sans le connaître personnellement, même s'ils n'étaient souvent pas du même avis, elle s'en était réjouie, parce que son cher petit-fils passait toujours, normalement, pour un solitaire. Bon, il était comme ça. Même sa relation avec sa petite amie de Ratzeburg – « elle aide chez un dentiste » – devait être considérée comme plutôt lâche – « là, il ne s'est rien passé côté sexe et tout cela », elle le savait parfaitement.

Toutes ces choses et d'autres encore, Mère, en tant que témoin de la défense, les a dites en haut allemand assez correct, et même ostentatoirement choisi. La « manière sensible d'aborder les questions de conscience » chez Konrad, son « amour inflexible de la vérité » et son « indomptable fierté de l'Allemagne » furent vantés devant le tribunal. Mais quand l'avocat général pour les mineurs, à peine avait-elle assuré qu'elle ne voyait pas d'inconvénient à ce que l'ami informatique de Konrad fût un jeune Juif, lui affirma qu'on savait depuis longtemps et qu'on avait consigné dans le dossier que les parents de la victime n'étaient nullement d'origine juive, mais que le père Stremplin avait été élevé dans un presbytère wurtembergeois et que sa femme était issue d'une famille de paysans installée au pays de Bade depuis des générations, Mère fut prise d'une agitation visible. Elle tripota son renard, eut quelques secondes durant son regard yapersonnalamaison, puis laissa là ses efforts haut allemands pour s'écrier : « Ah c't'arnaque ! Mon Konradchen, y pouvait pas l'savoir que ce David c'était un faux Juif ! Un qui s'la jouait, à lui et aux autres, et pis qui s'comportait sans arrêt comme un vrai Juif et qui parlait tout l'temps de notre honte à nous... »

Quand elle eut traité la victime de « sale menteur » et de « faux cul », la parole lui fut retirée par le président. Naturellement, Konny, qui jusque-là avait suivi avec un fin sourire ses affirmations renardières, ne fut nullement effrayé, peut-être même fut-il déçu lorsque l'avocat général pour les mineurs présenta au bénéfice de Wolfgang Stremplin, qui online se faisait appeler David, une « preuve d'origines aryennes » et usa d'ironie. Une tranquille certitude présida à son commentaire de ce qu'il savait déjà : « Cela ne change rien aux faits. J'étais le seul à pouvoir décider si la personne qui m'était connue sous le nom de David parlait et agissait en tant que Juif. » Quand le président lui demanda s'il avait jamais rencontré, soit à Mölln, soit à Schwerin, un véritable Juif, il répondit par un non clair et net, mais il ajouta : « Cela n'a pas été pertinent pour ma décision. J'ai tiré par principe. »

Puis il fut question du pistolet que mon fils, après son acte, avait jeté de toute la hauteur de la berge dans le lac de Schwerin, et pour lequel Mère se contenta de dire brièvement : « Comment aurais-je pu trouver cette chose-là, monsieur l'avocat général ? Mon Konradchen faisait toujours sa chambre lui-même. Il y attachait beaucoup d'importance. »

Interrogé sur l'arme du crime, mon fils déclara que le flingue – du reste un Tokarev 7 mm des stocks de l'armée soviétique – était en sa possession depuis déjà un an et demi. C'était obligatoire parce qu'il avait été menacé par des jeunes d'extrême droite des environs mecklembourgeois. Non, il ne voulait pas donner et ne donnerait pas de noms. « Je ne trahis pas des anciens camarades ! » La raison de ces menaces avait été une conférence qu'il avait prononcée à cette époque, à l'invitation d'une Fraternité aux idées nationales. Son sujet, « Le destin du navire KdF *Wilhelm Gustloff*, de sa mise sur cale à son naufrage », avait sans doute été pour quelques auditeurs – « parmi eux des pochtrons adonnés à une extrême consommation de bière » – trop ambitieux. C'était sans doute au premier chef son jugement objectif sur les performances militaires du commandant de sous-marin soviétique, lequel avait torpillé le navire depuis une position pleine de risques pour lui, qui avait mis les crânes rasés en fureur. Par la suite, il avait été traité de « russophile » par quelques-unes de ces brutes, menacé à plusieurs reprises en pleine rue et aussi réellement agressé. « A partir de là, il était clair pour moi qu'on ne peut pas s'opposer sans armes à ces nazis vulgaires. Avec ceux-là, les arguments ne servent à rien. »

La conférence susmentionnée, prononcée un week-end du début de quatre-vingt-seize dans une auberge de Schwerin, lieu de rencontre de ladite Fraternité, et deux autres exposés, qui n'avaient pas eu le droit d'être prononcés mais dont le tribunal avait le texte écrit à sa disposition, jouèrent dans la suite des débats un rôle particulier.

S'agissant du premier exposé, ce fut un échec pour nous deux. Gabi et moi aurions dû savoir ce qui s'était passé à Mölln. Nous avons joué les aveugles. Elle, en tant que pédagogue, même si c'était dans une autre école, elle a sans aucun doute entendu parler des raisons qui ont fait que l'on a refusé à son fils de faire un exposé sur un thème brûlant « pour tendances déviantes » ; mais je l'avoue, j'aurais dû moi aussi manifester plus d'intérêt pour mon fils.

Il aurait été possible, par exemple, de situer mes visites à Mölln, malheureusement irrégulières pour des raisons professionnelles, de façon que j'aie pu poser des questions lors des réunions de parents d'élèves, même si l'on avait dû en arriver à un conflit avec l'un de ces pions bornés. J'aurais pu lancer : « Pourquoi cette interdiction ? Que faites-vous de la tolérance ? », ou autres choses du même acabit. Peut-être l'exposé de Konny, qui portait en sous-titre « Les aspects positifs de la communauté national-socialiste », aurait-il mis un peu de couleur dans l'ennuyeux cours de sociologie. Mais je n'ai assisté à aucune réunion des parents d'élèves, et Gabi pensait ne pas avoir le droit d'aggraver par ses objections maternelles la situation déjà difficile de ses collègues professeurs, d'autant plus qu'elle-même s'était prononcée « strictement contre toute lénification de la pseudo-idéologie brune » et a toujours défendu vis-à-vis de son fils des positions de gauche, parfois avec trop d'impatience, comme elle a été forcée de le concéder.

Rien ne nous vaut acquittement. On ne peut pas tout mettre sur le dos de Mère ou de la morale des rabâcheurs. Et au cours du procès, mon ex et moi – elle plutôt à reculons et en renvoyant constamment aux limites de la pédagogie –, nous avons dû nous avouer notre échec. Ah, si j'avais pu, moi qui n'ai pas de père, ne le devenir jamais !

Du reste, ce sont les mêmes reproches que se sont faits les parents de David, dont le prénom était en réalité Wolfgang et dont les gesticulations philosémites, manifestement, avaient été une provocation pour notre Konny. M. Stremplin, en tout cas, lorsque Gabi et moi, pendant une suspension de séance, eûmes avec le couple, qui était venu, une conversation d'abord un peu inhibée, puis assez ouverte, me dit que c'était sans doute son activité purement scientifique dans un centre de recherches nucléaires, et certainement aussi son jugement trop distancié des processus historiques qui avaient conduit à l'étrangéité, mieux encore, à l'absence de parole qui s'était introduite entre lui et son fils. Tout particulièrement, la façon relativement froide dont il regardait la période du régime national-socialiste s'était heurtée à l'incompréhension. « Enfin bon, le résultat d'une distance croissante. »

Et Mme Stremplin estimait que Wolfgang avait toujours été un original. Il n'y avait guère que le ping-pong pour lui faire chercher un contact avec des jeunes de son âge. Elle n'avait jamais entendu parler de relations un peu étroites avec une petite amie. Mais c'était très tôt, dès sa quatorzième année, que son fils s'était affublé du prénom de David et, à cause des crimes de guerre et des massacres en masse qui n'étaient, Dieu savait, que trop bien connus, s'était tant et si bien enfoncé dans l'idée d'expiation que tout ce qui était juif avait fini par devenir pour lui une chose quelque part sacrée. L'année dernière, il avait précisément choisi Noël pour demander un chandelier à sept branches. Et c'était quelque part un peu bizarre de le voir dans sa chambre devant ce qui était tout pour lui, son ordinateur, avec une calotte comme en portent les Juifs pieux. « A plusieurs reprises il m'a demandé de ne plus faire que de la cuisine cachère ! » En tout cas, c'était comme cela qu'elle s'expliquait pourquoi son Wolfgang se faisait passer dans ses jeux virtuels pour un David de confession mosaïque. Ses exhortations – il fallait tout de même en finir un jour, de ces éternelles accusations – n'avaient compté pour rien. « Ces derniers temps, notre gamin était inaccessible. » C'est pourquoi elle ne savait pas non plus comment son fils était tombé sur cet affreux permanent du Parti et son meurtrier, un étudiant en médecine du nom de Frankfurter. « Est-ce que par hasard nous avons arrêté trop tôt d'exercer sur lui notre influence éducatrice ? »

Mme Stremplin parlait par bouffées. Son mari avait des hochements de tête approbateurs. Wolfgang vénérait ce David Frankfurter. Ses discours continuels sur David-et-Goliath étaient certes niais, mais il les prenait manifestement au sérieux. Ses petits frères, Jobst et Tobias, le taquinaient pour ce culte excessif. Il y avait même dans un cadre, sur le bureau de Wolfgang, une photo du jeune homme que ce David était encore au moment du meurtre de Davos. Et puis tous ces livres, ces coupures de journaux, ces textes imprimés à partir de l'ordinateur. Tout cela avait sans doute quelque chose à voir avec ce Gustloff et le bateau auquel on avait donné son nom. « Quelque part effrayant, dit Mme Stremplin, ce qui s'est passé à l'époque lors du naufrage. Tous ces enfants. On n'en savait absolument rien. Même mon mari, dont le hobby est la recherche sur l'histoire la plus récente de l'Allemagne. Lui aussi a eu, hélas ! un savoir trop limité pour ce qui est de l'affaire *Gustloff*, jusqu'à ce que finalement... »

Elle pleura. Gabi pleura de même, et dans sa détresse, elle posa une main sur l'épaule de Mme Stremplin. Moi aussi, j'aurais pu éclater en sanglots, mais les pères se contentèrent d'un regard chargé de signaler une compréhension réciproque. Nous avons encore rencontré plusieurs fois les parents de Wolfgang, même en dehors du palais de justice. Des gens libéraux, qui se faisaient plus de reproches à eux-mêmes qu'à nous. S'efforçant toujours de comprendre. Il m'a semblé que pendant les audiences, ils écoutaient attentivement les dissertations généralement trop longues de Konny comme s'ils espéraient apprendre de lui, le meurtrier de leur fils, quelque chose d'éclairant.

Les Stremplin ne m'étaient pas antipathiques. Lui, la cinquantaine, avec ses lunettes et ses cheveux gris bien soignés, était le type de celui qui relativise jusqu'aux faits les plus avérés. Elle, au milieu de la quarantaine, mais faisant plus jeune, elle avait tendance à tout trouver inexplicable quelque part. Quand la conversation en vint à Mère, elle dit : « La grand-mère de votre fils est assurément une personne remarquable, mais quelque part elle me fait un effet un peu inquiétant... »

A propos des frères cadets de Wolfgang, nous apprîmes qu'ils étaient tout à fait différents. Et pour les performances scolaires de son fils aîné, ses faiblesses en mathématiques et en physique, elle se faisait toujours du souci, comme si Wolfgang était « quelque part » vivant et allait prochainement passer son baccalauréat.

Nous étions installés dans l'un de ces cafés nouveau genre, sur des tabourets de bar autour d'une table ronde trop haute. A l'unanimité, nous avions commandé des cappuccinos. Sans pâtisserie. Parfois nous nous écartions du sujet, comme si nous pensions qu'il nous fallait avouer aux Stremplin, qui avaient à peu près le même âge que nous, les raisons de notre rapide divorce. Gabi défendit sans hésiter l'idée que les séparations devenues nécessaires étaient normales aujourd'hui et ne devaient pas être considérées comme une faute. Je restai sur ma réserve et laissai à mon ex le soin de dire tout ce qui était plus ou moins explicable, mais ensuite je changeai de sujet et dirigeai la conversation, de manière assez confuse, sur les exposés scolaires qui n'avaient pas été prononcés à Mölln et à Schwerin. Aussitôt, Gabi et moi nous disputâmes comme avant le déluge conjugal. Je prétendais que le malheur de notre fils – et ses effroyables conséquences – avait été déclenché par l'interdiction de présenter sa vision du 30 janvier trente-trois et, au-delà, de l'importance sociale de l'organisation nazie « La Force par la Joie », mais Gabi me coupa la parole : « Tout à fait compréhensible que le prof ait dû dire stop ! Finalement, cette date, c'est celle de la prise du pouvoir par Hitler et non pas celle de la naissance, par hasard le même jour, d'un personnage secondaire dont l'importance était pour notre fils un sujet sur lequel il voulait s'étendre en long et en large, surtout dans le traitement de son thème accessoire “Les monuments historiques négligés”... »

Devant la cour, les choses se passèrent ainsi : dans les dépositions de deux professeurs qui confirmaient le bon ou même le très bon travail de l'accusé, il était question des exposés qui n'avaient pas été faits à Mölln et Schwerin. Tombant d'accord – en l'occurrence au niveau interallemand –, les deux pédagogues dirent que les deux textes non autorisés étaient infectés par la pensée national-socialiste, qui s'y exprimait certes d'une manière perfidement intelligente, par exemple dans la promotion d'une « communauté du Peuple sans classes », mais aussi dans la revendication habilement amenée d'une « protection des monuments historiques dépourvue d'idéologie », visant l'élimination de la tombe de l'ancien permanent nazi Wilhelm Gustloff, que l'élève Konrad Pokriefke comptait présenter, dans le deuxième exposé non autorisé, comme « le fils grandiose de la ville de Schwerin ». On avait été obligé de faire obstacle à la propagation d'absurdités aussi dangereuses, d'autant qu'il y avait – dans les deux lycées – un nombre de plus en plus important d'élèves, garçons et filles, qui penchaient vers l'extrême droite. Le professeur est-allemand souligna pour finir la « tradition antifasciste » de son établissement ; son collègue d'Allemagne de l'Ouest n'eut pas d'autre trouvaille à présenter que la formule plutôt rebattue : « *Principiis obsta !* C'est au début qu'il ne faut pas laisser faire ! »

Dans l'ensemble, les dépositions des témoins se déroulèrent de façon objective, si l'on excepte les éruptions de Mère, de même que les déclarations de Rosi, qui se contenta de répéter en pleurant combien elle resterait fidèle dans l'avenir à son « camarade Pokriefke ». Comme les débats devant la cour pénale des mineurs ne sont pas publics, les grands discours efficaces sur l'auditoire manquaient ici de caisse de résonance. Néanmoins le président, qui se permettait parfois, comme pour égayer l'arrière-plan mortellement grave du procès, de petites plaisanteries, donna à mon fils la possibilité d'éclairer le mobile de son acte, ce que Konny fit abondamment et avec grand-faim de se livrer à un exposé sans entraves.

Il commença naturellement à Adam et Ève, c'est-à-dire à la naissance du futur *Landesgruppenleiter* du NSDAP. Soulignant ses performances d'organisateur en Suisse et la guérison de sa maladie pulmonaire comme une victoire « de la force sur la faiblesse », il réussit à se fabriquer un héros copié sur la nature. Ainsi trouva-t-il l'occasion de célébrer le « fils grandiose de la capitale de notre land, Schwerin ». Si le public avait été autorisé, on aurait pu entendre au dernier rang des murmures approbateurs.

Lorsque, dans son exposé – Konrad ne tarda pas à abandonner notes et matériau de citation –, il en vint à la préparation et à l'exécution du meurtre de Davos, il insista sur l'acquisition légale de l'arme et le nombre des coups tirés : « Comme moi, David Frankfurter a fait mouche quatre fois. » De même, la déclaration de ce dernier devant le tribunal du canton selon laquelle il avait tiré parce qu'il était juif fut mise en parallèle, mais ensuite élargie : « J'ai tiré parce que je suis allemand – et parce que à travers David parlait le Juif éternel. »

Il ne s'arrêta pas longtemps au procès devant le tribunal cantonal de Coire, mais dit tout de même qu'il ne voyait à cet acte – au contraire du professeur Grimm et de l'Orateur du Parti Diewerge – aucun instigateur juif. Pour être fair-play, on était obligé de dire que comme lui-même, Frankfurter avait tiré « tout à fait par nécessité intérieure ».

Après quoi Konrad fit défiler de manière assez évocatrice les funérailles nationales célébrées à Schwerin et donna même des renseignements sur le temps, « légère chute de neige », et en décrivant le cortège funèbre, il n'oublia pas le moindre nom de rue. Puis, après une digression sur « Sens, mission et résultats de la communauté national-socialiste "La Force par la Joie" », fatigante même pour ce juge patient, il en arriva à la mise en chantier du navire.

Cette partie de son discours devant le tribunal procurait manifestement du plaisir à mon fils. Parlant avec les mains, il donna la longueur, la largeur et le tirant d'eau du bâtiment. Et avec le lancement et le baptême par, dit-il, « la veuve du Martyr », il trouva l'occasion de s'écrier d'un ton accusateur : « Ici même, à Schwerin, Mme Hedwig Gustloff, dès la chute du Reich grand-allemand, a été illégalement expropriée et plus tard chassée de la ville ! »

Puis il passa à la vie intérieure du navire baptisé. Il donna des informations sur les salles des fêtes et les salles à manger, le nombre des cabines, la piscine dans le pont E. Pour finir, il dit en résumant : « Le paquebot *Wilhelm Gustloff*, qui naviguait sans classes, était et reste la vivante expression du socialisme national, exemplaire aujourd'hui encore et dont les effets dureront vraiment dans l'éternité ! »

J'avais le sentiment qu'après le dernier point d'exclamation, mon fils attendait les applaudissements d'un public imaginaire ; mais en même temps, il a sans doute aperçu le regard du juge, préoccupé de rigueur, qui rappelait maintenant à la brièveté. Relativement vite, comme aurait pu dire M. Stremplin, il en vint à la dernière traversée et au torpillage du bateau. Il donna, « grossièrement estimé », le chiffre effroyablement haut des noyés et morts de froid dans ce naufrage, et il le mit en relation avec le nombre de morts bien plus modeste lors de la submersion d'autres navires. Puis il cita le chiffre des rescapés, rendit hommage aux capitaines, me passa sous silence, moi son père, mais mentionna sa grand-mère : « Dans cette salle est présente une septuagénaire, Mme Ursula Pokriefke, au nom de laquelle je suis ici pour porter témoignage », sur quoi Mère se leva et, cheveux blancs sur la tête et renard autour du cou, fit grande figure. Elle aussi entrait en scène comme devant un vaste public.

Comme pour mettre fin aux applaudissements qu'il était le seul à entendre, il souligna son objectivité, rendit justice à la « précision méritoire » de l'ancien commissaire adjoint Heinz Schön et déplora la destruction, qui s'étendit aux années de l'après-guerre, de l'épave du *Gustloff* par des chercheurs de trésors en plongée : « Mais par bonheur, ces barbares n'ont trouvé ni l'or de la banque du Reich, ni le légendaire cabinet d'ambre... »

A cet endroit, je crus percevoir chez le juge un peu trop patient un hochement de tête approbateur ; mais déjà le discours de mon fils se poursuivait comme de lui-même. Il parlait à présent du commandant du sous-marin soviétique *S 13*. Après une longue détention en Sibérie, Alexander Marinesko avait été enfin réhabilité. « Il n'a malheureusement pu se réjouir que peu de temps de cet hommage tardif. Peu après, il mourut d'un cancer... »

Pas un mot accusateur. On n'entendit rien – à la différence, auparavant, d'Internet – sur les « sous-hommes russes ». Bien au contraire, mon fils surprit le juge et les jurés pour mineurs, sans doute aussi l'avocat général, en demandant pardon à la victime du meurtre, Wolfgang Stremplin. Trop, trop longtemps il avait présenté sur son site le torpillage du *Wilhelm Gustloff* exclusivement comme un meurtre perpétré sur des femmes et des enfants. Mais grâce à David, il en était venu à la conviction que le commandant du *S 13* avait considéré à bon droit ce navire qui était pour lui sans nom comme une cible militaire. « S'il faut parler ici de faute, s'écria-t-il, c'est le commandement suprême de la Marine, c'est le grand amiral qui doit être accusé. Il a permis qu'en dehors des réfugiés soit embarquée une masse de personnel militaire. Le criminel s'appelle Dönitz ! »

Konrad fit une pause, comme s'il attendait du tumulte dans la salle, des interpellations. Mais peut-être cherchait-il seulement quelques mots pour conclure. Enfin il dit : « Je revendique mon acte. Mais je prie la cour de considérer l'exécution que j'ai accomplie comme quelque chose qui n'est compréhensible que dans un contexte plus grand. Je sais : Wolfgang Stremplin allait passer le baccalauréat. Je ne pouvais malheureusement pas en tenir compte. Il s'agissait et il s'agit de quelque chose de plus grand. Schwerin, capitale du land, doit enfin honorer nommément son grand fils. J'appelle à ériger sur la rive sud du lac, là où j'ai commémoré le Martyr à ma manière, une stèle qui nous remette en mémoire, à nous et aux générations futures, ce Wilhelm Gustloff qui a été assassiné par le Juif. De même qu'il y a quelques années, à Saint-Pétersbourg, le commandant Alexander Marinesko a été honoré d'un monument en tant que héros de l'Union soviétique, il s'agit de rendre hommage à quelqu'un qui, le 4 février 1936, a donné sa vie afin que l'Allemagne pût être délivrée du joug que le Juif faisait peser sur elle. Je ne crains pas de reconnaître que du côté juif aussi, il y a des raisons, soit en Israël, où David Frankfurter est mort en quatre-vingt-deux, soit à Davos, d'honorer d'une sculpture l'étudiant en médecine qui, avec quatre coups de feu bien ciblés, a donné un signal à son peuple. Ou une simple plaque de bronze, ça serait complètement OK. »

Enfin le président se ressaisit : « Ah, ça suffit, maintenant ! » Puis silence dans la salle. Les explications de mon fils, non, sa logorrhée n'a pas été sans effet ; mais son exposé n'a pu ni adoucir ni aggraver le verdict, car le tribunal n'aura pas manqué de percevoir la folie, cohérente en soi, qui nageait dans le flot verbal déversé par Konny ; des fantasmes qui ont été analysés de manière plus ou moins convaincante par les expertises.

Je n'accorde en fait pas beaucoup de crédit à ces écrivasseries qui veulent se faire passer pour scientifiques. Mais il est possible que l'un des experts, un psychologue spécialiste des familles ravagées, n'ait pas été tout à fait à côté de la plaque quand il a attribué « l'acte solitaire d'un désespéré », selon son expression, à la jeunesse sans père de l'accusé et, en tant que source, tiré par les cheveux ma propre origine et mon développement sans père. Les deux autres expertises se promenaient le long des mêmes sentiers battus. Jeux de piste dans l'enclos familial. En fin de compte, c'était toujours le père qui était coupable. C'est pourtant Gabi qui, ayant seule le droit de garde et la responsabilité de son éducation, n'a pas empêché son fils de déménager de Mölln à Schwerin, où il est définitivement tombé dans les griffes de Mère.

Elle, elle seule est coupable. La sorcière au renard autour du cou. Depuis toujours un feu follet, comme le sait quelqu'un qui la connaît d'autrefois et qui a eu à coup sûr des relations avec elle. Car dès qu'il parle de Tulla... Il délire... Il tombe dans le mystique... Je ne sais quel esprit de l'eau cachoube ou koschnève, Thula, Duller ou Tul, lui aurait servi de parrain...

Tenant penchée sa petite tête, de sorte que son regard gris comme la pierre tombait d'accord avec les yeux de verre du renard, Mère fixait les experts discoureurs. Elle était là assise et écoutait, impassible, tandis que le leitmotiv de mon échec paternel assaisonnait tous ces froissements de papier et faisait une musique agréable à ses oreilles. Dans les expertises, elle n'apparaissait qu'à la marge. On y disait : « La sollicitude grand-maternelle, en soi bienveillante, n'a pas pu remplacer pour le jeune homme en péril son père et sa mère. On peut tout au plus supposer que le destin lourd à porter de la grand-mère, sa survie de femme enceinte ainsi que l'accouchement face au navire qui coulait ont eu sur son petit-fils Konrad Pokriefke un effet d'une part marquant, de l'autre perturbateur en raison d'une revivis-cence violemment fantasmée... »

Le défenseur tenta d'approfondir la brèche ouverte par les experts. C'était un homme de mon âge, faisant son possible, qui avait été appelé par mon ex, mais qui n'était pas parvenu à gagner la confiance de Konny. Chaque fois qu'il parlait d'« acte irréfléchi, non prémédité » et essayait d'adoucir le meurtre en simple homicide, mon fils réduisait à néant tous les efforts de son avocat en passant des aveux volontaires : « J'ai pris mon temps et j'étais parfaitement calme. Non, la haine n'a joué aucun rôle. Mes pensées étaient de nature parfaitement objective. Après la première balle dans le ventre, malheureusement placée trop bas, j'ai tiré les trois autres coups en ciblant. Malheureusement avec un pistolet. J'aurais aimé avoir à ma disposition, comme Frankfurter, un revolver. »

Konny se présentait comme responsable. Trop vite monté en graine, il était devant le tribunal, avec ses lunettes et ses boucles, son propre accusateur. Il faisait plus jeune que ses dix-sept ans, mais il parlait avec une assurance de monsieur-je-sais-tout, comme s'il avait accumulé en stage rapide une expérience de la vie. Il refusa par exemple d'accepter la coresponsabilité de ses parents. Avec un sourire indulgent, il dit : « Ma mère est complètement OK, même si elle me tapait souvent sur les nerfs avec ses discours continuels sur Auschwitz. Et mon père, le tribunal devrait se dépêcher de l'oublier, comme je le fais depuis des années, l'oublier, un point c'est tout. »

Mon fils me haïssait-il ? Konny était-il capable de haïr ? Il a souvent nié toute haine pour les Juifs. J'aurais tendance à parler chez Konrad de haine chosifiée. Haine à petit feu. Feu continu. Une haine sans passion, qui se démultiplie en hermaphrodite.

Ou bien serait-il possible que l'avocat n'ait pas eu tort du tout lorsqu'il a interprété la fixation sur Wilhelm Gustloff, provoquée par Mère, comme la recherche d'un substitut de père ? Il fit remarquer que le couple Gustloff était resté sans enfants. La quête de Konrad Pokriefke avait donc trouvé là une lacune à combler virtuellement. En fin de compte, les nouvelles technologies, et notamment Internet, permettaient chez les jeunes cette fuite loin de la solitude.

Cette hypothèse pourrait être corroborée par le fait que Konny, dès que le juge lui donna la parole sur ce point des débats, parla avec enthousiasme, mieux, avec chaleur du « témoin par le sang ». Il dit : « Dès lors que mes recherches ont montré que l'engagement social de Wilhelm Gustloff était plus influencé par Gregor Strasser que par le Führer, c'est en lui seul que j'ai vu mon modèle, ce qui s'est exprimé clairement et à maintes reprises sur mon site. C'est au témoin par le sang que je dois ma colonne vertébrale intérieure. Le venger était pour moi un devoir sacré. »

Quand l'avocat général pour les mineurs lui demanda alors avec une certaine insistance les raisons de son mépris pour les Juifs, il dit : « Vous vous trompez complètement ! Dans le principe, je n'ai rien contre les Juifs. Mais j'ai comme Wilhelm Gustloff la conviction que le Juif est un corps étranger au milieu des peuples aryens. Qu'ils aillent tous en Israël, c'est leur place. Ici ils ne sont pas supportables, là-bas on en a un besoin urgent dans le combat contre un environnement hostile. David Frankfurter avait totalement raison en décidant d'aller en Palestine dès qu'il a été libéré. Complètement OK, qu'il ait ensuite trouvé du travail, en Israël, au ministère de la Défense. »

Dans le déroulement du procès, on aurait pu avoir l'impression que de tous ceux qui prenaient la parole, mon fils était le seul à s'exprimer en clair. Il allait rapidement au fait, avait tout à l'œil, savait ce qu'il en était de son affaire, tandis que l'accusation et la défense, les experts trinitaires et le juge avec ses assesseurs et jurés erraient désespérément en quête d'un mobile et allaient chercher Dieu et Freud comme poteaux indicateurs. Ils faisaient en permanence tous les efforts possibles pour transformer « ce pauvre garçon », comme disait le défenseur, en victime des conditions sociales, d'un échec conjugal, d'une pédagogie à l'orientation partiale et d'un monde sans Dieu, et même finalement, audace devant laquelle mon ex ne recula pas, pour déclarer coupables « les gènes de la grand-mère transmis à Konrad par l'intermédiaire du fils ».

De la victime à proprement parler, le presque bachelier Wolfgang Stremplin, qui se hissait online au statut de Juif sous le nom de David, il ne fut, devant le tribunal, quasiment pas question. On le mettait pudiquement entre parenthèses, il n'apparaissait que comme cible. Ainsi le défenseur crut-il pouvoir lui fourrer sur le dos la simulation provocatrice de faits controuvés. Certes, le verdict « il l'a bien cherché » ne fut pas exprimé, mais il se lovait dans des incidentes du type de celle-ci : « La victime s'est littéralement offerte. » Ou encore : « Il était plus qu'imprudent de transporter le débat virtuel dans la réalité. »

En tout cas, le meurtrier eut droit à de larges rasades de compassion. C'est sans doute pour cela que les époux Stremplin reprirent la route avant la proclamation du jugement. Ils ne le firent pas sans nous avoir assurés, Gabi et moi, dans un café en face du palais de justice, qu'une punition trop sévère à l'encontre de notre fils ne pouvait pas aller dans leur sens, et certainement pas dans celui de Wolfgang. « Nous nous sentons exempts de quelque appétit de vengeance que ce soit », dit Mme Stremplin.

Si j'avais été présent à titre purement professionnel, c'est-à-dire comme journaliste, j'aurais critiqué le verdict, adouci en homicide, comme une « peine trop légère », sinon même un « scandale judiciaire » ; mais dans ces circonstances-là, me trouvant au-delà de mon devoir de journaliste et totalement concentré sur mon fils, qui prit sans broncher les sept ans de réclusion pour mineurs, je fus épouvanté. Des années perdues ! Il aura vingt-quatre ans, s'il doit purger la totalité de sa peine. La fréquentation quotidienne de criminels et d'extrémistes de droite véritables l'aura endurci, il vivra certes ensuite en liberté, mais il récidivera probablement et il retournera en prison. Non ! Ce verdict n'est pas acceptable.

Mais Konny se refusa à mettre à profit la possibilité, soulevée par l'avocat, de se battre pour obtenir une révision du jugement par une réouverture du procès. Je ne peux que reproduire ce qu'il aurait dit à Gabi : « Difficile à comprendre, que je n'en aie pris que pour sept ans. Le Juif Frankfurter, à l'époque, ils l'ont bouclé pour dix-huit ans, il est vrai qu'il n'en a fait que neuf et demi... »

Moi, il n'a pas voulu me voir avant d'être emmené. Et dans la salle du tribunal même, ce n'est pas sa mère qu'il a embrassée, mais sa grand-mère, qui, malgré ses chaussures à hauts talons, lui arrivait tout juste à la poitrine. Quand il dut partir, il se retourna une dernière fois : pas impossible qu'il ait cherché les parents de David ou Wolfgang, et qu'ils lui aient manqué.

Quand, peu après, nous nous sommes retrouvés là debout sur la place Demmler devant le palais de justice et que j'ai pu enfin me planter une cigarette dans le museau, nous eûmes une Mère en fureur. En même temps que le renard, avec la fourrure et le collier des occasions officielles, elle s'était débarrassée de son haut allemand guindé : « J't'en foutrai d'une justice ! » En rage, elle m'arracha la cigarette du coin des lèvres, la piétina en lieu et place de quelque chose qu'il était impossible de réduire à néant, commença par crier, puis s'échauffa en discourant : « Une saloperie, c'est ! Y a pus d'justice. C'est pas l'gamin, c'est moi qu'y z'auraient dû foutre en taule. Ben quoi, c'est moi qui lui ai offert d'abord l'ordimachin et pis le pétard aux avant-dernières Pâques, pass' qu'y z'ont menacé personnellement mon Konradchen, les boules à zéro. Une fois il est r'venu à la maison complètement en sang. Mais il a pas pleuré, pas un poil. Mais non ! Il était déjà dans ma commode à moi. J'l'ai acheté au marché russe juste après les événements. Pas cher du tout. Mais au tribunal personne m'a demandé d'où qu'y v'nait c'machin-là... »

# 9

Un panneau d'interdiction qui était là depuis le début. Il m'a strictement défendu de spéculer sur les pensées de Konny, de mettre en scène comme le jeu d'un fonctionnement intellectuel ce qu'il a pu penser, voire de mettre sur le papier ce qui pourrait, dans la tête de mon fils, se transformer en mots et devenir citation.

Il dit : « Personne ne sait ce qu'il pensait et qu'il continue à penser. Chaque front est étanche, pas seulement le sien. Zone interdite. No man's land pour chasseurs de mots. Absurde, d'ouvrir la boîte crânienne. Au surplus, personne n'exprime ce qu'il pense. Et celui qui essaie ment dès la première demi-phrase. Les phrases qui commencent par : Il pensa à cet instant... ou : Dans ses pensées, cela donnait... n'ont jamais été que des béquilles. Rien ne ferme mieux qu'une tête. Même la torture au troisième degré ne procure pas d'aveux complets. Et même à la seconde de la mort, on peut tricher avec les pensées. C'est pourquoi nous ne pouvons pas non plus savoir ce qu'a pensé Wolfgang Stremplin quand a germé en lui la décision de jouer un rôle sur Internet en tant que David le Juif, ni ce qui s'est passé mot à mot dans sa tête quand, devant l'auberge de jeunesse Kurt-Bürger, il a vu son frère ennemi, qui en ligne s'appelait Wilhelm, sortir maintenant, en tant que Konrad Pokriefke, le pistolet de la poche droite de sa parka et, après le premier coup de feu, le coup au ventre, toucher de trois balles supplémentaires sa tête et les pensées qui y étaient enfermées. Nous ne voyons que ce que nous voyons. La surface ne dit pas tout, mais elle en dit assez. Pas de pensées donc, même pensées après coup. Comme cela, en économisant les mots, nous arriverons plus vite à la conclusion. »

Heureusement qu'il ne soupçonne pas quelles pensées, tout à fait contre ma volonté, se faufilent depuis les circonvolutions gauches et droites, font épouvantablement sens, livrent des secrets anxieusement gardés, me mettent à nu, si bien que je suis terrifié et que j'essaie bien vite de penser autre chose. Je pensais par exemple à un cadeau pour Neustrelitz, à quelque chose que j'essayais d'imaginer pour mon fils, une petite attention, adaptée au premier jour de visite.

Comme j'avais reçu par l'argus de la presse tous les comptes rendus journalistiques qui commentaient le procès, j'avais une photo de Wolfgang Stremplin publiée dans le *Badische Zeitung*. Il y avait l'air gentil, mais sans rien de particulier. Un candidat au bac peut-être, assurément quelqu'un qui avait l'âge du service militaire. Sa bouche souriait, et il avait l'air un peu triste autour des yeux. Ses cheveux blond foncé étaient sans raie, légèrement ondulés. Un jeune homme qui, depuis le col ouvert de sa chemise, penchait la tête vers la gauche. Peut-être un idéaliste, qui pensait je ne sais quoi.

Du reste, les commentaires sur le procès de mon fils, s'agissant de la quantité, étaient d'une médiocrité décevante. A l'époque des débats, il y avait eu dans les deux parties de l'Allemagne désormais unifiée une série de crimes d'extrême droite, dont une tentative d'homicide sur un Hongrois à Potsdam, à l'aide de battes de baseball, et le tabassage d'un retraité de Bochum avec suites mortelles. Sans cesse et partout, des skins frappaient. La violence à mobiles politiques était devenue quotidienne, de même que les appels contre la droite ; de même encore que les regrets des hommes politiques, qui fournissaient aux auteurs de violences, dans des phrases incidentes, un explosif tout prêt. Mais il est possible aussi que les faits indéniables montrant que Wolfgang Stremplin n'était pas juif aient diminué l'intérêt pour le procès en cours, car au début, juste après le crime, il y a eu dans toute la République fédérale des manchettes en gras : « Un concitoyen juif abattu », « Lâche assassinat judéophobe ». Similaire, la légende – « La victime du dernier attentat antisémite » – que j'ai découpée au-dessous de la photo.

Et c'est ainsi que lors de ma première visite à la prison pour mineurs – un bâtiment plutôt en ruine qui réclamait la démolition – j'apportais dans ma poche de poitrine la photo de presse de Wolfgang Stremplin. Konny alla jusqu'à dire merci quand je poussai devant lui le cliché qui n'avait été plié qu'une fois. Il le lissa, sourit. Notre conversation se traînait, mais enfin il m'adressait la parole. Dans le parloir, nous étions assis face à face ; à d'autres tables, des jeunes délinquants recevaient eux aussi de la visite.

Puisqu'il m'a été interdit de lire sur son front les pensées de mon fils, il n'y a qu'une chose à dire : confronté à son père, il se montra fermé, mais pas hostile. Je fus même gratifié d'une question sur mon travail de journaliste. Quand je lui parlai d'un reportage sur la brebis miraculeuse clonée en Écosse, Dolly, et son inventeur, je le vis sourire. « Ça va intéresser Maman, à coup sûr. Elle a un faible pour les gènes, surtout les miens. »

Puis j'entendis parler de la possibilité de jouer au ping-pong dans l'espace de loisirs de l'établissement, et j'appris qu'il partageait une cellule avec trois autres jeunes, « des mecs tordus, mais inoffensifs ». Il avait, paraissait-il, son propre coin avec sa table et son étagère à livres. Et puis on pouvait s'inscrire à l'enseignement à distance. « Enfin quelque chose de nouveau ! s'écria-t-il. Je vais passer mon bac derrière les murs d'une prison, une épreuve avec rab de temps, si l'on peut dire. » Que Konny essayât d'avoir de l'esprit ne me plaisait que modérément.

Quand je partis, je fus relayé par son amie Rosi, qui avait déjà l'air en larmes en arrivant tout en noir, comme pour un deuil. Des allées et venues incessantes marquaient le jour de visite : mères en sanglots, pères embarrassés. Le fonctionnaire de surveillance, qui contrôlait les cadeaux plutôt négligemment, laissa passer la photo de Wolfgang en David. Avant moi, Mère est à coup sûr allée le voir, peut-être avec Gabi ; ou bien les deux femmes ont-elles rendu visite à Konny l'une peu après l'autre ?

Le temps passa. Je ne nourrissais plus Dolly, la brebis miracle, de papier de bois, j'étais sur les talons d'autres sensationnels. Et, au passage, l'une de mes histoires de femmes à la vie courte – cette fois, c'était une photographe qui s'était spécialisée dans la formation des nuages – connut une fin plutôt insonorisée. Puis il y eut un autre jour de visite sur l'agenda.

A peine étions-nous assis face à face, mon fils me raconta qu'à l'atelier de la prison, il avait mis quelques photos sous verre et les avait accrochées au-dessous de sa bibliothèque : « Celle de David aussi, c'est clair. » Et deux autres photos avaient été encadrées qui faisaient partie du matériau de son site web, et que Mère lui avait sans doute apportées à sa demande. Il s'agissait de clichés qui avaient chaque fois pour sujet le capitaine de 3e classe Alexander Marinesko, mais qui, disait mon fils, ne pouvaient pas être plus différents l'un de l'autre. Il en avait pêché des copies sur Internet. Deux fans de Marinesko avaient prétendu, paraît-il, qu'ils avaient chacun la vraie. « Bouffon, comme dispute », dit Konny, et il sortit les portraits, encadrés comme des photos de famille, de dessous son indestructible pullover norvégien.

J'eus droit à une leçon d'expert : « Celle avec le visage rond à côté du périscope est exposée au musée de la Marine de Saint-Pétersbourg. Et celui-là, ici, debout sur le kiosque de son bâtiment avec son visage anguleux, ce serait lui le vrai. En tout cas il y a des preuves écrites que ce document a été offert comme un original à une pute finlandaise qui lui a rendu service à plusieurs reprises. Parce que le commandant du *S 13* était plutôt porté sur les femmes. Intéressant, ce qui reste d'un mec comme ça... »

Mon fils parla encore longtemps de sa galerie de photos, dont faisaient partie un portrait précoce et un tardif de David Frankfurter ; le tardif témoignait d'un vieil homme qui avait rechuté dans le tabagisme. Une photo manquait. J'étais déjà sur le point d'espérer un peu quand Konny, comme s'il lisait les pensées de son père, me fit comprendre que la direction de l'établissement pénitentiaire lui avait malheureusement refusé d'utiliser pour décorer sa cellule « une photo tout à fait excellente du Martyr en uniforme ».

C'est Mère qui lui a rendu les visites les plus fréquentes, en tout cas elle est venue plus souvent que moi. Gabi s'en voyait la plupart du temps empêchée par ses « histoires de syndicat » ; elle se crève en bénévole dans la section « Éducation et science ». Pour ne pas oublier Rosi : elle venait assez régulièrement, bientôt sans larmes.

Pendant l'année en cours, j'avais à faire avec les clameurs de la campagne électorale, qui éclatèrent très tôt et dans l'ensemble du pays, c'est-à-dire que comme toute la journaille, j'essayais de lire dans le marc de café des sondages permanents ; pour le contenu, ces hauts cris ne donnaient pas grand-chose. Tout au plus pouvait-on prévoir que le pasteur Hintze, avec sa « campagne des chaussettes rouges », allait engraisser le PDS, mais ne pourrait pas sauver le Gros, qui fut d'ailleurs renvoyé à ses chères études. Je voyageais beaucoup, j'interviewais des députés au Bundestag, des stars économiques de moyenne grandeur, et même quelques Républicains, car on prédisait plus de cinq pour cent à l'extrême droite. Ils étaient particulièrement actifs en Mecklembourg-Poméranie occidentale, quoique avec un succès modéré.

Je ne me rendais pas à Neustrelitz, mais j'appris de Mère, par téléphone, que « Konradchen » allait bien. Il avait même grossi de « quelques livres ». Au surplus, il avait « eu de l'avancement » comme organisateur d'un cours d'informatique pour jeunes délinquants. « Ben tu l'sais bien, dans c'te partie-là ç'a toujours été un as... »

J'imaginais donc mon fils, aux joues désormais rebondies, enseigner l'ABC à ses codétenus selon le tout dernier mode d'emploi, mais je supposais quand même que la connexion à Internet resterait interdite aux occupants de la prison pour mineurs ; sans quoi il aurait été possible à certains délinquants de trouver, sous la direction du webmaster Konrad Pokriefke, le chemin d'une fuite virtuelle : l'évasion collective dans le cyberespace.

J'appris aussi qu'une équipe de ping-pong de Neustrelitz avait joué et remporté la victoire contre une sélection de la prison pour mineurs de Plötzensee. En résumé : le fils – devant être selon un verdict judiciaire considéré comme un meurtrier et devenu entre-temps majeur – d'un journaliste surmené était occupé du matin au soir et du soir au matin. Peu après le début de l'été, il obtint son baccalauréat à distance avec la mention « Très Bien » ; j'envoyai un télégramme : « Félicitations, Konny ! »

Et puis je reçus des nouvelles de Mère : elle avait passé un peu plus d'une semaine à Gdansk, en Pologne. Revenue à Schwerin, où je lui rendis visite, elle me déclara : « Bien sûr que je m'suis aussi baladée à Dantzig, mais c'est surtout à Langfuhr qu' j'ai traîné. Tout a changé dans c'coin-là. Mais la maison de l'Elsenstrasse, elle est toujours debout. Y a même encore tous les balcons avec les caisses de fleurs... »

Elle a fait l'excursion en car. « Ça coûtait rien, pour nous ! » Un groupe d'« Expulsés de leur Patrie », femmes et hommes de l'âge de Mère ou plus, avait répondu à l'offre d'une agence de voyages qui organisait ce qu'elle appelait des « Circuits Mal du Pays ». Mère dit : « C'était bien comme tout. Ça, on peut pas l'leur enlever aux Polacks, ils ont reconstruit tant et plus, toutes les églises et tout ça. Y a que le monument du Gutenberg, que nous les enfants on appelait Kuddenpäch et qu'était dans le bois de Jäschkental juste derrière la butte aux Pois, il existe pus. Mais à Brösen, où c'que j'allais quand y f'sait beau, y a d'nouveau une vraie baignade aménagée, comme à l'époque... »

Puis son regard yapersonnalamaison. Mais le disque rayé n'a pas tardé à se remettre en route : comment c'était avant, encore plus avant, complètement avant, dans la cour de la menuiserie, ou comment on faisait un bonhomme de neige dans la forêt ou ce qui se passait pendant les vacances d'été sur la plage de la Baltique, « quand j'étais encore qu'un tout pt'it machin... ». Avec une horde de garçons, elle nageait loin jusqu'à une épave de bateau dont les superstructures dépassaient de l'eau depuis le début de la guerre. « Tout profond qu'on plongeait dans c'te caisse rouillée. Et un des gars, c'est lui qu'allait le plus profond, Jochen qu'y s'app'lait... »

J'ai oublié de demander à Mère si pendant l'excursion Mal du Pays, malgré le temps estival, elle avait dans ses bagages son maudit renard. Mais je voulais seulement savoir si Tante Jenny était de la partie, à Dantzig-Langfuhr et autres. « Pas du tout, dit Mère, elle a pas voulu v'nir. A cause de ses jambes et puis de toute façon. Ça lui f'rait trop mal, qu'elle a dit. Mais le ch'min que j'faisais pour aller à l'école avec ma copine, j'l'ai monté et descendu quantité d'fois. Ça avait l'air beaucoup plus court, c'coup-ci... »

Mère a dû, dès son retour, servir toutes chaudes à mon fils encore plus d'impressions de voyage, tous les détails de l'aveu qu'elle m'avait chuchoté à moi aussi : « A Gotenhafen aussi chuis allée, toute seule. A peu près là où qu'y nous ont embarqués. J'me suis tout imaginé en pensée, aussi tous les mioches avec la tête en bas dans l'eau glacée. J'avais envie d'pleurer, mais j'ai pas pu... » A nouveau son regard yapersonnalamaison. Et puis il ne fut plus question que du « Kadéeff » : « On a beau dire, c'tait quand même un beau bateau... »

Rien d'étonnant, donc, si lors de ma visite suivante à Neustrelitz, je fus confronté au produit d'un bricolage passionné. Le jeu de construction où mon fils avait puisé était un cadeau assurément financé par le portefeuille de Mère.

On trouve ce genre de choses au rayon jouets des grands magasins, là où sont empilées en bon ordre sur les gondoles les maquettes, à construire, d'exemplaires fameux de choses qui peuvent voler, rouler et nager. Je ne crois pas qu'elle l'ait achetée à Schwerin. Elle l'aura cherchée et trouvée soit à l'Alsterhaus, à Hambourg, soit au KaDeWe de Berlin. A Berlin, elle y est allée souvent. Depuis peu, elle roulait en Golf, voyageait beaucoup et – pour ce qui était de sa conduite – en prenant des risques : Mère double par principe.

Quand elle venait à Berlin, ce n'était pas pour me rendre visite dans mon chaos kreuzbergeois de célibataire, mais pour « causer d'avant » à Schmargendorf avec son amie Jenny, tout en arrosant de mousseux Petit Chaperon rouge les biscuits moelleux. Depuis la chute du Mur, elles se voyaient avec une grande fréquence, comme s'il y avait eu quelque chose à rattraper, comme s'il avait fallu compenser les années perdues à l'époque du Mur. Elles formaient un couple singulier.

Quand Mère rendait visite à Tante Jenny – et qu'il m'était permis d'être témoin –, elle avait l'air timide et faisait la petite fille qui venait tout juste de lui jouer un mauvais tour. Elle voulait maintenant réparer le tort. Tante Jenny, elle, semblait avoir pardonné tout ce qui s'était passé de désagréable bien des années auparavant. Je la voyais faire une caresse à Mère lorsqu'elle passait en clopinant. Et elle susurrait : « Tout va bien, Tulla, tout va bien. » Puis toutes les deux se taisaient. Et Tante Jenny buvait son citron chaud. Si jamais Mère a aimé quelqu'un en dehors du petit Konrad, noyé à la baignade, et de Konny devenu délinquant, c'est sa camarade de classe Jenny.

Depuis l'époque où j'habitais, au début des années soixante, une petite chambre dans l'appartement mansardé de Schmargendorf, pas un meuble n'avait bougé. Tout ce qui traîne là de bibelots, sans pour autant avoir pris la poussière, a l'air comme d'avant-hier. Et de même que chez Tante Jenny, tous les murs, même les murs en pente, sont tapissés de photos de ballet – elle, qui devint connue sous le nom d'« Angustri », en Giselle, dans *Le Lac des cygnes* et *Coppélia*, en solo, toute menue, ou à côté de son maître de ballet tout aussi fin –, de même, Mère est tapissée de souvenirs, à l'extérieur comme à l'intérieur. Et si, comme on dit, on peut échanger des souvenirs, c'est rue de Karlsbad que l'on trouve la plaque tournante pour cette marchandise inusable.

Elle sera donc, à l'occasion d'un de ces voyages à Berlin – avant ou après la visite à Tante Jenny –, allée au KaDeWe choisir dans l'offre de maquettes pour bricoleurs un modèle tout à fait précis. Ni l'hydravion Dornier « Do X », ni le modèle réduit du blindé Königstiger, ni le cuirassé *Bismarck*, qui fut coulé dès mil neuf cent quarante et un, ni le croiseur lourd *Admiral Hipper*, qu'on a mis à la ferraille après la fin de la guerre, ne lui parurent appropriés comme cadeau. Elle n'a choisi rien de militaire ; c'est au paquebot *Wilhelm Gustloff* qu'alla sa prédilection. Elle n'a sans doute demandé conseil à personne, car Mère a toujours su ce qu'elle voulait.

Sur sa demande, mon fils avait dû obtenir l'autorisation de montrer au parloir cet objet particulier. Toujours est-il que le fonctionnaire chargé de la surveillance fit un signe de tête plein de bénignité quand le détenu Konrad Pokriefke arriva, chargé du navire en modèle réduit. Ce que je vis débobina des pensées qui s'emmêlèrent en pelote. Ça ne va pas finir ? Cette histoire recommence-t-elle toujours ? Mère ne peut-elle pas en terminer ? Que s'est-elle dit en faisant cela ?

A Konny, majeur entre-temps, je dis : « Très joli. Mais tu devrais avoir dépassé l'âge de ces jouets-là, non ? » Et il me donna même raison : « Je sais. Mais si tu m'avais offert le *Gustloff* pour mon anniversaire quand j'avais treize ou quatorze ans, je ne serais pas obligé de rattraper ces enfantillages. Mais ça m'a amusé. J'ai tout mon temps, non ? »

Le reproche porta. Et tandis que je le remâchais encore en me demandant si peut-être s'occuper à temps du navire maudit comme simple maquette, qui plus est sous direction paternelle, n'aurait pas évité le pire à mon fils, il dit : « J'ai demandé ça à Mamie Tulla. Je voulais voir plastiquement de quoi il avait l'air, ce bateau. Il est cool, non ? »

De la proue à la poupe, le navire Force-par-la-Joie se montrait dans toute sa beauté. Mon fils avait assemblé à partir de nombreuses pièces le rêve sans classes des vacanciers. Comme le pont-solarium était vaste, sans être encombré de superstructures ! Qu'elle était élégante, l'unique cheminée qui se dressait au milieu du navire, légèrement inclinée vers la poupe ! On distinguait très bien le pont-promenade vitré ! Au-dessous de la passerelle de commandement, le jardin d'hiver, appelé « Tonnelle ». Je me demandai où pouvait être, à l'intérieur, le pont E avec la piscine, et je comptai les chaloupes : il n'en manquait aucune.

Konny avait placé la maquette du bateau, resplendissante de blancheur, sur un châssis en fil de fer qu'il avait confectionné lui-même. On en voyait le corps jusqu'à la quille. J'exprimai tout de même, quoique avec un accent d'ironie, mon admiration pour la compétence du bricoleur. Il réagit à mes éloges par un petit rire étouffé, fit surgir de sa poche comme par magie une petite boîte à pastilles où il conservait, apparut-il, trois autocollants rouges à peu près de la taille d'un pfennig. Et avec ces points rouges, il marqua les endroits où les torpilles avaient touché leur but : un point sur la coque bâbord avant, le suivant à l'endroit où j'aurais moi-même, à l'intérieur du navire, supposé la piscine, le troisième point était destiné à la salle des machines. Konrad fit cela avec solennité. Il stigmatisa le corps du navire, contempla son œuvre, fut visiblement satisfait, dit : « C'était du sur mesure », et il changea brusquement de sujet.

Mon fils voulut savoir comment j'avais voté à l'occasion des élections au Bundestag. Je dis : « Certainement pas pour les Reps », et j'avouai ensuite qu'aucun bureau de vote n'avait réussi à m'attirer depuis des années. « Encore tout à fait toi, de n'avoir absolument aucune vraie conviction », dit-il, mais il ne voulut pas révéler ce qu'il avait coché par correspondance en tant que nouvel électeur. Je pariai, en présumant l'influence de Mère, sur le PDS. Mais il se contenta de sourire et se mit ensuite à planter sur la maquette de petits drapeaux, manifestement faits maison, qui n'attendaient que cela dans une autre petite boîte, à la proue, à la poupe et au sommet des deux mâts. Il avait reproduit en miniature jusqu'à l'emblème du KdF et au drapeau du Front allemand du travail ; le drapeau à croix gammée ne manquait pas non plus. Le navire pavoisé. Tout collait, il n'y avait que chez lui que quelque chose, une fois encore, ne collait pas.

Que faire, quand le fils lit les pensées du père, interdites, souffrant d'assignation à résidence depuis des années, en prend possession tout à coup et les transforme même en actes ? Je me suis toujours efforcé d'être au moins politiquement du bon côté, de ne rien dire de travers, de paraître correct à l'extérieur. On appelle ça de l'autodiscipline. Chez Springer ou au *taz*, j'ai toujours chanté sur un texte qui n'était pas de moi. J'étais même assez convaincu de ce que ma plume produisait. Faire mousser la haine, prendre le tour de main avec cynisme, deux activités qui, alternativement, ne m'ont pas été difficiles. Mais je n'ai jamais été une épée, je n'ai jamais défini le cap dans des éditoriaux. Le sujet était donné par d'autres. Je m'en suis donc tenu au juste milieu, je ne glissais jamais ni tout à fait à gauche, ni tout à fait à droite, je ne heurtais pas, je nageais avec le courant, me laissais porter, je devais garder la tête hors de l'eau ; cela avait sans doute quelque chose à voir avec les conditions de ma naissance ; elles permettaient d'expliquer presque tout.

Mais ensuite mon fils s'est payé un feu d'artifice. Pas une surprise, en fait. Ça devait arriver. Car après tout ce que Konny avait mis en ligne, jacassé sur son forum, proclamé sur sa homepage, les coups de feu bien ciblés sur la rive sud du lac de Schwerin étaient parfaitement logiques. Maintenant il était en prison, il avait acquis du prestige au ping-pong et comme organisateur du cours d'informatique, il pouvait se targuer de son succès au baccalauréat, il recevait même – c'est Mère qui me l'a glissé dans le creux de l'oreille – des propositions des milieux économiques, pour plus tard : nouvelles technologies ! Il semblait avoir un avenir dans le siècle qui allait incessamment être nouveau, il avait l'air gai, paraissait bien nourri, disait des choses assez raisonnables, mais ne cessait pas de brandir l'étendard sous forme de petits drapeaux. Ça ne peut que mal finir, me disais-je confusément en cherchant une solution.

Même auprès de Tante Jenny, au début, parce que je ne savais pas à quel saint me vouer. La vieille dame dans son salon de poupées écouta avec un léger tremblement de la tête tout ce que j'épanchai plus ou moins sincèrement. Auprès d'elle, on pouvait se décharger.

Elle y était habituée, sans doute depuis sa jeunesse. Quand j'eus débobiné le plus gros, elle m'offrit son sourire congelé et me dit : « C'est le mal qui cherche à sortir. Mon amie de jeunesse Tulla, ta chère mère, connaît ce problème. Mon Dieu, combien de fois dans mon enfance ai-je eu à souffrir de ses éruptions ! Et même mon père adoptif – il paraît, mais cela devait rester secret à l'époque, que je descends de véritables Tziganes –, enfin bon, ce professeur un peu bizarre dont il m'a été permis de porter le nom, Brunies, a connu Tulla, de gré ou de force, par son mauvais côté. C'était pur caprice de sa part. Mais cela s'est mal terminé. Après sa dénonciation, on est venu chercher Papa Brunies... Il est allé à Stutthof... Mais finalement presque tout s'est arrangé. Tu devrais lui parler de tes soucis. Tulla a fait sur elle-même l'expérience de la métamorphose fondamentale que peut subir un être humain... »

Je fonçai donc de Berlin sur l'A 24 et pris l'embranchement de Schwerin. Eh oui, j'ai parlé avec Mère, autant qu'on pût parler avec elle de mes pensées toujours de travers. Nous étions assis, au dixième étage du bâtiment préfabriqué de la rue Gagarine, sur le balcon avec vue sur la tour de la télévision ; en bas, Lénine regardait, en bronze, toujours vers l'ouest. Son appartement ne semblait pas avoir changé, mais Mère avait récemment redécouvert la foi de son enfance ; elle affectait le catholicisme et avait aménagé dans un angle de son séjour une sorte d'autel domestique où, entre des bougies et des fleurs en plastique – des lis blancs –, une petite image de la Vierge était dressée ; mais, à côté, la photo du camarade Staline en costume blanc et fumant une pipe bonasse donnait un petit choc. Avoir les yeux écarquillés sur cet autel et ne rien dire était difficile.

J'avais apporté ce qu'aimait bien Mère, un *Bienenstich* et un gâteau au pavot. A peine étais-je assis là, vidé, qu'elle dit : « Te fais pas des soucis de trop pour notre Konradchen. En c'moment y récolte ce qu'il a semé. Et quand y r'sortira, c'est sûr que ce s'ra un vrai extrémiste, comme moi j'l'étais quand mes propres camarades y m'traitaient de dernière fidèle de Staline. Non, non, y lui arrivera pus d'mal. Konradchen, y a toujours eu un ange gardien qui planait d'sus... »

Elle fit ses « fenêtres enfoncées », puis regarda normalement et donna raison à son amie Jenny, qui encore une fois avait eu le bon flair : « Ce qu'on a à l'intérieur dans la tête et partout, le mal, y faut qu' ça sorte... »

Non, la solution ne viendrait pas de Mère. Ses pensées aux cheveux blancs étaient toujours coupées très court. Mais à quelle autre porte frapper ? Gabi peut-être ?

Une fois encore, je fis le trajet entre Schwerin et Mölln, un circuit déjà reconnu, et, comme à chacune de mes arrivées, je fus étonné par la beauté qui se voulait modeste de cette petite ville se réclamant, en comptant historiquement à reculons, de Till Eulenspiegel, mais qui serait bien incapable d'en tolérer les farces. Comme mon ex, depuis peu, avait un ami installé chez elle, quelqu'un de « tout à fait gentil, doux et vulnérable... », comme elle disait, nous nous donnâmes rendez-vous à Ratzeburg, ville voisine, et nous mangeâmes – elle végétarien, moi une escalope – à l'auberge du Lac, avec vue sur les cygnes, les canards et un infatigable grèbe huppé.

Après m'avoir, en introduction et par l'épigraphe « Je ne voudrais surtout pas te faire de mal », rendu responsable de tout ce qui concernait notre fils, elle dit : « Tu le sais, il y a longtemps que je ne peux plus lutter avec le gamin. Il se renferme. Il n'est pas réceptif à l'amour ou autres sollicitudes de ce genre. Entre-temps, j'en suis arrivée à la conviction que très profondément en lui, à vrai dire jusqu'aux dernières pensées, tout est fondamentalement pourri. Mais quand je visualise madame ta mère, je me doute de ce que Konrad a hérité d'elle par l'intermédiaire de monsieur son fils. On n'y changera rien. Du reste, à sa dernière visite, ton fils a coupé les ponts avec moi. »

Puis elle fit comprendre qu'avec son partenaire « chaleureux, mais aussi intelligent et plein d'assurance », elle avait l'intention de commencer une nouvelle vie. Elle avait bien droit à cette « petite chance », après tout ce qu'elle avait passé. « Et figure-toi, Paul, j'ai enfin la force d'arrêter de fumer. » Nous renonçâmes au dessert. Je me privai, plein d'égards, d'une nouvelle cigarette. Mon ex insista pour payer son propre repas.

Ma tentative pour demander conseil à Rosi, l'amie de mon fils qui tenait beaucoup à lui, me paraît certes ridicule après coup, mais aussi concluante et éclairante pour l'avenir. Dès le lendemain, qui était jour de visite, nous nous sommes retrouvés dans un café de Neustrelitz, elle venait de voir Konny. Ses yeux n'étaient plus délavés par les pleurs. Ses cheveux qui tombaient habituellement sans attache étaient noués en chignon. Son attitude physique, constamment prête au sacrifice, raffermie. Même ses mains instables, qui sans arrêt cherchaient vainement en elles-mêmes à quoi se raccrocher, étaient maintenant serrées en poings sur la table. Elle m'assura : « Comment vous comporter en tant que père, c'est votre problème. Pour ce qui me concerne : je croirai toujours au Bien chez Konny, quoi qu'il arrive. Il est d'une telle force, d'une force si exemplaire. Et je ne suis pas la seule à croire fermement, très fermement en lui – pas seulement en pensée. »

J'ai dit que l'histoire du bon fond, c'était vrai. Que c'était en principe ce que je croyais moi aussi. J'allais en dire plus, mais j'entendis, comme en conclusion : « Ce n'est pas lui, c'est le monde qui est mauvais. » Il était temps pour moi d'annoncer ma visite à la prison pour mineurs.

Pour la première fois, j'eus le droit d'aller le voir dans sa cellule. On me dit que Konrad Pokriefke avait obtenu cette autorisation spéciale et unique en raison de sa bonne conduite et de son comportement social exemplaire. Ses codétenus étaient occupés à l'extérieur, paraissait-il, à des travaux de jardinage. Konny m'attendait dans le coin où il était installé.

Une baraque pourrie, cet établissement, mais on disait qu'une construction moderne était en projet. D'un côté, je me croyais maintenant blindé contre toutes les surprises, de l'autre, je craignais les inspirations soudaines de mon fils.

Quand j'entrai et ne perçus d'abord que des murs maculés, il était assis, dans son pull-over norvégien, à une table appuyée contre le mur et il dit sans lever les yeux : « Alors, Papa ? »

Dans un geste à peine esquissé, mon fils, qui venait inopinément de m'appeler « Papa », désignait l'étagère à livres au-dessous de laquelle, ce qu'on ne voyait pas au premier coup d'œil, toutes les photos encadrées – celle de David en Wolfgang, de Frankfurter jeune et vieux, des deux autres attribuées au commandant Marinesko – avaient été enlevées, décrochées. Rien de nouveau ne les remplaçait. Je vérifiai dans un survol le dos des livres sur l'étagère : comme on pouvait s'y attendre, beaucoup de choses historiques, quelques-unes sur les nouvelles technologies, deux volumes de Kafka.

Je ne m'exprimai pas sur la disparition des photos. Et il ne semblait pas non plus s'attendre à un commentaire. Ce qui se passa ensuite fut très rapide. Konrad se leva, ôta de son châssis de fil de fer la maquette portant le nom de Wilhelm Gustloff et marquée de trois points rouges qui occupait sur la table la place centrale, posa devant le châssis le corps du navire, lui donnant ainsi de la bande sur bâbord, et il se mit, sans hâte ni rage, non, avec préméditation plutôt, à écraser de son poing nu son travail de bricoleur.

Cela doit avoir été douloureux. Au bout de trois ou quatre coups, l'arête de son poing droit saignait. Il avait dû se blesser à la cheminée, aux chaloupes, aux deux mâts. Mais il continuait à frapper. Comme la coque ne voulait pas céder à ses coups une bonne fois pour toutes, il souleva l'épave à deux mains, l'éloigna sur le côté, l'éleva à la hauteur de ses yeux et la laissa tomber sur le sol de la cellule, fait de parquet huilé. Sur quoi il piétina ce qui restait du *Wilhelm Gustloff* sous forme de maquette, en finissant par les derniers canots de sauvetage échappés aux bossoirs.

« Content maintenant, Papa ? » Puis plus un mot. Son regard chercha la fenêtre à barreaux, y resta accroché. J'ai bavassé je ne sais plus quoi. Un positivage quelconque. « Il ne faut jamais abandonner » ou « Recommençons ensemble depuis le début » ou n'importe quelle crétinerie imitée des films américains : « Je suis fier de toi. » Quand je partis non plus, mon fils n'eut pas un mot.

Quelques jours plus tard, non, le lendemain, quelqu'un – au nom de qui j'ai avancé en crabe – m'a conseillé avec insistance de me connecter. Il disait que peut-être un clic de souris permettrait de trouver la conclusion idoine. Jusque-là, j'avais été tempérant : rien que ce qu'exigeait ma profession, un porno de temps à autre, pas plus. Depuis que Konny était au trou, c'était le silence radio. Il n'y avait plus de David non plus.

Il m'a fallu surfer longtemps. Certes, j'avais souvent dans la fenêtre le nom du navire maudit, mais rien de neuf ou de définitivement conclusif. Seulement, ensuite, ça a claqué plus fort que je ne le craignais. A une adresse particulière se présentait en allemand et en anglais un site qui, sous le nom de « www.kameradschaft-konrad-pokriefke.de », recrutait pour quelqu'un dont l'attitude et la pensée étaient paraît-il exemplaires, et que le Système exécré avait donc mis en prison. « Nous croyons en Toi, nous T'attendons, nous Te suivons... » Et cetera, et cetera.

Ça ne finit pas. Ça ne finira jamais.

# Notes

*Ces notes, souhaitées par Günter Grass, sont du traducteur. Elles s'appuient entre autres sur les questions soulevées lors de la rencontre des traducteurs de cet ouvrage (une trentaine de langues), réunis par Günter Grass à Lübeck du 23 au 27 mars 2002. Les recherches historiques ont été effectuées par* Olaf Mischer *et* Daniela Hermes. *Mes remerciements vont aussi à* Helga Scholle-Mészaros, *et aux capitaines* Lucien Békourian *et* Gérard Dailly *pour le domaine naval.*

PAGE 9 :

– *presse Springer :* groupe de presse (de droite) fondé par Axel Springer, comprenant notamment le tabloïd *Bild-Zeitung* et le plus intellectuel *Die Welt*.

– *taz :* « *die tageszeitung* », quotidien intellectuel de gauche paraissant à Berlin depuis 1979.

PAGE 12 :

– *völkisch :* concept à peu près intraduisible remontant au XIXe siècle et surtout utilisé par les nazis. C'est un néologisme formé sur le mot *Volk*, « peuple », mais qui prend ce terme à la fois dans son sens national (lié à la Terre et au Sang) et dans son sens social, pour le distinguer du simple adjectif « populaire » : national et socialiste en somme. C'est ainsi que l'organe officiel du parti nazi portait le nom de *Völkischer Beobachter*, « L'Observateur *völkisch* ».

PAGE 14 :

– *Koschnévie :* région située à quelque 70 kilomètres au sud-ouest de Dantzig (aujourd'hui Gdańsk, en Pologne) et habitée alors par des Allemands essentiellement catholiques (et non des Cachoubes, comme une partie de la famille de Günter Grass). Voir *Les Années de chien*, et plus précisément le début du livre II.

PAGE 17 :

– *flotte Drapeau rouge :* la flotte soviétique de la Baltique était collectivement décorée de l'ordre du Drapeau rouge.

PAGE 18 :

– *NSDAP : National sozialistische Deutsche Arbeiterpartei*, « Parti ouvrier national-socialiste allemand », l'appellation officielle du parti na-zi *(national-sozialistisch)*.

PAGE 20 :

– *hepp hepp ! :* ce cri était lancé au Moyen Age sur le passage des condamnés à l'échafaud ou au bûcher. Au XIXe siècle et plus tard, il fut repris contre les Juifs pour donner le signal de l'attaque.

PAGE 24 :

– *Kreuzberg :* quartier du centre de Berlin-Ouest (proche du Mur), dont les immeubles, beaux mais alors vétustes, datant de l'« ère des fondateurs » (Bismarck), étaient volontiers occupés, dans les années soixante-soixante-dix, par des étudiants, des « communautés » et des squatters. C'était aussi le quartier turc de Berlin-Ouest.

PAGE 25 :

– *Rudi Dutschke :* leader de la Fédération des étudiants socialistes, atteint par trois coups de feu en avril 1968, mort en 1979 des suites de cet attentat.

PAGE 26 :

– *Jochen :* le Joachim Mahlke du *Chat et la Souris.*
– *Walter :* le Walter Matern des *Années de chien.*
– *Blatnye :* « voyous » en russe.

PAGE 27 :

– *BdM : Bund deutscher Mädel in der Hitlerjugend,* « Fédération des jeunes filles allemandes au sein de la Jeunesse hitlérienne », dans laquelle étaient obligatoirement regroupées, à partir de 1939, toutes les filles de 14 à 18 ans. Les *Jungmädel* précédaient (avant 14 ans).

PAGE 31 :

– *base de Thun :* à l'étranger, le parti nazi rassemblait les « Allemands du Reich » (nationaux expatriés) en groupes nationaux (dirigés par un *Landesgruppenleiter*), groupes locaux *(Ortsgruppen)* et bases (ou « points d'appui », *Stützpunkte*).

PAGE 32 :

– *Gorch Fock :* voilier-école lancé en 1933, baptisé du nom de « Gorch Fock », le pseudonyme littéraire de Johann Kinau (1880-1916), auteur nord-allemand de nombreux récits maritimes à succès. Ce nom est encore celui des navires-écoles de la Marine allemande.

PAGE 35 :

– *professeur Höllerer :* Walter Höllerer (né en 1922), célèbre germaniste, professeur à l'Université Technique de Berlin, éditeur de la très estimée revue *Akzente* et fondateur du *Literarisches Colloquium Berlin (LCB)*. Ce groupe, très influent sur la littérature des années soixante, organisait rue des Carmes *(Carmerstrasse)*, au centre de Berlin-Ouest, des ateliers d'écriture où Günter Grass fut lui-même enseignant. A ce titre, il dirigea en 1963-1964 un atelier sur le thème « SOS-Amitié ».

– *Waitzkeller :* café littéraire branché.

PAGE 36 :

– *en chemise bleue et foulard :* uniforme de l'organisation de jeunesse de la RDA, le FDJ (*Freie Deutsche Jugend*, « Jeunesse allemande libre »). De 6 à 9 ans, les Jeunes Pionniers portaient un foulard bleu ; de 10 à 13, les Pionniers Thälmann (du nom d'Ernst Thälmann, président du Parti communiste allemand arrêté en 1933 et fusillé à Buchenwald en 1944) un foulard rouge ; à partir de 14 ans, les FDJ avaient une chemise bleue.

PAGE 37 :

– *Stormfront :* « www.stormfront.org », site d'extrême droite américain diffusant depuis 1995. Son pendant allemand est le Sturmfront.

PAGE 38 :

– *Frauenschaft :* organisation féminine du parti nazi faisant suite au BdM.

PAGE 39 :

– *auxiliaires de la Marine :* au nombre d'environ cinq cent mille, les auxiliaires féminines de la Kriegsmarine étaient, depuis 1940, soit soumises au service obligatoire (la moitié environ), soit engagées volontaires. Non combattantes, elles étaient affectées à des tâches administratives, aux services d'ordre, aux transmissions radio, etc.

– *Supermartyr :* Horst Wessel (1907-1930), étudiant et combattant nazi dès 1926, chef de la SA 5 de Berlin-Friedrichshain, assassiné pour des raisons privées mais élevé officiellement au rang de martyr. Il composa en 1927 un chant (bien connu des populations occupées) appelé *Horst-Wessel-Lied* et qui devint le deuxième hymne national, à côté du *Deutschland über alles*. En substance : « Drapeau levé / En rangs serrés / La SA marche / D'un pas tranquille et ferme. / Les camarades que le Front rouge / Et la Réaction ont tués / Marchent en esprit / Au milieu de nos rangs. »

PAGE 41 :

– *gauleiter :* chef de *Gau*. L'organisation du parti nazi, doublant l'ancienne organisation administrative de l'Allemagne et qui prit en fait le dessus, se subdivisait en quarante-deux *Gaue* (régions correspondant à peu près aux länder). Ce mot de très ancienne racine germanique (comme souvent dans le vocabulaire nazi) préexistait et subsiste dans certains noms de régions (« Fribourg-en-Brisgau »). L'organisation des Allemands de l'étranger formait le quarante-troisième *Gau*. Parallèlement, il y avait des *Gauschulungsleiter*, gauleiter chargés de la formation politique, comme Löbsack dans *Le Tambour*.

PAGE 43 :

– *le chant du « Camarade mort » :* Ludwig Uhland (1787-1862), poète et homme politique engagé dans le mouvement national et « libéral » (adversaire de Napoléon et des despotes locaux) de la première moitié du XIX^e^ siècle, avait publié en 1815 le poème *Le Bon Camarade*, devenu une sorte de chant populaire que l'on apprenait dans les écoles : « J'avais un bon camarade, / Tu n'en trouverais pas de meilleur. / Le tambour battait l'assaut, / Il marchait à mon côté / Au même rythme, du même pas. / Une balle vint siffler ; / Est-elle pour moi, pour toi ? / C'est lui qu'elle a emporté, / Et il gît là à mes pieds / Comme un morceau de moi... » Cette tonalité a évidemment été reprise et exploitée par le militarisme allemand postérieur.
– *orages d'acier :* les *Orages d'acier* d'Ernst Jünger (sur la Première Guerre mondiale) parurent en 1920.
– *la ville aux sept lacs :* Schwerin.

– *Front allemand du travail :* association dépendant du Parti national-socialiste dans laquelle furent regroupés dès 1933, après la dissolution des syndicats, tous les travailleurs *et employeurs* allemands (vingt-trois millions de membres en 1938). Le fondateur en était Robert Ley (1890-1945), *Reichsorganisationsleiter* à partir de 1934 (à la suite de Gregor Strasser), dit aussi « l'Ivrogne du Reich » *(Reichstrunkenbold)* en raison de son alcoolisme. Il avait confisqué tous les fonds appartenant aux syndicats. Une subdivision du Front du travail était l'association « La Force par la Joie », qui s'occupait des loisirs du peuple. Ley se suicida à Nuremberg en 1945.

PAGE 45 :

– *Karmsund :* détroit norvégien séparant le continent (vers Haugesund) et l'île de Karmoy, entre les villes de Stavanger et de Bergen.

PAGE 46 :

– *Ulbricht :* Walter Ulbricht fut « Premier secrétaire du Parti socialiste unifié d'Allemagne » (et chef de l'État) de 1953 à 1971, date à laquelle lui succéda Erich Honecker, ancien couvreur.

PAGE 49 :

– *Mutlangen :* en 1983 eurent lieu près de cette ville de Souabe de grandes manifestations contre l'installation des fusées américaines Pershing II.

PAGE 50 :

– *la ville d'Eulenspiegel :* ce personnage (fictif) d'un recueil de farces du Moyen Age est censé être mort en 1350 à Mölln, où l'on montre sa tombe.

– *Semaine verte :* l'équivalent du Salon de l'agriculture, à Berlin.

PAGE 51 :

– *Trabi :* diminutif de « Trabant », petite automobile à moteur deux temps qu'il fallait plusieurs années pour obtenir en RDA, et qui a été quelque temps à la mode après la réunification.

PAGE 56 :

– *Soldats de la lande : Die Moorsoldaten (Les Soldats de la lande. Treize mois en camp de concentration)*, témoignage de Wolfgang Langhoff publié à Zurich en 1935.

PAGE 59 :

– *conseiller d'État :* dans la « Ville hanséatique libre de Hambourg », qui est aujourd'hui l'un des États fédérés de la RFA, le gouvernement local était et est assuré par un « sénat », dont les différents ministres (« sénateurs ») sont assistés par des « conseillers d'État » (fonction exécutive).

PAGE 67 :

– *marche de l'Est (Ostmark) :* c'est le nom que portait l'Autriche dans le vocabulaire nazi. Ce nom se réfère à la Marche frontière *(Grenzmark)* établie au VIIIe siècle par Charlemagne, noyau de la future Autriche (*Österreich :* « Empire de l'Est »).

PAGE 71 :

– *Heinz Schön :* les sources principales de Günter Grass pour ce récit sont en effet les livres du survivant Heinz Schön : *Der Untergang der Wilhelm Gustloff*, Göttingen, 1951 ; *Die letzte Fahrt der Gustloff*, Rastatt, 1960 ; *Die Gustloff-Katastrophe. Bericht eines Überlebenden*, Stuttgart, Motorbuch Verlag, 1984, 5e éd. 1999 ; *SOS Wilhelm Gustloff. Die größte Schiffskatastrophe der Geschichte*, Stuttgart, Motorbuch Verlag, 1998.

PAGE 72 :

– *Gotenhafen :* c'est le nom que portait pendant la guerre le port de Gdynia, situé dans la baie de Dantzig, à l'abri de la presqu'île de Hela.

PAGE 73 :

– *Thulenet :* Thulé est le pays théoriquement le plus au nord de la planète *(ultima Thule)* décrit par le navigateur grec de Marseille Pythéas, au IVe siècle av. J.-C., comme se situant à six jours de navigation au nord de la Bretagne. Il s'agit peut-être de l'une des îles Féroé. Thulé devint un mythe (« Il était un roi de Thulé... » dans le *Faust* de Goethe), dont la « nordicité » blanche et pure, donnant lieu à une « tradition », a été exploitée par l'extrême droite. Notamment par la fondation, en 1918, de la « Société de Thulé » *(Thulegesellschaft)*, à laquelle se réfère manifestement ce site Internet, lié au « réseau Thulé » *(Thule-Netz)* existant depuis 1992-1993. A rapprocher peut-être du prénom « Tulla », relié plus loin (p. 221) à une divinité « Thula », comme dans *Les Années de chien*, livre II, 5e lettre.

PAGE 78 :

– *SED : Sozialistische Einheitspartei Deutschlands*, « Parti socialiste unifié d'Allemagne », le parti communiste au pouvoir en RDA, allié à d'autres petits partis plus ou moins fictifs sous sa domination.

PAGE 82 :

– *le célèbre inventeur de la Volkswagen :* l'inventeur, en 1934, de la « voiture KdF », devenue *Volkswagen*, la « Voiture du Peuple », est en effet le professeur Ferdinand Porsche (1875-1951), qui donna aussi son nom à un autre genre d'automobiles.

PAGE 84 :

– *le jour de la vengeance :* citation d'un chant nazi, trouvable parmi d'autres sur Internet.

PAGE 86 :

– *Mölln :* en novembre 1992 fut incendiée à Mölln une maison abritant des Turcs.

PAGE 87 :

– *tartines :* dans la tradition allemande, le repas du soir est essentiellement constitué de tartines agrémentées de charcuterie, fromage, etc.

PAGE 89 :

– *banc de la Stolpe :* le fleuve Stolpe (en polonais : *Slupia*) débouche sur la Baltique à Stolpemünde (en polonais : *Ustka*). En face se trouve un banc de sable où les eaux ont moins de 10 mètres de profondeur.

PAGE 91 :

– *Per Henrik Ling* (1776-1839) : écrivain et fondateur du mouvement gymnaste suédois. De la même façon, le professeur Friedrich Ludwig Jahn (1778-1852), dit « le Père Jahn », avait fondé vers 1811, en Prusse, un mouvement selon lequel l'éducation physique devait servir à la rénovation de l'Allemagne. Également fondateur des corporations étudiantes, il est l'un des pères du nationalisme allemand.

– *Service du travail :* il était dû, à partir de 1935, par tous les garçons et filles arrivés en fin d'études secondaires. Il durait six mois.

– *Foi et Beauté :* association dépendant du BdM, regroupant les jeunes filles de 17 à 21 ans désireuses notamment de se livrer aux exercices sportifs.

PAGE 96 :

– *Narvik :* port de Norvège d'où partaient les minerais nécessaires à l'Allemagne et où la Marine anglaise infligea en avril 1940 de grandes pertes à la flotte allemande.

PAGE 97 :

– *grand amiral :* chef suprême de la Kriegsmarine. Il s'agit ici d'Erich Raeder, grand amiral de 1939 à 1943. Karl Dönitz ne lui succéda qu'alors.

PAGE 98 :

– *Ufa :* l'Universum-Film AG, fondée en 1917 – la grande compagnie du cinéma allemand dissoute en 1945.

PAGE 99 :

– *Dönitz :* le nouveau grand amiral (1891-1980) et successeur désigné d'Hitler à la fin de la guerre. C'est son gouvernement provisoire qui signa la capitulation. Après dix ans de prison, il se retira au Schleswig-Holstein, où il mourut à 89 ans. Le trajet qu'il suivit à Gotenhafen se serait appelé quelque temps *Dönitz-Kanal*.

PAGE 103 :

– *VEB : Volks/eigener Betrieb*, « Entreprise Propriété du Peuple ».

– *Treuhand :* structure fiduciaire mise en place par la RFA pour liquider et privatiser les entreprises de RDA lors de la réunification. Günter Grass la met abondamment en scène dans *Toute une histoire*, dont la première version s'appelait *Treuhand*.

PAGE 104 :

– *Allemagne, patrie unie : Deutschland, einig Vaterland*, titre de l'hymne de la RDA (paroles de J.R. Becher, musique de Hans Eisler) ; il fut repris comme slogan, avec « Nous sommes un seul peuple », lors de la réunification de 1989-1990.

PAGE 105 :

– *Curatorium :* cette association, dont le nom est ici abrégé, a été fondée en 1982 dans le but d'entretenir la mémoire des opérations d'évacuation maritime de 1945.

– *Ossis :* Allemands de l'Est. *Wessis* : Allemands de l'Ouest.

PAGE 108 :

– *trois Anglais :* Dobson, Miller, Payne ; auteurs d'une autre source de Günter Grass, *Le Torpillage du « Wilhelm Gustloff »*, 1979.

PAGE 113 :

– *Frisches Haff :* baie intérieure de Prusse-Orientale communiquant au port de Pillau avec la Baltique dont elle est séparée par le cordon littoral de la Frische Nehrung. Au fond se trouve Königsberg (Kaliningrad).
– *Nemmersdorf :* aujourd'hui Maïakovskoïe, à une quinzaine de kilomètres de la frontière lituanienne.

PAGE 114 :

– *Port-Impérial :* « Kaiserhafen » ; c'était l'un des ports de Dantzig.
– *montagne d'os :* voir *Les Années de chien*.

PAGE 122 :

– *Samland :* la presqu'île du Samland sépare le Frisches Haff, à l'ouest, du Kurisches Haff, à l'est, lui-même séparé de la Baltique par une langue de terre, la Kurische Nehrung (cordon littoral). Comme son homologue de l'ouest, le Kurisches Haff, où débouche le Niemen, communique avec la Baltique, à la hauteur du port de Memel. Ces territoires, soumis au XIIIe siècle par l'Ordre teutonique, ont été enlevés à l'Allemagne en 1945.

PAGE 123 :

– *empoisonné :* dans *Les Années de chien*, c'est Walter Matern, ami du « demi-Juif » Eddi Amsel, qui empoisonne le chien Harras.

– *Volkssturm :* un décret d'Hitler en date du 25 septembre 1944 incorporait pour la défense du pays tous les hommes de 16 à 60 ans aptes à porter les armes.

PAGE 128 :

– *NKVD :* « Commissariat du Peuple pour les affaires intérieures ». Ministère de l'Intérieur soviétique, avec notamment sa police secrète.

PAGE 138 :

– *Memel :* port de Lituanie (aujourd'hui Klaïpeda), à l'entrée de la Kurische Nehrung.

PAGE 161 :

– *ses cheveux devinrent blancs d'un seul coup :* Günter Grass se dit lui aussi étonné par ce phénomène, mais prétend que c'est ainsi que Tulla lui a raconté les faits. Il aurait donc repris contact avec Tulla derrière le dos du narrateur et en sait peut-être plus que lui.

PAGE 165 :

– *Meurs et deviens :* citation de l'un des plus célèbres poèmes de Goethe. En substance : « Et tant que tu n'as pas cela, / Ce : Meurs et deviens ! / Tu n'es qu'un passager obscur / Sur cette sombre terre. »

PAGE 168 :

– *Leo : leo* est le mot latin désignant le lion, comme *Löwe* en allemand.

PAGE 173 :

– *auxiliaire de la Luftwaffe :* Störtebeker, personnage des *Années de chien.*

– *adjudant :* Matern, également personnage des *Années de chien.*

PAGE 177 :

– *Kolberg :* port de Poméranie (aujourd'hui Kolobrzeg, en Pologne), que Gneisenau et Nettelbeck défendirent victorieusement en 1807 contre Napoléon. Cet épisode donna lieu à un grand film historique voulu par Goebbels pour exalter la résistance allemande. Tourné en pleine guerre par Veit Harlan avec quelque deux cent mille figurants et six mille chevaux, il fut présenté pour la première fois simultanément à Berlin et à La Rochelle (assiégée par les Alliés) le... 30 janvier 1945.

PAGE 179 :

– *pont de Remagen :* sur le Rhin, près de Coblence. C'est la prise de ce pont le 7 mars 1945 (le dernier – par désobéissance – qui n'eût pas été détruit) qui permit aux troupes américaines de passer le fleuve. Il ne s'effondra qu'ensuite.

– *« forteresse » de Breslau :* aujourd'hui Wroclav, en Basse-Silésie polonaise. Certaines villes étaient « déclarées forteresses », c'est-à-dire qu'elles n'avaient pas le droit de capituler. Breslau et Königsberg résistèrent ainsi jusqu'à l'extrême fin de la guerre et subirent d'énormes destructions.

PAGE 181 :

– *rune :* caractère d'une très ancienne écriture germanique, exploitée par la symbolique nazie. On voit encore en effet gravée dans l'un des blocs erratiques de Schwerin la rune de la vie (en forme de Y, symbole de la *Frauenschaft*), tandis que celle qui était gravée dans la pierre consacrée à Gustloff était la rune de la victoire, en forme de S, qui, redoublé, donne SS.

PAGE 188 :

– *helm :* signifie « casque » en allemand.

PAGE 192 :

– *bâtiment Drapeau rouge :* la flotte de la Baltique dans son ensemble était décorée de l'ordre du Drapeau rouge, mais certains bâtiments pouvaient aussi l'être à titre individuel.

PAGE 216 :

– *le Juif éternel :* c'est ainsi que la langue allemande désigne le mythe du « Juif errant » Ahasver, datant du XIII$^{e}$ siècle (mais l'expression traditionnelle française ne dirait pas la même chose dans ce contexte). C'est aussi le titre d'un pseudo-documentaire extrêmement violent, œuvre de Goebbels et d'Hitler, sorti en décembre 1940. Il était diffusé notamment dans les régions où l'on préparait des déportations et présenté aux policiers, gardiens de camp, militaires, membres de la Jeunesse hitlérienne, etc. Il existait une version plus « soft » pour les femmes et les enfants, et des versions étrangères pour les pays occupés.

PAGE 218 :

– *cabinet d'ambre* ou « chambre d'ambre » : marqueterie d'ambre jaune (résine fossile dont le gisement le plus connu se trouve au bord de la Baltique) couvrant toute une pièce, offerte par Frédéric-Guillaume Ier de Prusse au tsar Pierre Ier, et installée par la princesse Élisabeth dans la résidence d'été de Tsarskoïe Selo, près de Saint-Pétersbourg. Elle disparut lors de la dernière guerre. Les nazis l'auraient démontée et mise dans des caisses, dont on a cru quelque temps qu'elles pouvaient se trouver dans les cales du *Gustloff*. Cette pièce vient d'être reconstituée à l'identique aux frais d'une grande entreprise allemande.

PAGE 226 :

– *les événements :* la chute du Mur et la fin de la RDA.

PAGE 232 :

– *campagne des chaussettes rouges :* campagne d'affichage initiée en 1994-1998 par le secrétaire général de la CDU (l'Union chrétienne-démocrate), le pasteur Peter Hintze, contre le PDS (Parti du socialisme démocratique, héritier du parti communiste de RDA). Avec le slogan : « En avant pour l'avenir – mais pas en chaussettes rouges ! »

– *le Gros* n'est autre que l'ex-chancelier Helmut Kohl.

– *Républicains :* le parti d'extrême droite fondé en 1983 par Franz Schönhuber, qui n'obtint cependant aux élections législatives de 1998 que 1,8 % des voix.

PAGES 234 :

– *Langfuhr, épave :* voir *Le Chat et la Souris* et *Les Années de chien.*

PAGE 239 :

– *les Reps :* les Républicains.

PAGE 242 :

– *Bienenstich :* « piqûre d'abeille ». Gâteau traditionnel fait d'une pâte levée fourrée de crème pâtissière et recouverte de miel et d'amandes effilées.
– Un *grèbe huppé* joue un rôle assez important dans *Toute une histoire.*

Du même auteur

*Aux mêmes éditions*

Le Tambour
*roman, 1961*
*prix du Meilleur Livre étranger*
*et coll. « Points », n° P347*

Le Chat et la Souris
*roman, 1962*
*et coll. « Points », n° P417*

Les Années de chien
*roman, 1965*
*et coll. « Points », n° P419*

Les plébéiens répètent l'insurrection
*théâtre, 1968*

Évidences politiques
*coll. « Combats », 1969*

Anesthésie locale
*roman, 1971*

Théâtre
*1973*

Journal d'un escargot
*récit, 1974*

Le Turbot
*roman, 1979*
*et coll. « Points », n° P418*

Une rencontre en Westphalie
*roman, 1981*
*et coll. « Points », nº P711*

Les Enfants par la tête ou les Allemands se meurent
*récit, 1983*

Essais de critique (1957-1985)
*essais, 1986*

La Ratte
*roman, 1987*
*et coll. « Points », nº P710*

Tirer la langue
*récit, 1989*

Propos d'un sans-patrie
*coll. « L'Histoire immédiate », 1989*

L'Appel du crapaud
*1992*
*et coll. « Points », nº P15*

Toute une histoire
*roman, 1997*
*et coll. « Points », nº P799*

Mon siècle
*1999*
*et coll. « Points », nº P843*

COMPOSITION : NORD COMPO - VILLENEUVE-D'ASCQ (59650)
REPRODUIT ET ACHEVÉ D'IMPRIMER SUR ROTO-PAGE
PAR L'IMPRIMERIE FLOCH À MAYENNE (10-02)
DÉPÔT LÉGAL : OCTOBRE 2002. N° 55629-2 (55545)